月童度河

庆山

著

江苏凤凰文艺出版社
JIANGSU PHOENIX LITERATURE AND
ART PUBLISHING

果麦文化 出品

一个人因为前世是金匠，眼中只能见到美丽精巧的事物，不愿意看到任何丑陋污脏。佛陀为了让他修不净观，让他从池塘中摘一朵莲花带回家。他目睹莲花的盛开和凋谢，得以领悟。

——引言

首版自序

这本书的大部分文章，写于二〇一二到二〇一四年期间。有专栏文章，或是在旅途、闲暇、临睡、起床之时，写在备忘录里的段落。因为想法转瞬即逝，养成习惯时时写下。不管素材是大是小，是深是浅，一律留个记录。这些段落和句子原本彼此独立，互不相关。为让阅读较有秩序，把它们整理在一起，形成篇章。

另有三个短篇，在二〇〇九到二〇一四年期间写就，曾发表在刊物上，但未在书中结集。还有别的短篇，比如《表演》《花谢》《故事》《流萤》，都没有选入。它们有些已拆入长篇小说里面，有些本就是长篇小说里摘出的一部分。《长亭》是为杂志情人节特刊所写的故事。《月》有一部分细节，后来纳入长篇小说《春宴》的架构，但仍收录于本书。《日消情长》写给文学期刊。这三篇基本都与情爱相关。但表达的又不仅仅是这些。

上一本书是采访集《得未曾有》，自此开始使用“庆山”新笔名。只是符合当下心境的一种选择，并不代表其他更多含义。对我来说，十余年的写作，始终如一，不会轻易失去本分。采访是与客观世间的一种交流，也给予读者一些参考和启发。长篇小说与散文仍是写作主要文体。散文通常是小说密集性表达间歇的过渡和总结。它是直接的载体，坦白，没有拐弯抹角，字句都是心声。这也决定作者的书写要保持真诚，并且想法须经过自我确认。

在此书中，有学习、阅读、观察的观点，也有生活琐碎细节的记录。少许引用部分，来自他处，不一一注明。很多观点只是一跃而过，没有展开或写深。一方面，当时的记录是即刻的、现场的，显得松散、跳跃。另一方面，哲学的抽象性和概括性过于饱足会显得晦涩，需要人物和场景来调和。所以未尽的部分，会在长篇里完成。

我们对事物、人生的感受及理解，并非相同。这是由自己的阅历、角度、偏好、思考所决定，不存在高下是非对错之分。就像有人喜欢红色，有人喜欢蓝色。最终红色与蓝色于本质上来说也并无悬殊，只是一种呈现。对我来说，记下及整合这些想法，是对学习和验证做下标记的过程。

写作《月童度河》之前，在写一本长篇小说。二〇一五年五月之前，已写到十五万字。之后生活中发生一些事情，对我产生影响。决定要花时间重新修改这个长篇。之前所有准备，仿佛是在等待一次集中性的表达。在这个表达之前，想对心境有一次清理。如同灌注之前，把容器清洁。

这本书大部分的记录是二〇一五年之前的想法。也是一段特殊时期。有两三年时间，时常出发去远地，置身边缘之境，沉淀身心，处于某种幽闭、酝酿的心意蓄养的状态。此书内容大多围绕内心之道，显得与外围世界有些距离。与喧嚣现世对比，它所关注的点也着实专一。那不过就是自己的心。

我并不回避自身的弱陷，也无完美的苛求。这几年的阅读和学习，偏向思考和修心的见地。只是觉得，心的觉知和调整是一种能力。若能经由修习，让心清晰、有效、清洁、纯朴，看到事物本质，得到更多空间，是某种程度的自由。这条路漫长，值得探索。

如果心有方向，不管外界与外境如何，都可以获得一处栖息之地。如同钟摆在动荡起伏之中，能够回到平衡的中心点。人身难得，一生短促而无常。但大多时候，人仍不知道对自己来说，最重要的事情是什么，真实又是什么。我们活着，仿佛嫌弃生命太长，虚掷时光。又仿佛会永久地占有和享用这个物质世界，而不关心接下来的路会通往哪里。

这些文字，只是一位写作者单独的心灵清理的记录，是过去时。也许在你阅读的此刻、当下，我已有了新的生发。作者在不同时期的观点与价值观会发生变化。表达无止尽，并处于变动之中。但这正是一种如实和行进的写作。变与不变的感受，也在于阅读者的心境有没有产生对应。

记录中的他，并非确定的现实中的人物，是混合生活中相识的多个善知识的特质，然后重组的角色。用书写把这几年的痕迹和记录，打包整理起来。在其中，可以看到盛放与凋谢过的花朵，结出的果实，以及坠落在泥土中的新的种子。人生有些旧的清理，新的开始，很是清净。

愿你在这些文字之中有所得。

庆山
二〇一五年十二月二十三日 北京

目录

之一

一枚海棠 002
适宜 015
痛苦 018
写作 022
孤独 029
相爱 039
清简 047
葬礼 053
早慧 058
涅槃 067
小息 070
长亭 071

之二

五公里 096
朋友 103
醍醐 109
菩提树 113
弓道 118
黑枝豆 122
茶道之心 131
净化 134
克制 143
赏荷 151
月 155

之三

她 172
石榴 177
旅途 185
镜子 192
养育 199
时光 205
日消情长 233

之四

简单 248
银杏 253
清净心 261
云梯 267
珍贵 272
山谷 276
学习 281
送别 295

之一

一枚海棠

I

早晨四点十七分的时候清醒，天色仍微黑。有一种深深的万事变化和无常的感受。觉得非常孤独。如同预习一个人离开这个世界。有时觉得时间太快，以致早上醒来会有微微恐惧。光阴流逝。是太专注了吧。如同海浪反复打在脸上无法呼吸。我还在往对岸游着。

路途奔波，睡一天算是休息过来。

把老僧人送的一枚海棠带回北京，今天把它吃了。酸甜，略生涩。他的生命是不建设不囤积，到老也只剩自己。有时有鲜花，有时有牛奶，有时别人供养一些微薄的食物或钱。不作为即是很大作为。他把海棠和鲜花整齐地摆放在菩提伽耶的佛陀画像之前，拿出一只分给我。让我装进裙子的口袋。

那日，在露台上。隔壁屋顶三个年轻僧人在洗澡打闹，互相角斗，把大桶冷水泼浇在对方身上。只裹着僧裙，被水淋透，身材毕现，俊美健壮。当时和身边的几个人都被惊住，没有移开脚步，也没有转开视线。他们也已看见有人，仍诡诡然彼此嬉戏，生龙活虎，毫无慌乱避嫌之意。然后走进屋子，再未出来。

时至黄昏，天色清凉。这一幕景象如同幻影，难以忘怀的画面。如果是日常生活中的人，就没有这样的张力。我们没有拍照，也没有谈论。这种禁忌、放任的美感，被释放的束缚的活力，也是心的灵光所在。空气中有柏枝燃烧的芳香，山峦在日暮中变换光线，野猫爬上屋顶，远处殿顶闪烁出金色。这里的一切觉得熟悉，仿佛能够看见它很久之前的样子。

他说你极为用力，喜欢想得完美和理想主义。我当然知道这些未必是优点，但没有这两条，人不可能完成任何事情。很多人都是由于不用力以及过于现实和理性，半途撤退。这样的事见过许多。冒险的心需要一种沉沦的动力。

好像有一种剧烈和专注，享受这个走偏激路线的阶段。拥有一个奇幻的水晶球，小心翼翼顶着它走路。力气大，用的时候没有保留。有时想，人的生活不是在于活多久，而是在于是否活得足够。

活得足够，即是一段充分拆解和粉碎自己的过程。

2

下午六点出门。堵塞的三环，车子停在经过的长虹桥。

十四年前住在三里屯。旧红砖楼，租下一间小公寓。窗外林立多年杨树林，茂密树叶翻动的声音甚为汹涌。有时以为下雨，探头一看，却空无一物。而当真正的雨季来临，街区石板路积水成河，需要赤脚涉水而行。那时三里屯是这般，脏而颓靡，丰盛而野性。那时的我，瘦，短发，精力充沛，内心无凭靠。经常写稿整日。半夜十二点左右，锁门下楼，去外国人聚集的超市买三明治。

后来在《清醒纪》中记录下这段生活。转眼岁月呼啸而过，一切变换模样。三里屯的杨树林和红砖楼被铲除一空，高楼耸立，成为奢侈品专卖集中地。我也已写尽青春的混乱和迷惘，生活几度变迁。

二〇〇五年夏天，从西藏初次旅行回来之后，住进新公寓。深居简出，从早到黑写作。养两只猫，在厨房做饭。疲倦时下楼，散步、看电影，去超市购买食物、猫粮。写作把肉身点燃成一盏幽微燃烧的灯。失眠时，坐在窗台边，眺望城市梦魇般深沉夜色。凌晨的天空，颜色从暗蓝、深蓝到淡蓝，转到微微发紫糅杂着暗红。天色变幻，充满需要小心分辨的真理般的存在感。微小、边缘、封闭、无人。最终结束持续一两年之久的小说，《莲花》完成。之后单身生活告终，女儿出生。

时间这样快。这样地快。快得抓不住记忆的线头。但，真如你所说，幸好有无常。幸好我们一直在变化。

很多事情没有及时记录。有时也安慰自己，一旦某天需要，强烈的信息渗透身心，必会自动涌出。身心是意识的发射器。但事实并非如此。若不尽快记录、整理，所有当下，都会瞬间成空。即便阿赖耶识从不停止它的工作，眼睛需要实际的存在。当记忆成形，形成心的路程，在其中可以看见一路行经的标记。

昨天做复杂冗长的梦。整个世界荒芜一片，洪水欲席卷冲毁一切。天象异常，却好像只有我一人感觉到即将到来的清洗。世界面临毁灭，在想办法离开。梦境的现象诡异、壮观、紧张，让人疲惫至极。醒来后想，也许从小性格不合群，想法经常和别人不同，这种孤立感渗透良久，曾经带来压力。也许一直在试图找到心的栖息地。

与人聊天，倾听他们的问题。是安静的聆听者，适当提问，激发更深的阐述。人的困惑若拘泥于世俗层面，逃脱不出婚姻、家庭、爱、孩子、工作、经济……诸如此类的主题。这些要素构成现世的安身之所，也是坚不可摧的牢狱。不知道在何种境地，才能真正体会到如海水涌动不息的生老病死、成住坏空的苦。这分明是一场幻觉。

也由此警惕，人多么容易生活在意识的牢狱里，粉碎自我需要很大的智慧。

一生莫不是如此。出生到十岁，懵懂无知。二十岁，年少幼稚。三十岁，莽撞奔波，生儿育女。四十岁，心有压力，工作忙碌。五十岁，老态毕露，身心衰竭。六十岁，有些人开始离世。很多人的一生，貌似忙忙碌碌，奔波颠倒，却又好像从未曾真正地生活过。

某个阶段，若业力不松动，除维持原状没有他途。如果足够勇敢，应该继续扛起所有问题往前走。直到因果成熟自动脱落。人对问题的解决方式，不是试图找到答案，而是背负到可以卸除的那一天。

3

晚上九点。百货公司空空荡荡的地下层，关门打烊之前的萧条。购买一双铆钉高跟鞋，喜欢装饰铆钉的黑色衣服或鞋子或包，这种朋克趣味是怎么来的，并不自知。看到尖尖凸出的钢钉觉得美得很。决定坐下来吃一碗面条。

有位女子坐在相邻桌子边，也是一碗面，多加一杯啤酒。短发，潦草，没有化妆。一边吃面一边在手机上浏览微信。我们自行其是，无动于衷，看起来有一种落魄。仿佛是以往小说中写过的女人们做的事情。想，每个人，在他们忍耐、自控、理性、冷静的外壳下，必须努力克制，隐藏骨子里黑暗而耽溺的层面。如同单薄的果皮包裹持续腐烂发酵的肉与核。

深夜地铁。有一些稀奇古怪的人可以慢慢观察。一个胖男，脸上笑嘻嘻的表情，跟对面的妇人聊天。说，今天四月十四日，挂号费十四元，打出单的时间九点十四分十四秒，挂的一一四号，流水号最后是八十四，全是四。他们说房子、物价、孩子、学校、医生、病情、工作，所有实在的生活。他说，人活着多不容易，谁没有脾气？对别人客气些对谁都好（貌似这是不错的道理）。

晚上十点。南锣鼓巷地铁站上来若干买醉的外国人。面容苍白的单身女子，穿着高跟鞋，残存的口红已褪，加班完毕，昏昏欲睡。一对学生情侣当众亲热，均其貌不扬，戴着超大近视眼镜。那女子眼睛浮肿细小，含情脉脉，盯着矮小男伴，有时咬他手臂，有时摸他耳垂。两人把彼此当作玩具，兴致勃勃。坐在座位上的男子，冷眼旁观。更多人则麻木于自己的困境，对这旺盛的荷尔蒙气味视若无睹。

坐在对面整过容的年轻女孩，眼睛与鼻子的线条异常，嘴唇因为被注射微微肿起。此刻她神情僵硬，眼神无力，仿佛忘记试图去取悦何人。过道里一个女人正在愤怒地打电话，不停吼骂，旁若无人。她戴着蓝牙耳机，看起来好像独自在对空气作战。也许此刻她在嗔恨烈焰中亲临地狱。

而这位女子大概三十多岁，长发垂腰，白肤，秀美，戴佛珠，在地铁里摁动计数器，一直在低声持咒。和善地让座，说她不累。学习藏传佛教的这样的女子很多。无端地这些漂亮女子通常在感情上有些问题。但这个因果关系我一直没搞清楚，是因为 A 导致 B，还是 B 是一个必然，所以一般都会遭遇到 A。

在密集空间里，我们所有人，好像在无声地腐烂着，缓慢地死亡着。

4

脑袋有些乱，像噪声嗡嗡低响。停止。生命模式在循环，走不出的轮回。现在能够看到自己。以前不容易原谅别人，更不放过自己。如今，对每个人能够看到他们隐隐闪烁的苦难和幻觉，由此反观自己，没有什么是不能接受的。

有时会被脑袋里的念头震慑。什么叫野性难驯，大抵如此。有时立刻停止。有时则享受这些念头，仿佛进入电影院，欣赏妄念所编造的剧情。情绪反扑时，基本不能做任何对抗，像没有桨的船在狂暴海洋中打转。经历时碎裂感很明显。只是复原的速度在加快。

有一天早上醒来，无端眼泪流个不停。之后去洗漱喝水，心里觉得平静。

父母代表生命里的阴阳性。因为小时候与家人叛逆的关系，我的阴性面发展得不够好，缺少对女性身份的认同感。阳性面被迫扩大，倾向支配、付出、对抗、坚韧。接受和示弱的能力很低。我也许是一个童年时被伤过心的人。这个伤很难治愈。但我使用各种方式自愈，花费很多时间。现在看来，有三种基本方式可行。学习（被验证过的哲学或教育）、服务（写作是其中的一部分）、相爱（尽量扩大认知的边限）。

人必须在自我意识上先死一次，才能重活。

看完一个人一年的癌症日记。在病痛死亡面前，外事微不足道。好好活着，并且不忘警惕及时行乐和珍惜当下。什么是重要的？健康而平静地活着。他说，尽量避开杂人，减少做事，因为时间宝贵。但我最近并没有减少做事，并愿意多做。心有很多困惑，必须通过学习、实践得到道路。

失眠产生的妄想如同巨浪。巨浪中穿梭，观看它的美和虚妄。有时觉得在过着奇怪的生活，但必须接纳和臣服于这一切。否则是在跟自己对抗。决定服从它。在心中检查出各种渣滓。此刻它们正呈现出清醒的本质，这是考验人的时刻。只能观想心脏部位有一朵红莲花暖暖亮亮地开着。

5

“如果你是一个蚌，你愿意受尽一生痛苦而凝结一粒珍珠，还是不要珍珠，宁愿舒舒服服地活着？”

6

至少有两个五六十岁的男人对我说过，因为没有遇见有缘分的上师，所以独自修行。他们行医或做茶，自度度人。人应该好好工作，榨干自己，这是修行。把能量与他人交融，与更多人分享。让生命自然完成，如同一盏酥油灯，发亮，慢慢点完，结束。这个过程便是结果。

某天肉身都会灰飞烟灭，灵魂另寻他处。其他种种现实、享受、妄想、幻觉，哪怕世间情分，也都是短暂。百感交集。觉得人身易老易逝，做什么都时间不够。该做的事要尽力做，有些人要认真对待，无益和损耗的妄想清理干净。控制心念，唯训练是必要。

午夜站台，背着公文包的男人趴在墙角剧烈呕吐，吐出大摊黄水。每个人的内心有隐藏的痛苦。我们在轮回中是一体的、平等的。用心体会这一切。在路边有摆小摊的看过去贫寒而孤单的人，或年龄大的，买他们一些东西。这也是一种帮助。

早上去趟医院，一路堵塞，三起撞车事故。付费时，看到前面女人的药方上写着脑梗死、糖尿病、高血压，三种疾病并存。走出大厅，门外有人群围观，一男子脖颈上挂妇人黑白照片，说母亲在这里做肝胆手术，大出血感染腹腔和肺，手术三次花尽三十万，最后死去。

在餐馆一个人吃面。邻桌一家三口，先是男人指责服务员，然后母亲训斥幼小孩子，接着男人辱骂女人。他们怨气弥漫，不相爱，且无仁慈。只有孩子沉默地埋头吃饭。他长大之后会成为怎样的一个男人？

7

她说，最近除了上班什么也没做，又好像除了做爱什么都做了。问我理解这话的意思吗。我说理解。然后她说，希望这一切是一场梦，醒来就好。

有时人生的确如同一场梦。比如，看到有人发布微信有三百人关注就可月入百万的广告，以此劝诱加入培训班。我们在这场梦中，严肃而滑稽，天真而荒诞。

雾霾天也如同一场梦。灰色大雾弥漫，人们照常在大公园里跑步或遛狗。车流滚滚，人潮汹涌，城市浸泡于迷雾和毒气。停留其中，如同身陷轮回。很多人埋怨或讨伐空气，但仍只有两个选择，打包迅速离开，或者继续存在。并尝试做出力所能及的微小努力。尽量不开车，不过多刺激消费，不让自我的私欲泛滥，给物质工业化的昌盛添砖加瓦。其他还能如何？表演秀或集体娱乐不能改变现实，抱怨牢骚只是虚耗。

不问自己为何还住在这个城市里。选择城市就像选择伴侣，有无可替代的部分，不可调整的部分，无能为力的部分，业力的部分。人生的严酷，使得人在这一刻，把手上的事情单纯而安静地完成就可。疑问纠结毫无用处。

这个城市人多。只有假期日，人潮开始撤退。大街上，地铁站，有时空无一人。享受如此空空荡荡的城市。所谓居住的城市，并不是心和它有多近，而是生活已在这里扎下根系。在心里，喜欢京都这样的地方，到晚上荒凉无人，只余沉沉夜色。整个城市仿佛变成空旷的田野，害怕冷寂的人绝不会留在此地。一个地方应该用这样的威力筛选属于它的人。

想，即便某天有世界末日或大灾大难，人类若能躲藏于地下或某个安全之地，即便什么也做不了，大抵也会默默坚持到最后一口呼吸。人有这样的本性，可以无限忍耐承担起糟糕和负面的东西，唯独真理和美，令他们怀疑、惊惧、试探、放弃，并落荒而逃。

最终地球会遭受劫难。一个个国家，各自为政。一堆堆人，每人不过活几十年。我们无数次试图爬上悬崖，最终仍堕落于生死大海。终究还是不够威猛精进。仍是凡夫俗子，芸芸众生中的一粒尘埃。那些曾经活着，然后陆续离开世界的智者、圣人、先行者，他们试图宣讲一些言语。而我们听到了吗？那些带来船只和双桨的人。

所谓命运，是你的感受和安危无关紧要，一切自有因缘的互相联结。想想这人世如同是方寸之地的蚂蚁，刚想着怎么拿到比较大块的面包颗粒，比自己巨大得多的脚步就已覆盖上来。

8

我不是谨慎的人，有时用蛮力，有时横冲直撞。坚持这个路线，是知道大多数人比较虚伪，容不下直接的面对。被击溃的人，会选择逃走。在很多事情和关系的处理上，依靠的都是直觉。有时并不知道它们对不对，但我选择相信它们是对的。

不想推进或强行卸除某种业力。背负它们，往前走。直到发生变化。也许这是它们存在的意义。把课补上，把没有彻底完成的完成。

有时觉得坚持不了，还是坚持着。像小时候体育课测八百米，韧性太强，忍耐力持久，这是山野里长大的强悍的特征。拖着背着拉着抱着很多东西，用力负载它们往前，而没有随意抛下置之不理。这不是责任心重。是逐渐产生的对生命的理解。

无知的洁净中生长出来的，很容易被折断。从反复的暗黑中生长出来的，可能是信念。在黑暗和暴烈的背后，为何有一种空无而透明的光芒闪烁着？

最近的感触：生活严酷，有时人寸步难行，容不下任何幻想。除了相信、等待、学习、理解并因此改变，没有捷径。如果有珍贵的东西可以给予，亦需要清净的容器来接纳。这些配比是苛刻的。

9

逐渐放弃的东西在慢慢增多。电视报纸杂志新闻，娱乐时尚华服美食，现在连文艺的小说诗歌音乐等艺术形式也失去效用，无有把玩的心。粗分的妄念已过滤，需要处理的，是更深的更细微部分的杂质。把这些造作清理掉，人会负担很少地生活。朴素简单地存在，很好。从来没有怀疑过这个方向。

那些多愁善感的阶段已然结束。再没有柔肠寸断，你死我活。有时也会陷入情绪圈套，但思路还是像刀锋般冷硬、直接。没有多余汁液，只有自我切割的声音。这或许是一种枯木般的迹象，但世界的显现也因此简单明了。没有抒情的余地，只有观望的眼光。旁观世间，也旁观自己。

所谓苦海，是情绪和妄想的苦。人无法充分满足它们。苦受够了，必定上岸。有些鱼力气大，时间是站在旁边的厨子，太有把握，懒得补上一刀。所有的生发动荡最后都会灭亡。有什么劲还在，尽管折腾。都是徒劳消耗，多余的颠倒。

10

很多人生的黑暗面是这样的，不知道的人过于理想化地想象或过于偏激地攻击，知道之后的人则对真相基本保持沉默。至于为什么沉默，有时是说不清楚，说不完尽。有时是说也徒劳无益。

朋友说，海纳百川是负担，要接受下来多少脏东西。需要消化功能十分强大。但人仍应尝试接受荒诞的、不适的、矛盾的、复杂的各种显示和状态。接受，是一种态度，也是一种能力。

如同，作为一个公众身份的代价，要允许自己成为他人的假想敌和不知所谓的偶像，活在虚幻和妄想的怨恨或爱慕之中。不去戳破他人的偏见，而是成为他们用以反照和认识自己的工具。

有时诧异每个人对彼此关系的理解和感受是如此不同，到底是以什么样的标准在达成共识呢？你想的，他人想的，不是一样。我们不过是以对方作为工具，没有如实接受对方，因此根本无法理解对方。人怎么可能奢望了解和得到对方的全部？

有人说，丑陋的要把它展示出来，这样它会消散。美丽的东西则需要小心隐藏，让它进入深处，扎根，生长。

珍贵、重要的东西不能轻易表达。轻易拿出去，被人误解，也亵渎它。不如只拿出部分，这样可以保护它。什么都拿出去，是自己的浅薄，不知道好东西是什么。一旦知道，会保守和尊重它。

黑色颗粒，莲花，清泉，雨水，火焰，大海，虹光。我们的灵魂中本来具有的一切深邃与明净。

适宜

去医院，检查疲劳的眼睛。走廊干净，无异味，空旷。测量血压和眼压，正常。医生态度温和，说大概电脑工作用眼过度，略有炎症。开出两个药水。如果在先进社会，普通人应该享受这样的医疗环境。而现状是，在这个城市，若想生活得稍微体面和合理一些，需要付出庞大代价。对方说可以办会员，一年有效。回绝。应该偶尔才会光顾这家昂贵的医院。

香椿季节，每天买一盒暗红色新鲜而芳香的嫩叶芽，炒鸡蛋、凉拌或者做酱，充分享受滋味，很快它会下架。它还没有成为一年四季出产的时令颠倒的蔬菜。超市水果架子上，稍显正常、健康的非催熟有机草莓七十九元一小盒。烂熟发紫的无花果，是童年时在故乡可以随意采摘的果子，清甜绵软，标价六个三十元。不知为何这样定价。难道无花果树已日益稀少？

我们希望过健康、自然、合理、适宜的生活。只是它这般代价沉重，不可思议。

自行车有些小故障，想着某处如果可以修车，让人看看。黄昏出去骑车，兜个大圈，深感此处不宜骑车。空气肮脏，人流拥挤，车流争分夺秒且永不相让。马路上骑车，处境不善。在瑞士，住在安娜家里，五十多岁的她，经常骑自行车去学校教课，带着藤编篮子去集市采购食材。她有安全感，不会被驱赶、胁迫，不会被粗暴、无礼地对待。这是良性的生活。

考过驾照，但基本用步行、坐地铁、偶尔打出租车来处理交通问题。打出租车的问题是，必须陪不同性格的司机聊天。想到他们职业的寂寞，也就微笑着应对，听各种牢骚抱怨，从天气说到政治。开车貌似快捷，但不环保也增添负担。不想每天外出时带着个大金属盒子和发动机。这样做也是因为生活简单事务稀少，很少离开住家的周边五公里。

根本的解决方式是离开大城市。在一个可以用步行和自行车解决交通的地方生活。有干净的空气、水、食物、自然。离森林、山峦和河流近，人少。最好散步半小时就能进入深山。

对科技不热爱。电器或过于现代化的设备，总令我觉得不适应。除必要工作用具，电器部分尽量简化。东西不到用坏，是不肯换的。手机摔得无法使用无线网络，后来发不出铃声也没有振动，看到未接电话，只能一一回打过去。勉强用着，直到有人赠送新手机。不知道如何磕磕绊绊忍耐下来那些麻烦。

与其说是简朴，不如说是懒惰。懒惰的事情，一般对我来说不重要。

今日出门。出发时，看到马路上一辆逆行的摩托车，差点蹭到路边妇人。妇人不依不饶，骑车的中年夫妇比她更凶狠。彼此破口大骂，仇恨愤怒。回来时坐出租车，司机与另一辆出租车起冲突，也是马路上逼挤，相骂。并没有实质性的碰撞或伤害，而这种无法控制和自我察觉的愤怒，因何而起？也许有不安全感、沮丧、挫败、被迫害、缺乏自我约束等各种复杂的心理作用。

一个社会，如果没有服务于比较广大的目标，没有信仰，人与人之间，只有自我满足、一律为自己的方便做打算，就会弱肉强食。无信用，彼此自私暴戾地相待。失去敬畏，互不援助，刺激进一步弱肉强食。这便是恶性循环。教育不是机械地喊几句口号。对他人尊重，为他人着想，对事物认真对待，需要一代代无限真诚地传承、耕耘。美德依靠人与人之间的直接传授，恶习也是同样模式。

一次朋友带去上海目前位置最高的餐厅吃饭。这种餐厅观摩一次也就足够。由于高空压力，心脏紧张，坐着吃饭并不舒服。孩子和老人也消受不了，会觉得晕眩。大抵是俯瞰一下石头森林的城市全貌，没什么可炫耀，也不是享受。城市变得更摩登更舒适更强大更富足，意义何在？被物质价值观推着走的生活，是个怪圈。依靠消费和娱乐活着，肯定不是正途。

人们需要的是，有心灵支撑的均衡模式。真诚和有效的生活方式，精神与灵性有追求，真正地相爱。以及为别人服务。

痛苦

最近才知道，顾城笔下的英儿，早几年已在澳洲悉尼因病去世。时年五十岁。买《英儿》一书阅读时，我二十岁不到。还记得在故乡鼓楼附近的小书店得之。封面是覆盖着蕨类叶片阴影的女子裸体，一如书中文字的美与奇异。当时这样的表达算是极为前卫。如今，书中三个人物都已早早离世。再看这些文字，依旧感动，但也深深感觉到文学、艺术在本质上的无法究竟。

文字再华美不羁，如果只是在妄念、欲望中盘旋，即便呈现人类灵魂深处的苦痛与分裂，也仅算是完成艺术的任务之一。最终有效的文字需要超越这些，需要有觉知有锐性。艺术只是一个法门，一种方法，也有进阶，比如见自己、见天地、见众生。但方向只有一个，并且无有捷径。

唯美和理想主义的作品具有更高价值，现实主义走在地上，价值不高。但现在的判断标准正好相反。人在早年没有解决好的问题，是永久的困惑。热衷最基本的欲望，意欲彻底拥有、享受世俗愉悦和虚荣的人，不可能继续从事创作行为，或试图走得更深一些。

作家精神独立，才可以让这个职业被人尊敬。否则，有些人的角色，会更像是商人、小明星、表演者、流水线的文字制造者、虚妄的偶像和投机分子。这是那些早年没有解决好的问题所决定的。这些形式折射出内心的贪婪和不独立。

有些艺术家虽然独立，却是不全然的分裂的人。不想办法整合自己，即面临自毁的困境。

伯格曼说，人类存在一种不可测量的无法言表的邪恶。他所言的这种邪恶可以喂养痛苦，也可以支撑灵性。美和地狱的力量一样强大。很多人为所谓的创作生涯，榨干生命汁液，以痛苦来供养创造力。但有些痛苦，只是从不试图做任何改进的习性。

以前看一个法国男人在日记里写，不能自杀，因为不能让那些凡夫俗子得胜。不过他最后还是自杀了。其他人应该也不算得胜。在刀刃上舔蜜的事情，不是谁都能做。需要很深的痴迷，很重的欲望。

痛苦长时间献供，不免粉身碎骨。一些创作者最后成为祭台上的牺牲品。艺术工作者为何容易颠倒、偏执、疯狂？人如果没有信念，能依靠什么而一步步走向破碎？年龄越往前走，越容易出现精神危机。人生走到某种程度，基本上其幻梦本质已暴露无遗。所有的肥皂泡一一破碎。此时不能被往下的力量拖走。也要警惕把世俗成就或宗教当作麻醉剂。

有才华的人会被挑选成为意识的载体，所以更应该提前考虑清楚道路。如果才华被野心、骄傲、欲望、虚荣、沉沦种种习性所绑架，这是烈火地狱。以自残、自杀等方式，成就膜拜者的幻想。这种事代价太大，徒增别人的刺激，于己不过是毁灭。往下堕落的重力远胜过上升的速度。有时堕落的力度，让人们妄认为是勇敢，其实仍是虚弱。

上升虽然缓慢却更可贵。那是为自己获得的自由。

“一位作家作品的深度，得由穿透作家心灵痛苦的深度来决定。”这里所依赖的，不是痛苦的深度，而是穿透的深度。这是有区别的。

人活在自设的牢笼里。英雄和革命主义、理想、梦幻、物质、情欲、知识、概念……莫不如此。深受牢狱之苦的人，会想冲破。但大多时候，它们是舒适的堡垒并带来狂妄的自傲。这是牢狱，除自救，没有其他办法。我们的心幻化出这个世界，然后被监禁在自我的牢狱里寸步难行。

很多年前我就思考过，人是否值得为艺术牺牲生活、煎熬灵魂。人们喜欢一个艺术家贫穷、落魄、堕落、早死，觉得这样才是一种资格。一些读者由爱生痴，见不得作者得到生路。最好她或者他永久地漂泊，无子女无爱人，孤独终生，落魄死去，自杀最酷。但人不是为艺术而牺牲，而是应该以艺术为工具达到自我救赎。精神疾病并不是什么勇气。

生活是自己在过，智慧与福报要慢慢累积。这是一种选择。所有人留下的痕迹，作品也好，物质也罢，最终不值一提。对作品不必过于执着和自傲。所有的一切只是走到对岸的工具。管好灵魂，让它找到道路，这是重要的。

“真正懂得万事万物的因果，才能内心明亮，知道如何取舍自己的思想、行为和语言。”

以前与朋友讨论，他说，艺术是让人放出心中的魔鬼。我并不赞同。很多心魔不过是妄想和情绪，是我执的戏剧化和激化。对人对己无益，应该克制。艺术宜尽量去靠近真理，至少对此抱有希望。

人类社会，貌似科技进步，心灵的价值则在麻木与下坠之中。这可以通过一切发达的网络载体来搜索和显示，大部分社会中的人们，他们感兴趣的是什么，不感兴趣的是什么。明星微博上一句鸡零狗碎毫无营养的废话，转发无数。而有真知灼见的地方，寂寥冷落，反应稀少。

任何人不必觉得自己有多与众不同，或有多重要。在这样的时代，越应该用心灵去做探索和表达，逆流而上。

花好月圆的平衡与完满是有底气的，也是看起来极为平凡的。二十几岁喜欢看起来复杂、渴切、执着、分裂的人。现在若看到一个人，平心静气，眼神澄净，爽爽朗朗，干干净净，觉得这样很美。

妄念熄灭，深入简出。什么是解脱？先不说解脱生死，不以习性和情绪煎熬自己，即是当下的解脱。

写作

I

与朋友相约。到她家楼下早一个小时，附近茶店喝杯茶。看到一串雕成莲花的紫檀佛珠，得之，清香可闻。

朋友说家里十多年不曾来人，我们却相谈欢。泡多年老白茶喝。看她的很多老照片，风姿绰约的人在相片中，慢慢从年少走到日暮。如今很喜欢去他人家里做客，仿佛通过房间里的摆设和气场，可以触摸到他们内心深处的故事。

也讨论写作。她说，写作，是为了给遥远的另外的自己。我说，那也许是比现实生活中的自己，更精粹更真实的存在。也可以说，是我们自身隐藏的佛性或神性，写作可以联结到它。又谈起共同喜欢的一位国外作家，她说，这位作家这几年显得相当沉寂。我说，对作家来说，沉寂没有什么不好。我确是这样想的。

回家后读她的小说。一口气看完大半本。她写得坦诚，各种藤蔓重重，个体的生命进展充满艰辛。我很少如此投入地写过现实生活。

想到人在命运中沿着各自的轨道奔走，有时完全动弹不得。若不改变自己的心，毫无出路。

变老，病痛，死去，孤独，都是苦事。身边亲朋离世，生离死别看过很多，自己也已走完半程。昨晚失眠，想，除持续写书，继续学习，没有更重要的事情。生活可以持续简化。不需要更多杂念。

人生变化如此之快，一些记忆来不及思量就成为过去。时间一长，它们会被心吸收掉。如同人与人之间要及时地好，身体里的字，也要及时地赶出来。哪有那么多时间？只有活生生的此刻。趁还活着，趁还有力气、精神和愿力。

有人说，写作的孤独不在于写作本身，而在于没有写或者写得太少、写得不够。这个观点在最近深有体会。已明白它的价值。以前也想过先不写作，好好休息，享受一下生活。比如吃吃喝喝、到处走走、赏花弄月、听经闻法之类。但总是一念之差，又开始日赶夜赶，埋首工作。

回头看看，能把几年的反省、记录、斟酌、思考，整合成一本书，也是值得的。写书最终的意义，是存在的流动。这些文字、思考，在出版之后，已经是自己的过去时。但它会成为不同人的现在进行时或者未来时。

文字与不同阶段、不同时空的人相遇，因此有不死的意味。

有人说："写作时思维程度深，所以很多作家在生活中都是不动脑的人，生存技巧就是不说话，少惹事。看作家，只能看他的作品，他小说中的智商比他生活中高好几倍。"我想，其实是，小说中的智力在生活中用不着，没有可用之地。生活有其不可言尽的规则。写作者若没有些许出世之心，只是盯着生活的物质层面，会成为作品写不好、生活也过不好的人。

写作并非易事。需要拥有天赋以及后续心性与智慧的学习、训练，不断积累，扩展前路。这样才能拥有不枯竭的源头。单凭靠想象、模仿、情绪、激情，这条路走不远。我们通过写作的法门，来修习和得到一个更丰富更通透的自我。再用这个更好的自我，从事更深重更长远的写作。

心要坚强，心要超越。

2

读一本挪威作家的书，感受其充满北欧的冷冽与寂静氛围的文字。相比中国人热衷热闹和混乱的倾向，他们的社会仿佛已进入冷寂的高级状态。如同北欧电影经常出现的广袤空旷的空间，孤行的人物。华人电影，则在意强烈情节、怪异人物、夸张情绪和虚假的表演。如此重口味只能说明人的觉知相当麻木。

读爱尔兰作家吉根的《南极》。喜欢《爱在高高的草丛》。她的胜出在于细节，疏离而旁观的叙述角度，无用的素材如薄雾弥漫，重要的核心却如闪电稍纵即逝。这也是欧洲作家喜欢的方式，把小说当作高级手工艺把玩。麦克尤恩也是其中一员。绝佳的叙述，是克制而准确的。

但他人有时为什么无法模仿？写作真正的核心，需要对事物的感受力和理解的能力。词句和技巧的单纯袭用极为薄弱。

安妮·普鲁的短篇小说集。某些细节细微到骨子里，令人心尖悸动。常有神来之笔，寥寥几句，自然景观描写细致入微。只是惯性把人物往罪恶残暴的沼泽里推，仿佛是西方主题的传统。换个角度来看，不过是泥地里打滚，全是无明和业力在作怪。李安的《断背山》过于温暾，原著其实相当迅猛。

说读小说是为了看故事的人，是有多简单粗暴。我们读小说，分享的是这个作者的世界观、价值观和自我特性。这种特性，比如神经质的性情，繁杂反复的思维方式，诸如此类。至今喜爱的寥寥可数的几位小说作者，大多有自己的叙述腔调。或者如寒冰般理性和冷峻，有时又如孩童般纯真和诗意。他们说了什么并不重要，但怎么在说令人难忘。很多同行都败在后面一步。

泉镜花的小说值得一阅。读完《歌行灯》和《高野圣僧》，写得优美、放荡、充满禅理。他后来娶妓女做妻子，两个人白头偕老。文字意象耽美而奇幻。

前段日子，朋友推荐看一篇小说，跟作者早期写的好像完全不一样。中年时期的作品，轻盈、透彻、温婉，也不过是述写世间微小情事。在地铁里，字句读得内心安静。看到好的字，对写作这件事会产生信心。

读完薄薄的德国小说。字句简练，细节准确，通篇写人所犯下的各种罪恶。作者没有立场和评判，仿佛有某种超越人间的视线。好久没有读到这样冷酷而清洁的作品。

在公众中迅速流行的用语大多有简化、粗陋、贬抑的特征，扭曲和抹杀事物的真实本性。追随、模仿流行俗语，不是好事。现在也不接受纯粹为文艺而文艺的文字，这是二十年前会觉得好玩的。现在看看，全是儿戏。文字的质地需要灵魂的重量，力透纸背，即是说的这个要点。

3

“小姐，这可能就是我一生的幸福了。趁着没人瞧见，我该回去了。”

小说《古都》淡淡的结尾。初次读这篇小说时我尚年少。二十年后，写了个长篇的结尾，向这个结尾致敬。一个聪明人感受到此处，写邮件告诉我他的发现。

带川端康成的《雪国》，去湖北采访的路上。高铁车厢里慢慢读完它。这个年龄，重读川端康成有新的所得，那种带着晦涩感的传统的日本调。《古都》也会重读。至于村上春树，已经在我的系统之外。也许因为他的文艺性对我已不起作用。

文学奖颁给张爱玲还有点意思，不过她已去世，貌似也没什么巨著。《小团圆》很好看，也只是她一个人的小团圆。读完《少帅》，对她的苍凉感更有体悟。但这小说幸亏只写了三万多字，感觉有失败的气息。她的特长，在于对细节和心性的犀利描述，如同心里有一把解剖刀。我想她也许不怎么喜欢自己。

“我小时候有一回出去打猎，捉到一只鹿，想带回家养，抱着它在地上滚来滚去，就是不松手。最后我困得睡着了，醒过来它已经跑了。”这样的句子，读着让人内心寂寥。感觉她越是年老，越是什么也不信。晚年心境，如同沉沉的暗夜冷冷的星。

相比起川端康成、张爱玲那个时代，以前写作的人仍显得较为体面。在非信息化没有网络的时候，从事写作的人可以保留更多空间，隐秘而优雅地活在别人的想象里，直到离世。读者会有距离地远远地爱着心中的作者，而不是把他们当作娱乐工具。在过去的时代才能产生传奇。

4

有人发来一张图。图片上是她的书架，摆着一列我写过的书。书脊和封面都有磨损，显得破旧。把书看成这样，大多是经常在路途上携带，或者看得过于勤快。但也许封面多采用纯质纸，也并不坚固耐磨。

现在看书，不喜欢书被弄脏有破损。在旅途中看书，会用棉布书衣包起来。平时也小心对待。只是书中画满长长短短的铅笔横线，做了各种符号的标记。

内文洁白如初的书，代表还没有阅读过它。如果画满线和符号，则代表即便在以后也可能会多次阅读它。

5

“除非我们对痛苦有一种理解、能接受痛苦，我们就无法超越痛苦……就如在摄影时，不仅光线是唯一的要素，阴影亦是必要的。”

孤独

I

在吉隆坡等待转机。辗转抵达半岛，房间离沙滩只隔一片草坪。晚上的海洋漆黑一片，听到潮声涌动。午夜梦醒，拉开窗帘，看到月色下波动的海洋。它曾经离我这样地近。不知道为何来到马来西亚的海边，但已封闭地度过五天。在这些日子里，想了太多，写了太多。

住在旅店。有人来打扫，一日三餐是取之不尽的自助餐。这种空虚刺激思虑的活跃。日常生活是重要的，如果在海边有个屋子，每天需要清扫、浇花、除草、种菜、烹煮、洗熨、集市购买、和邻居互通，之后再有些阅读、写作、看电影和戏剧、跑步、打坐之类的事情，大概就很完美。在一处能看到海水的厨房里做饭，会是怎样的感受？

黄昏想去海滩边的树林看书。准备出发时，有七八只猴子跑来露台。它们看起来很安静，大猴子背小猴子，见到我也没有露出索要的意思。好像只是暮色凉快出来逛逛。远处，有人在大海里冲浪。

近处，一只松鼠在屋顶上来回穿梭。金发男子在高壮繁茂的热带树木之间荡秋千。这里的海水是温的。不寒冷，很干净。

在读奥修。今天读到 Shiva 回答 Devi 的提问。Devi 的第一批提问就很有魅力。她问他，你的真相是什么？奇妙的宇宙是怎样构成的？宇宙的中心在哪里？已读完他一本半的书，想能够与人讨论他。脱离性别和身份的沟通，人与人之间应抵达这种深度。可惜这并不是与任何人在任何时地都可以发生的联结。

性开放的国家跟奥修有没有关系？他在孟买的演讲，说，要爱更多的人，也要允许对方爱更多的人。婚姻是不需要的，除非是为了更深的友谊及一起发展，做爱时要视对方为一座庙宇，全然慈悲真诚和真实是生命最重要的事……印度人接纳了他的观点吗？觉得丹麦、荷兰之类的地方才深得他真传。

“业是我们没有完成彻底的事，因此你会回头看。”所以，好的方式是，完全地终结手里经过的每一件事，这样才能放下。软弱地拖拉，有保留地付出，都是对自己的剥削。不管是在午后做一道苹果派，还是需要长久承担的责任，都当如此面对。把事情做完尽，不再回头，没有拖欠。糟糕的是那些半途而废、不彻底的人与事。

有些观点深得我心。比如他说爱无关于关系，爱是一种存在的状态，如同芬芳。他本质上像诗人，是颠覆的、鼓动的，有狂野的诗性、敏锐的直觉。他拆解许多人类以此为保障和硬壳的问题。

有多少人可以真正理解和信任他的核心？我们没有遇见过活在开放性里面的人，也没有真实而深刻地爱和被爱过。观念的颠覆和破坏才是彻底的教育。

2

小艇穿过夜色中的河流，两旁是茂盛潮湿的树林，大量萤火虫栖息其中。一片漆黑，点点萤火。看到小船上的灯火，它们被吸引过来，亮光如同雪花，轻轻撒落在半空、水面。天空有雷电划过，繁星很亮。这个场景，想写在长篇小说里面。

晚上去树林。草坪、参天大树、树枝间露出的繁星，空无一人，圆月试图突破云层。大海黑暗而强烈，潮声悸动。第一次见到红色的月亮。

文字、色彩、音符、形体……种种想象和创造，最终应是一种供养。当心足够丰富和敏感，整理出这些生命的重量，给予他人一起分享。围观而热闹的人群渐渐散去，最后留下懂得真滋味的人。

只要有人能够看懂，就应该把美好的心得交付于他。这不是你在给予，而是他在成全。

创造美好的事物，不吝于与他人分享。行过黑暗的隧道，用来通往深处的宫殿。你供养的，是此刻当下清净优美的心。这也是可以给出的最好的东西。

“如果我在森林中或在船上信靠自己，大自然当下就可以把我变成一个婆罗门：永恒的必然，永恒的酬劳，深不可测的力量，万籁俱寂……这是她的信条。”

3

在杭州做采访，遇见不同的人。和他们聊天、听雨、看树、饮酒、喝茶。大银桂树，米粒般花苞还未开。强烈失眠，听到满山的蟋蟀鸣叫。半夜雨停。房间里有只大蟋蟀。

每天都在看他做菜，吃他煮的每一顿饭。他做菜、酿酒，做什么都是慢慢的。这样温柔宁静地对待事物的男人，对人也不会差。午后，走段山路，到山谷深处。青苔石径、竹林、野花，采摘蕨菜。看到一棵形状美好的大树，树干分成两端。

去女孩家做客，她的大宅子和花园，漂亮的瓷器和茶席，闻香、喝茶、听琴、嬉戏玩耍。为观赏春天的梨花，用古杉木搭出一座高台楼阁。

只能说，一些人生活的情调和心态超出想象。在这个山村，他们自得其乐。花园里，有两棵大梨花树、石榴树、杨梅树、南天竺、巨大的芭蕉。青石台阶被雨水泡出苔藓。两行诗句："吹灭读书灯，一身都是月。"

了解他人的人生，听他们说话。为什么愿意做采访，奔走辛劳，也许因为我对人心有探索的心意。探测他人的深渊，以此看到自己的位置。做开放性的不设定的观察，感受不同个体的平等和多面。一个采访者应该是敏感和容纳的，对应直接，并持有对他人的善良。

这是另一种工作，进入陌生人的世界，和他们共处。在持续数月的项目里，会说很多话，有许多交流。将会频繁地饱足地使用语言和文字，并以此穿透这些工具。这个过程最终训练的应是一种单纯。

4

网上订书。因为工作，这次集中订的是饮食和藏传佛教的资料。每次做采访的准备，都是最好的学习机会。学习各个行业，学习他们的专有知识。从二〇〇四年开始，一直在看关于西藏的书，它的历史、地理、文明、游记、宗教、渊源。十年过去，还在看。至今也只去过两次拉萨，都是中转，一次是为了去墨脱，一次是到阿里。

它和印度、不丹这样的一些国家给我的感觉很相似。觉得有什么原先的东西留存在那里，不陌生，没有丝毫生疏。有些因缘不可思议，包括到达的城市、认识的人。灵魂转换躯壳，已不记得前世的事情。但也许曾经来过，也曾经彼此见过。

写稿。点一支“飞鸟”，幽香阵阵，听苏州老太太弹《普庵咒》琴曲。老太太琴弹得好，想起她干净利落的样子，珍惜彼此的一见。很快去湖南农村，那里降温下雨。身体未愈，得带上中药。

住进陌生人的家里。他盖起这座屋子，和妻子孩子生活在村庄。拜访过一些这样的家庭，基本特征是，有一个动手能力强有主见的男人，找到志趣相投的伴侣，两人搬迁生养孩子自成世界，过想要的生活。但这并非是恒久的理想国，而是世外桃源的回避之地。

他用毛笔记日记。庭院的石缸养两条大黑鱼，雨水滴滴答答打在棕榈树叶上。厨房用柴灶做饭。喜欢别人讲话不紧不忙，谈论荷花和果树的事情。今天跟他一起看了一天的树，听他谈论观察和为它们喜悦的心得。

这些邂逅的陌生人教给我很多东西。

如果是老的灵魂，会想回到以前。在这样的时代，维持优雅和体面、诚实和干净，是沉重的事情。有时这肉身太潦倒。而有时，这种潦倒的优雅，成为我们记得自己来自何处的线索。

由各种形式的媒体，传播的关于物质和欲望的美轮美奂的信息，不知带给人多少误区。尤其是不经世事的年轻人们。以为生活就应该是这种样子：轻而易举的富裕，唾手可得的美丽，天长地久的爱情，终身饭票的婚姻。时尚工具扼杀人的理解力，洗脑式资讯使人弱智。事物在被标签化、模式化、物质化的同时，人的心力开始萎缩。

人们无法理解真实事物，也不能正视自己的当下。

那些很少学习、读书的人，每天上健身房，凑个饭局，看看韩剧美剧，出入各种聚会和派对，貌似轻松愉快地打发着时间。或者像地铁车厢中的人，全神贯注于手机，玩切水果游戏、阅读电子小说，大多年轻力壮、神情耽迷。人们最终会从这些内容里获得怎样的一种乐趣？并以此来忘掉自己。

不去思考生活，不去感知身边的人与环境。无聊和虚耗剥夺心的空间。而这些空间本来可以生长想象力、勇气、觉知、情感。此刻痛苦显示不出它的价值。

粗率潦草地对待人生，搪塞心意，未免是一种可惜。而那个男子用他的存在方式告诉我，当人真正为自己的心做出选择，这是一种自爱。

5

在孟买住过的旅馆房间，殖民地风格的建筑。中午炙热，洗完衣服拿去露台一件件晾晒。站在窗边抽卷烟，眺望街道上的浓密绿树。斋浦尔的古老街道、旧宫殿。早上天刚发亮时，喇叭里传出清真寺的祈祷歌。在屋顶上悄悄靠近的瘸腿孔雀，看起来冷淡、不屑、小心而又天真。突然展开华美双翼，飞向湖畔。

加尔各答的夜色。轰隆隆的电车。

那年春节，在印度晃荡将近一个月。从北到南，从新德里走到孟买和加尔各答。挤在当地人店里吃咖喱，晚上去牛奶店喝牛奶，电影院里看本地电影。沿着地图上的路线一站站往南方移动。觉得做异乡人一直到死也可以。英语马马虎虎，但能解决各种麻烦，包括多次斗智斗勇。这趟旅程是很强烈的一次。

想念印度，远方的故乡。打算把这些记忆一一写在小说里，如同把雨水洒入大海。如果某天实现愿望，要去印度还愿。菩提伽耶的菩提树，记得我许下的愿望。那个旅行可以持续一个月，抛开世界，静静地活着。

等待同行的人，和等待上师，是同等困难的。“我遇见你，如同遇见戴着花的鹿一样不易。”

6

周日晚上有个人邀请参加他的四十岁生日晚餐。不知为何，这几年他断断续续请吃过几次饭，我们也并没有合作，有时讨论他的感情问题。他喜欢男人。但通常这样的男人对女人比较好。他经常殷勤体贴地为别人夹菜。

他说生日请吃饭，带瓶香槟前去。坐在对面的男子，在外乡开宠物店，说话的腔调我喜欢。貌似他们都有个多年的女性好朋友，与他同来的女人也显得爽朗。

吃完日本菜，四人决定去碟店。那男子手里拎着大瓶香槟，点一根烟，穿着黑色 T 恤在人潮中走。他俯身轻轻对我说，这是个浪子。

他很喜欢他，看得出来。我也觉得他不错。他干净，有些忧郁，又很单纯，又仿佛很深。其实他们也都是四十岁的人了。做个生意，喝酒，找好吃的餐厅，说点轻松的话，只认识一天就开始谈恋爱。这都是以前故事中的人。

所有人都是一样。在各自粉饰的外表下有着千疮百孔的人生和暗黑深渊。如果了知这些，不会觉得自己特别，也不会觉得无辜。

去碟店，买了三四十张碟片，包括塔可夫斯基的大量旧片。也不知道是否有时间看。拿了一张《五十度灰》（也翻译成《格雷先生的五十道阴影》），店员说是删减版的。朋友送的三本厚厚的台湾版原著翻几页没看，送人不好意思，后来装箱子放在地下室。此书畅销再次说明人类社会的孤单，以及人们在爱与性之中的受困。

入睡前和一朋友讨论几句，对方深恶此作，说看也浪费时间。我说你对性有抵触。其实不妨如奥修所言，给予赞颂和庆祝。奥修有先见之明。如果人类按照他的理论生活，给予身心觉知、尊重、温柔与自由，《五十度灰》这样的书和电影不会出现。可惜，他一直被攻击，后来似乎被毒死了。

想起也有人曾经说过，肉体会干扰精神与神性，所以它会破坏很多东西。

7

晚上去蓝色港湾，买一双紫灰色羊毛长袜，彩色圆珠笔，做明信片的纸和信封。最后买一只搅拌核桃和巧克力蛋糕的冰激凌，店员慷慨，把它做得很大。坐在喷泉边吃完。临上出租车买了两只大气球。

也许即将开谢，梨花树散发出强烈的香气。在树下晒太阳，铺开席子，花树下小睡片刻也是愉快的。但重要的是有一个同伴，安安静静相对喝茶，说些闲适的话。

想看场电影。找不到同伴，自己也不想去，又开始工作，把专栏赶出来。工作狂是因为找不到人一起看电影而练出来的。有时只是喜欢夹在电影院的人堆之中，仿佛加入集体活动。

在故乡，有个很小的乡镇，名字叫大隐。地名还有叫花墙、儒雅、长亭、梅林、凤山、仁美、太和、福德。这些名字如此优美，不禁令人感怀。人称当下是哀堕的时代，一切莫不是在加速腐坏，事物渐渐失去质感。但亲历一回坠落的过程，也必然有其深意。

订了辛波斯卡和阿多尼斯的诗集。是波兰和叙利亚的诗人。读诗在夏日是有清凉感的事情，“我的孤独是一座花园”。

相爱

I

问他，会怎样地去爱一个你爱的人。

他说，就像爱自己那般地去爱他。有时可以温柔地揍他，但所有的动机都应该是让他更好，而不是提供所需，让他沉迷。有时离开是必要的。有时，继续试炼也是必要的。能挖出内心黑暗的爱人，是难得的严厉的上师。又说，不受限制的爱有更多可能性。相应可以，天长地久的结果是不必要的。

他说，在爱的死亡中，自我会死去。爱需要很大的勇气，很大的冒险。但只有去爱，我们才能成长。

伯格曼在一封情书里写道："现在我只有一个要求，就是好好地活着，勇于献出生命，勇于接受生命，勇于为生命所伤，勇于感受生命之美。敬勇气，吾爱。"

但有时我们还是太胆小，宁愿凭靠种种世俗工具来回避对感情的需求。肤浅的恋爱跟一部美剧、一台演唱会、一杯咖啡、一个电脑游戏具备同种功能，打发无聊和孤独，满足虚荣和欲望。唯独回避心灵深切的感受。

2

街头一男一女怄气。女的佯装离去，男的站在原地呼叫和等待。女子回转，脸上露出笑容。她要的是哀恳。小女孩劣根性不改，多么添人麻烦。对亲密的人耍小性子，不是威风，分明是一种缺乏。

比较深的亲密是，吃对方剩余的食物，能当着对方的面暴露自己，任意需索。这种全面的信赖和放松，需要勇气，因为隐藏被伤害的可能。我们在喜欢的人面前，留有儿童的心智。这是人性，是深深隐藏在每个人心里的幼小儿童。也是儿童和父母之间的模式。只有被彻底满足过，才可能超越。

但我们并不是始终有机会在恋爱中回归童年，做表里如一的孩子。更多时候，爱人无法接受心的真相。智慧的大人才有更多自由。

不在于如何找到更合适的人，如何让对方待你更好。而是自己怎么能走得更远、更稳当。不是向外寻求答案。而是去调试自己的心。

3

“我问他为什么要睡我房间，他说，人生可贵，我和你在一起的机会不够多。”

4

电影里，萧红说，我知道我的未来，孤苦一生。但这只是她的自怜。在落魄、危难、病痛、孤独的时候，事实上有不同身份、不同关系的男人在支援她。时间或长或短，未必有情爱，但对她都有帮助。她的一生受益于男人。在那个时代，男女在一起显得容易、天然。人的性格也更为率真、自然。现在不同，男女很难靠近，心也大多伪装于僵硬的面具和盔甲之下。

法国片，《爱》。深爱的本质是悲悯。可参见欧洲人的某种情感状态，即便从年轻时相伴到老年，或者父母和孩子之间，除彼此的欣赏、陪伴，始终有一种独立、矜持、文明及各担责任。或许，克制而有节的情感才能长远，并具有深意。需要对彼此的质地产生真正的理解与爱慕。

令人印象深刻的台词，是于佩尔饰演的女儿说的。她说：“小时候我放学回家，经常听到你们在房间里做爱的声音。我觉得安心，知道你们爱着彼此。不会离开对方。”

5

手写一封书信，重抄三遍。养成写一封简短书信的习惯，字也不用特意练习得优美，字拙心净，自然有能量。应该怎样地去接纳和给予，一份与他人互动的珍重而真挚的情感？这是宝贵的心得。

今生能够郑重温柔地对待过他人，离开世间时也应该没有什么遗憾。

有人问，为什么明明在世间相处的时间是那么地短暂，而相爱的人还要互相摧残？日常所谓的爱，互相交换的爱，不过是在爱的名义之下隐藏的欲望、嫉妒、妄念、自私。不给予自己快乐和自由，也无法给予对方，却又需求对方提供填补，令自己满足。并要求对方始终不变。这些期望最终会产生失望。

很多人对待他人的方式，就像清点他的行李。只是确认它在不在，在可控的范围里占有它，而不是认真对待，享受彼此的存在。太深切执着地爱人，或者太深切执着地恨人，均是一种自私。

爱是接受全部。有时想只有懂得信仰的人，才会真正懂得怎样去爱，因为知道如何去相信。俗世的人为什么不会爱？他们习惯彼此之间的怀疑、放弃、交换、蔑视。

让对方去做想做的事情，成为想成为的那种人。让他兜转长路后去思考做的一切是否正确，以此检验对你的感情抵达哪一层深度。控制和操纵，其根基是软弱和恐惧。要做到的自信是，由他走到哪里都可以。你总是与自己的心，平和而丰盛地相处在一起。

希望他人快乐，并得到他们想要的。给予对方一切的自由。其中包括损伤和离开的自由。

6

有些关于男女感情的奇怪观点，转发率极高。比如，你必须对别人狼心狗肺，只对我一心一意。你要满足我所有愿望，包容我一切情绪和坏脾气，赚的钱全部给我花，永远爱我不许变……着实都是些幼稚至极的言论，十分离奇。

现代社会的女性，好逸恶劳，同时还要求男人宠爱自己，一心一意，服服帖帖。这是怎么了？女人起码要经济独立，而且懂得尊重男性。而现在的社会，男人不尊重女性，成人不尊重孩子，女人不尊重男人，孩子不尊重老人。人们不尊重任何东西。对一棵树都不会尊重。

要求对方容纳任性和坏脾气的女性，要求对方满足各种要求的，最后会吃很大的苦头。期待对方一生只爱你一个人，也会吃苦。不谋求身心独立，只想依赖和榨取他人，无视事物在无常中的轨迹。希望盛开的花不会枯萎，前行的河流倒退。这些都是日后受苦的根源。

能玩得下去的游戏需要共同规则。并且这规则让彼此都觉得快乐。但凡一个游戏玩得吃力又无效，就应意识到玩的只是自己的规则。如果这只是你的规则，就只能自己玩。

一个对别人会狼心狗肺的人，怎么可能会单独对你好呢？

对生活负起责任，也对他人负起责任。有人把男女情感形容为蜜海，那要看使用的是什么方式。有时它无疑是炼狱。

对他人需索很多，待人却冷酷无情。妄想对方始终忠诚，却从未感觉到安全和自足。颠倒的人，感情也都是颠倒的。不用奢望颠倒的两人能够拥有一场合宜的恋爱。

先让心清爽和温厚起来是首要。

7

会种东西养东西，热衷和大自然相处，用双手做很多事情，专注、敏感、单纯、温柔，大概就是那种有人说的，“跟他相处脑袋会开出花朵”的人。想想现实中，僵硬而无趣的人何其多。

年轻的女孩，不应该一味把时间花在追逐热门电视剧网剧、精心打扮修饰皮囊、渴望华贵奢侈的物品，以及幻想有男子平白无故对自己热爱一生一世。这些都是泡沫。多读书、多旅行、勤恳工作、善待他人、热爱天地自然、珍惜一事一物。自然有人感受和尊重你的价值。

女人对外在世界的个性形成有重要作用。不能小看自己。

接受孤独的处境，学会自处。多些付出，而不是无尽索取。女人最好有一半活得像个男人，像他们一样，不把情爱当作生命唯一源泉，做些更重要的事。习惯承担，运用理性。习惯孤独，天性自由。这些缺失是女人在情感上输给男人的原因。

对女人而言，她们对情感、欲望、安全感的贪婪，对情绪的耽溺和不自控，对亲密关系价值的盲目拉高，有时接近无药可救。并且耗费大量可以工作和促进心灵进步的时间。对男人而言，障碍大多来自价值观、僵硬的知识、野心、自信和试图控制世界的妄念。这种固守和限制使他们无法自在、放松。

真正可以享受关系的女人是什么样的？

也许像见过的一个舞蹈老师。上课的状态不是每次都很好，但有时会突然充满激情，在音乐和节奏中陷落，尽情舞动，忘记解说，忘记身外的一切。她如此充满爆发力，剧烈的动作停顿在结束，整个人挥汗如雨。当她呈现出这般超赞的演出，会给她鼓掌，对她说谢谢。她带领身边的人进入无造作的纯粹、自然的世界。无二的境界。

她不见得是面目漂亮的人，但沉浸和享受于舞动时，展示出酣畅淋漓的强盛的美感。此刻只想取悦自己，一心一意，打开自我，融于内外。当女人选择爱与被爱的时候也应如此，有忘我、无我的境界。

很多女人聪明伶俐，但一生被情所困。即那种没有恋爱就活不下去的人。很难说是与低自尊或性欲相关，也许是灵性较高极为需要身心联结的人。低级联结是一把水壶在岸边等待雨滴降落的状态。高级联结是把自己沉没在大海中，所有的所有都得到满溢。

8

也许很多人临终之前，会感觉自己的一生，并没有真正地爱和被爱过。人类抵抗孤独，渴求和试图获取爱，最后却以虚荣、怀疑、欲望、婚姻……各种方式扼杀它。最终孤独地死去。而我猜想在人死去时，只有爱是唯一可以被带走的。只是大多数人没有这个。

爱是太高的奖赏，需要好几世的承诺和积极领悟。普通人会被自己吓倒。

如果男女不是为了完成本能的繁衍使命，看不出有何理由需要世俗关系中的连接。但在超越性别之后，也许有机会窥见彼此灵魂的暗示。

“只管走过去，不要逗留着去采了花朵来保存，因为一路上，花朵会继续开放的……人们应该带着更多的了解来靠近彼此，说，当我靠近你，我心里某些东西开始舞蹈。如果你和我有同样的感觉，或许我们可以相处几天……人生短暂！”

好的关系，应该共行趋向解脱，而不是使彼此陷入更深的轮回。初级的爱是一种深深的束缚和缠绕，并让人沉沦苦海。高级的爱是求得解脱。

重要的事情，不是投入地热爱或忘记，而是无限地热爱或忘记。

清简

I

搬动房间，打扫整理。清理器物，以保持空旷。

把无用的衣服和书籍打包。还没开始移除，心已觉得放松。

一些书明确不要。但丢弃书籍觉得不太尊重。这几年，网上买书，只看个简介，买下一些无用的书。还是要去书店翻看，有大致了解才能决定是否买下。把这些书，逐本逐页翻一遍，做了笔记。这个工作量浩大。然后可以赠送他人。

一些衣服也确定不会再穿。孩子的旧衣服，能送的送，有纪念性意义的存在樟木箱子里。是打算以后给她的孩子穿吗？不穿的衣服，属于过往记忆的，复古款的意大利牛仔裤、丝绸无袖长裙、高跟鞋等，都可以留给她。等她成为少女，会有很多几十年前的旧款式衣物。这也许也是一种时髦。

尽量不买东西，除非必要。惜物惜福。

当心能够平衡和完整时，人只需要少而珍贵的东西。不会无故囤积，也不会失去内心的安全感。

现在没有什么特别喜爱的东西。一些礼物是朋友送的，又分送给不同的需要的人。不想占有，浅尝辄止。尽量良性循环、环保、物有所用。分享，而不是取悦。重要的是学会关心和爱惜别人。

想有一间空荡荡的铺满榻榻米的房间。简单素净，一处佛龛，喝茶的小木桌。角落里的白瓷瓶，插应季花枝。窗明几净，看得见屋外四季更替。

清理干净家居，开始写字。太久不写字或写得太少，心会长出苔藓。至少一天写三千到五千字。没有比它更令人觉得内心安静的事。

“十年后，全世界的生活方式大概只有两种：要么深居简出，要么海角天涯。而且，在流动中工作（一边旅游一边工作）的时代即将到来。”奇怪的结论。这种生活方式我在十年前已经在过。而且是同时进行。

2

《圣经》里说，不计较和数算他人的恶。这是一条朴素的真理，若能做到，心自有清凉。太容易察觉到人性的弱点，及关注到恶，不是太有福报。即便见到各种软弱、局限，不管它们来自他人还是自己，懂得这一切均是自然与合理。

没有美丑，不存在善恶，只是各自的属性所得到的命运。

没有比承担和接受更洒脱的态度。也没有比安静地等待更积极的事情。

不要轻易伤害别人。有时情绪化突然发脾气，说了一些气头的话，可以被原谅，对方会回头想起你的好。伤害到根上，就不行，不会再信任，也难以原谅。这个根，是当时的表现是否纯粹站在自私的角度。很多人带给他人的伤害是情绪的。也有人是根性的。

彼此争辩是一份珍贵的礼物。当你试图争辩，先确认是否想和对方这么接近。再确认对方是否需要和能够承担你送出的这份礼物。

尽量避免语言的纠葛和辩解。这是他教给我的。因为我和他不是太熟悉彼此的语言，有时交流像两个外国人，反而给彼此留出足够空间。有些话说不满，说不尽，说不足够，因此也不会过分。对语言和文字过于熟练地运用，有时是一种禁锢。尤其不能在人际关系和好胜心中运用它。

很久没有对人发脾气，以为自己已调和。有时又会磕磕绊绊，心生波动。年少时那种颓废、莽撞、强硬、猛烈，仍会不时窜出来闪一下火花，仿佛通知我它们依旧存在的消息。这种习性的扎根是有多深？心受到业力的控制，身体受到各种激素变化的影响。想想月亮的圆缺都可以调动情绪，人还能有多少自以为是？

有时心有余而力不足，有时过于骄傲，有时待人坚硬和冷淡。终究是不够慈悲。

有困难有考验是好的，否则会错认自己完美无缺。如果有人挑战你的负面情绪，激发出不愿呈现的状态，看到自己的失控、冲突、漏洞百出，珍惜他们吧。这一切来之不易，含有深意。

那些有力量摧毁我们的价值观和种种偏执的人，感谢他们的出现。这种价值，不是身边给予赞美、附和、敷衍、忍耐的人所能相比。

如果你曾经被打趴在地上，在痛苦中体会到粉碎，那么这种完成就很彻底。我们在失控和调控中逐渐建立起心灵的秩序。这些代价需要亲力亲为。

也许需要在活着的时候遨游过一次地狱。

3

每次都会路过这丛树林中的鸢尾花。

今天早上光线不好，但等待几日，它们会更快谢去。早晨，用相机拍下草地上盛开的大片鸢尾。是用来给你说早安的。

园丁整理花园，把樱花树枝折断随便扔在泥堆上。花枝半死，一根根拣出来，吃力地抱回家。用大罐子装满清水，把它们放进去，十分钟左右，蜷缩干枯的叶子舒展，花蕾纷纷打开。全都活了。植物活得单纯，需要很少。顿时房间里无限春光。

每次在厨房洗碗，通过窗口，看到花园里的绿色灌木和晃动着的秋千，会微微出神。暖和的春夜适合散步，即便一个人走路也有无限意味。只是不知不觉就走出很远。我对你说，最近我无思无想，时空经常如同停止一般。你说，这样是好的。是心在沉淀。

买一把花去探望生病的朋友。选了粉白的芍药、绣球和茉莉，都是容易凋谢的花朵。这么多年，已很少收到鲜花，送出也是寥寥。书信、鲜花、承诺、约定，诸如此类，这些方式如同古典的情意，在心中仍是正式而珍惜的表示。

4

是有轻微的依赖症吗？清晨醒来，觉得喝完一杯咖啡，才算冷静而正常的开始。

白天尽量完成计划中字数。黄昏时下楼散步，准备晚餐，清扫厨房。睡前读几页书，道晚安。心无旁骛，终结掉每日。今天连续工作六小时，没有吃午饭。再没有比专注更没有烦恼的。

这些采访渐渐看出欲言又止、大量留白的味道。在里面收敛自己几乎所有的主观感受。不过于满，是适宜。人并非一成不变，如同苹果静止时内在分子也在变化，不给人设以判断仍是比较妥当。跟随对方的变化，随时接应。在三四十万字的记录里，观察，但克制感想。形容词都少到边界。

不同的采访者看到对象的不同面，不用担心重复。观察的镜子不一样，受访者因为采访者的不同呈现出多重特质。打开心扉是喜悦。互相信任的采访是有友情的。

当对方试图说出心里种种想法和感受，有多少人曾经被这样耐心聆听？但我仍会下意识地回避人心里的深渊。不触及就是保护。只有在小说里才可以虚拟人物，彻底捣入灵魂深处，不惜掘出和碎裂。这是过瘾的。所以仍旧要写小说。

有很多人在咖啡店单调的小角落就开始工作。旁边的女孩，穿灰色毛衣，头发随便绾着，戴个银镯，从早上开始，一直在翻译英文艺术著作，不懂的单词直接查软件。有一阵我发困，支着侧脸瞌睡三分钟。后来开始听歌，脑袋清楚，重新开始。找到新模式，全部细改一遍。今天咖啡店的人爆多，最终刺目的烟雾把我轰走了。

当我说会在咖啡店里写作，有些人表示不解。也许觉得写作应该独自在安静的房间里发生。但其实可以在任何房间里写作。海边、花园、山中、寺庙、床上、浴室、露台或者厨房……写作和恋爱一样，只需要互相适应的模式。

写作的本质，也如同一场恋爱。不会再有人与我们自身的相处，像在写作时探索自己那般，真实、深刻、久远而又强烈。

葬礼

I

外婆在病榻缠绵，已有数年。先是腿疼，然后检查出肺癌。往后，无法下地走路，只能整日躺在床上，吃昂贵的进口药。幸好两个舅舅经济条件宽裕，但她仍每况愈下。

年轻时和外公住在村庄，生养五个子女。两个人身强力壮，起早落夜劳作。照顾孩子，饲养家畜，料理饮食，洗衣打扫，精力过人。后来舅舅有出息，把他们带到城市。也许认为是有心理上的满足，但事实上并不享福。城市里，没有熟人可以聊天，空气不好，食物肮脏，活动有限。生活相当无聊，基本上以看电视打发时间。身心状态其实一直在衰落。

我偶尔回去，每次见到，家里的电视机一天到晚都在运作。有时想想，人一旦年老，有爱好、有朋友十分重要。读书、写字、听音乐，也许需要文化素养。至少还可以做点心，种些花草蔬果，听听戏剧，有三五知己……但他们成为闭塞的老人。又与大自然和原有的生活源头切断了关系。

作为基督徒数十年，外婆已改掉很多年轻时候的脾气，时时捐钱给教堂和他人。信仰给她力量，所以她保持平静。看美国牧师布道的 DVD,《圣经》一直放在枕边。有时她也抱怨，比如家里请的保姆懒惰、偷吃东西或者孩子们不关心她，回来看望太少，诸如此类。她是聪明伶俐的女子，讲话幽默，头脑灵活，本性上也是快乐和坚强的。但是病痛折磨太长时间，让人无法自主。只是煎熬，等油灯燃尽。

最后一次见到，她躺在床上看重播的《还珠格格》。电视发出的声音吵闹，她乐在其中，不知道是真的在看，还是想在其中躲避。声音没有被拧小，所以我们无法发生有效的对话。潦草的生活过习惯，没有出现太多值得认真对待的可能。别人对待自己，以及自己对待自己，都一样地无奈和无助。在旁边默默看她，摸出一串红色玛瑙珠子给她。说，你戴在手腕上，有时可以抚摸它。

这串珠子温润、剔透，她很喜欢。后来一直戴着。童年时记得她的梳妆匣子，在去集市或见客时会搬出来打开，里面有鹅蛋形的粉盒与胭脂。她那时穿大襟布衫，头发齐肩，斜着别一枚发夹，款式经常变化。她爱美，欣赏美，如今病困，心情全无。但美的物品还是能够带给她抚慰。

珠子戴到手腕上，她的脸上浮现出笑容。那一天她状态并不好，而我很快就要离开。第二天就回去北京了。

过数月，母亲打电话，说外婆去世，要我回去出席葬礼。她之前已经被送进医院住院治疗。慢慢呼吸困难，终日使用吸氧器。有时整夜辗转，无法入睡，身上疼痛难忍。那一天医生检查之后，说她应该是差不多了。大家慌慌张张，想把她送回村庄。架上推车，进电梯，在那时她也许失去呼吸。其实人临终之前需要安静，不能被触摸身体，也不能打扰他们离开时的状态。但人们不知道。

舅舅们把葬礼安排得盛大。吊唁的人川流不息，每天吃饭，轮流上最好的海鲜和各种昂贵食物，好烟、好酒，源源不断。一时让人产生错觉。临火化前夜，来了唱诗班和几位牧师，主持一次基督徒的追悼会。仿佛只有这个环节产生作用。其他总显得不相干。

火化那天，殡仪馆里锣鼓喧天，时时爆发各种刺耳的乐器，突兀而来的爆竹声此起彼伏。中国人做什么事情仿佛都喜欢热闹，恨不能人尽皆知。其实，死去是一件静默而严肃的事情。在铁门外，看着她的尸体被推进去，放在传输带上。他们按动电钮，她被慢慢送进火化炉。立时，封闭的炉子里传出隆隆声音。等火化炉再打开，肉身已变成一具白骨。他们大概特意想让她留下一些骨头，而不是烧成碎末。所以她的头骨、腿骨都还完整。

工作人员把骨头捡起来，再用吸尘器一样的工具，把骨灰集中吸入。她被装入骨灰盒里面。墓地在很多年前就已经定好。开棺，封棺，把墓穴重新封上。因为她是基督徒，这个环节没有任何正式的传统仪式，过程极为简易。人们把花圈堆积在附近，纷纷走散，仿佛一场剧情落幕。我留到最后，独自拍下几张山野的照片。

每个人都曾经年轻，有力，强壮，承担着家庭、孩子、说不清的梦。当我们活着，依稀觉得自己无所不知，无所不能。但某天，无常突然抛出一个结果、一个显示，让人无奈、绝望、惊愕、悲伤。然后又逐渐麻木至忘却。美好的东西会失去，生命会有疾病和意外，人会死亡。世间脆危，没有坚固。

2

她火化之前的夜晚，记忆回到年少时。那些与外婆在村庄度过的日子。溪水潺潺流动，我仍是孩童，午后睡不着，晒着大日头来到溪水中。脱鞋子在光滑的鹅卵石上走，小虾小鱼轻轻触碰脚趾，蓝紫色羽毛的翠鸟像箭一样被惊动飞远。

午后把西瓜泡在冰凉的井水里。卖冰棍的人路过院子门外，笃笃敲响木板。黄昏时，用水和盐煮上一大篮子土豆。吃完晚饭，早早抱着席子登上屋顶平台。夜空繁星，密密麻麻，躺在席子上看星星。她在旁边温柔地唱赞美诗。

是谁说的，人越老去，离小时候的记忆越近。生死就是这般，慢慢汇聚成一条线。

只有土地才能给予人活力和质朴。不过是三十年，一切荡然无存。新时代没有更好，而是变糟。失去田园，失去和自然之间最根本的联系。村庄如今遍地垃圾，田地荒芜，溪水干涸，满目破败。我的记忆并不是凭空而起，也没有因为时间流逝而虚无缥缈。只是一切改变，消失，再不回来。这便是无常。

外婆是虔诚的基督徒。在遭受病痛时，没有质疑痛苦的发生。后来我抵达耶路撒冷，想也许是代替她完成此行。栽种有时，拔出所栽种的也有时。在她带着年幼的我，步行五六公里山路去教堂做礼拜的那时，我与她此生相遇的意义即已完成。

感恩她。勤劳、朴实、坚韧、幽默，她对我示现这些品质的发生。我们生命中的一些品质只能由亲人来传承。

3

有些人回去故乡与父母身边，我则早已失去这归宿。想死在没有任何熟人的遥远他乡。在异乡生活，人是很清爽的，没有记忆，没有情感的负担。或许，连隐痛的情绪都是不真的。

他说，我经常会去祖坟看看，那里有我的位置。我知道自己死后会在哪里。我说，我呢，还真不知道死后会在哪里。把骨灰带去撒在喜马拉雅山周边任何一条雪山融化的河流里也可以。不丹、印度、西藏，都可以。或者撒在山里，比如长满野兰花的背阴的山谷。如同童年时外公带我去挖兰花的，那种极为僻远而幽深的远离人世的山谷。

有人说，如果人能够知道在生命里有某种很美的东西，某种不死的东西，他才能够在死亡的时候放松。除非接受死亡，否则他所保持的只是一半，只是一部分。当同时接受了死亡，才会变得平衡。一切就都被接受。白天和晚上，夏天和冬天，光和黑暗，全部都被接受。人会变得镇静、完整。

那天，看完一部关于珠峰的纪录片，对他说，有生之年，你可以爬上珠峰吗？他说，可以。对他开玩笑，说，那么日后就在雪山顶上把我的骨灰撒了吧。他认真地说，可以。

“像一群思乡的鹤鸟，日夜飞向它们的山巢，在我向你合十膜拜之中，让我全部的生命，启程回到它永久的家乡。”泰戈尔的诗句几近说清全部。

早慧

I

“女子大美为心净，中美为修寂，小美为体貌。”无论男女，每个人身上虽不自知，但都在散发不同气场。见识过种种，珍惜那种心地清净、单纯、暖和、活在当下的人。这种珍贵并非出于无知，而是出于历练。

他们通常懂得照顾别人，对事情有担当，令人觉得安定、可靠。具有澄澈的心识，而不是心机过重，也没有多余的情绪。有时闪现某种幽默。而对相反性格的人，也不应有恶感，而是对其局限和困境有一种理解。

收到一字一句写下的书信，觉得弥足珍贵，阅读之后一一小心保存。在这样的时代，能用字笔珍重写信的方式，已是奢侈。插了两天的桃花枝，绽放的速度惊人。喜欢这股天真野蛮的劲头。仿佛听见它开花的声音。

朋友从远方寄到的茶具，早上收到。天蓝色斗笠杯，茶壶上有梅花枝。清雅大方，心也舒服。想起一段喜欢的文字，“夜大雪，眠觉，开室，命酌酒，四望皎然”。

双蓝线的素白小杯。来喝盏茶吧。

2

“我们恋爱五年，他动手打过我三次，逼我喝洗脚水，用手机数据线抽我，把我摁在床上勒我，我却没有一点恨他怪他的意思。我们很相爱，爱到吵起来恨不得杀了对方。他发起疯来暴打我的时候，我心疼他多过自己。我无人可以说话，心很绝望。习惯可怕吗？战胜得了吗？我心疼我这么快看到，和我以为是此生的丈夫缘尽了。”

早上收到的信。哪怕不出家门，世间种种情态也都在心底。写作是这样的事，听了很多人的故事，有些写在书里，有些让我了解更多人的生活。上天派给我们一些人，协助我们通过几项测试，这些科目终结，再不需要考验。所有做过的无疑全部都是正确，没有发生的也是正确。

有时不愿看到别人孤独地躺在床上入睡，这会使我想到他们死亡时的样子。并因此产生强烈的怜悯的感觉。

人与人的慈悲，也表现在不要拆掉青蛙的井。青蛙有权利自在地活在自己的局限里，大海在哪里不关它们的事。优雅是：选择性过滤。不想也不提那些困难的事。做简单的人，遇见再复杂的事情，觉得睡一觉就可以过完。

上次出门供佛的花朵，七天后回来，干燥成淡雅的颜色散落在佛台上，芳香还都在。以前没有见过这般好看的落瓣颜色。收在茶罐里，可以泡在茶叶里喝。

去花市买花。一个姑娘在买茶花，穿黑丝绵长袍，很好看。问她哪里买的，她说自己工作室做的，在雍和宫附近。加了彼此微信。

临湖静坐，观日影飞去。人生没有什么迫切的事。很迫切的事我们一定已经做完了。

3

去咖啡店写作。时间早，还没有其他顾客。要一份牛角酥，一杯拿铁。男服务生端上来，牛角酥加热时间太长，烤得发硬，有些边角煳黑，吃起来不舒服。想跟他讲，但他也有麻烦，一个牛角酥十二块，难道他来赔吗？他也不是故意的。那么随便吃几口也可以。然后就吃了。过一会，他走过来，小心翼翼发问，这面包还行吗，需要重新换吗。我说，烤煳了，但我已经吃了，以后加热的时间要控制。他点点头，带着内疚的表情离开。一个烤煳的面包不能这样貌似无辜地端给顾客。

工作到两万字，一心一意。下午喝一碗蔬菜汤，吃两片面包。千头万绪，先把印象深刻的细节搜罗集中起来。仿佛绣花之前准备所有色线，再按照可以采用的最好的材料，画出一幅图。一天一天慢慢刺绣。这是写书。每日推进，织布般慢慢延伸的感觉。

我们活得有时像卑微的沙子，有时像一座须弥山。

早慧的人，觉得他们是真正地不浪费时间。三十年可以当成六十年来活。而大部分在虚弱地衰老的人，若对自己对他人不产生益处，拖拖拉拉，不知道喜悦来自何处。觉得老年是不美的。日本人的意识就比较有趣，野蛮的是古代的习俗，把年老的人送到山里，激进的是像三岛由纪夫这样，把自己提前送走。

没有充分和强烈地活过，容易苟且偷生。于他们，喝杯茶都是一丝不苟、竭尽全力的。更何况生死大事。

有人在书里写："在不能常住的世间，活到老丑，有什么意思？寿则多辱。即使长命，在四十以内死了，最为得体。过了这个年纪，便将忘记自己的老丑，想在人群中胡混，到了暮年还爱恋子孙，希冀长寿得见他们的繁荣；执着人生，私欲益深，人情物理都不复了解，至可叹息。"

人无须太长寿，重要的是，活着的时候完成各式任务，尽心尽力。死时安宁完满。

4

四五年前，去看过她的特需门诊。她帮我检查，温柔和蔼，经验丰富。今天打电话过去想再预约，护士说她已去世。记得那时她大概四十多岁。前几天朋友告诉我，她曾经推荐给我的一个采访对象，前不久去世。我为决定是否采访看过他的视频。

很多人都是较早离世。但很少有人想过应该提前写份遗书，这其实是重要的事情。活着的时候及时处理清扫一切人与事。万物均有期限。该来时，势不可挡。该走时，无所依靠。所有被禁忌的事情，都是重要和严肃的，但人们选择避而不谈。仿佛觉得自己永远都不会老，不会死。坚固安全。

我写了外婆的葬礼，是私密的事情，示人也并不介意。这种年龄，意味以后需要出席的不同人的葬礼依然会有。至今经历的他人的死亡，或远或近已近十次。觉得死亡是很纯洁的一件事情。

不知道未来是否可以通过安乐死的许可。个人偏见，觉得人类社会最重要的进步，应该是可以选择安乐死。在生与死这两个最基本问题上，人恰恰失去自由。

想起外婆生病卧榻时，去做客。在餐桌边，她仔细看我穿的棉布连衣裙的花纹，用手细细抚摸，赞叹说，这个花纹真是好看，很多年没看到。她的眼神温柔热烈，如同以往戴上眼镜查《圣经》的一刻。她是个认真生活、享受美的人，但这种心意不能阻挡最终的离去。

外婆的妈妈，我的太婆，生活在海边的村庄。一生慷慨、清净，开一家小旅馆，经常接济穷困的人。爱抽几根香烟。晚年时，她瘦小但是有精神。一次，在柴灶里塞进一把松枝，感觉不适，上床躺下，就这样去世。炉膛里的松枝还在燃烧。这样离开很是殊胜。她是有福德之人。

古人有过一种理论，相信生灭是唯一意义，所以一生穷尽奢侈，把这具肉身能够享受到的乐趣，尽情攫取、挥霍。现在的人如果有钱，能够实现的感官享受更是夸张。这的确都只是个人选择。有些人觉得享受今生是乐趣，有些人再有钱也不觉得花钱是乐趣。价值取向不同。

在无序、混乱的物理世界里，把个体放在第一序位，认为生灭是唯一意义，这种孤立而脆弱的活下去的力量，人类是否真的具备？相信肉身是灵魂所寄居的唯一固定物，只有一生一灭，还是相信灵魂已走过漫长的旅途，换过很多居所，依旧跋涉在无穷尽的时空之中？而最终你要去哪里？

所以信仰的核心是，是否相信生命处于一个无穷尽的时空之中。

5

《法华经》读得很慢，睡前几小段。昨日读到佛陀正准备讲授甚深妙法，有五千人即离座，礼佛退去。佛陀默然不阻止。之后他说增上慢的人，退去亦佳。所谓傲慢，也可说是人常以为自己头脑中的一切是真相。

佛陀快涅槃的时候，知道没有什么时间，所以重要的话不管别人能不能听懂，只能一股脑儿说完。

果然，讲法一开始，五千人离席撤退。他说，走了正好，现在没有闲杂枝叶，只留下实贞的人。感觉后期的经文，他说了很多最究竟的话。

6

我不接受宗教组织模式的狂热、偏激和绝对。但接受一切与智慧和领悟相关的教育和思考方式。一个自大、僵硬并且捆绑于形式的信徒，也许与实相无关。真正的学习者关心的是生命的质变。

早年与外婆一起上教堂做礼拜、读《圣经》、唱赞美诗的经历，与现在阅读佛经、印度瑜伽经典等作品，并不使我觉得相悖或分裂。人类不必用概念和分类去限制和囚禁对方。所有信仰是朝向同一源头的河流。人不应该捆绑自己，再试图去捆绑他人。

对耶稣、佛陀，包括玄奘这样的人物，一直都非常感兴趣。吠檀多圣徒及瑜伽士们当然也很酷。穆罕默德实在没有了解。有些人离经叛道、坚韧不拔、违反人类惰性所向，绝对不是表面的叛逆坚强所能相比。奥修说，宗教是最深的叛逆。只是宗教一被政治化、集团化就显得变异，有些形式也被糟蹋得庸俗沦落。

佛陀是一个有真正的叛逆精神的人。种种伪英雄的行径，怎能与这种大勇猛的行为相比呢？他逆反人性而行。人性希望占有、不变，他则一直在宣说断灭、削减。他是勇士。

佛陀晚年肉身衰弱，只有阿难始终如一跟随身边。两人离开大城市，不再有人群喧嚣围绕，流浪在山村边缘地带。佛陀的黑暗自我，魔罗又出现了，诱惑他入灭。佛陀最后一次赶走他的黑暗自我，说，三个月后他才会以正念放弃生存的意志。

“阿难，你想做一盏灯照亮自己和庇护自己，还是向外求庇护呢？让真理作为你的灯和庇护所，此外再也没有庇护所了。精进，精进，因缘所生法，皆是无常。”

7

写作时的邋遢程度，相同的衣服穿十多天没有换。数天穿着早上快走的运动裤和绒衫，袜子后跟破了也浑然不觉。如果不见人，头发也忘记洗。有身体化为土壤可以长出植物的感觉。

如果不是朋友约午餐，勉强起来洗头、换衣，估计会变成一堆垃圾。再不翻动，就会腐烂。洗过头发略施脂粉，焕然一新，如同两个人。谁能说皮相不重要呢？只是有时想人生短暂，时间急促，还必须花很多时间在做饭、吃饭、睡觉、购物、洗脸刷牙、化妆、交通、应酬等各种琐事上面，真是消耗。

工作时期的失眠症，脑袋活跃得无法平息。潜意识里不舍得睡。他说，沦陷般地工作，也是一种贪，当自持，安静有序。但我猜测有时失眠的原因，是心与脑袋没有消耗充分。如果消耗完尽，应该会放松。所以这套工作的运作并未真正做到彻底。

有时喜悦、顺畅、源源不断。有时僵滞。这两日情况不稳定，跟与人的周转有关。需要过渡完毕。尽量少见人，除必要。心的状况自己可以观察。

咳嗽未愈。开始喝以前医院配过的红色咳嗽药水。平时感觉可以迷倒一头大象，今天喝了，只求快速入睡，却迟迟没有任何反应。

8

中午吃饭，遇两人。一家装饰很有味道的素食餐厅，在偏远地带，他们和一般所谓的高知不一样，身上有佛道之气。相见欢。女子学佛两年，对我说了些重要的话，而后离去。她的经历奇特，因为专注一事，眼神干净。

他每次见到，都会说些令我难忘的观点。上次说，德最重要，德能改变很多事。这次说，写的文章世人如何读不重要，要让神灵喜欢。又说，一样的境遇，我们不同的人去感触，发生的事情不一样。谈起出家人的若干问题，说，真正有福报的善良和求知的人，不会遇见差的出家人。心不在道上的，亲近佛法只为其他欲求的，自己不端正的，这样的人遇见骗子很正常。

告别路上，看到一株老树。他说这是丁香。纠正他，这是泡桐。因为这种树我太熟悉，桐花这么美这么香，从小为它着迷。他送我到地铁站。他不拘小节，性情中人。大隐隐于市，活得纯朴。后来想想，他是个古代的灵魂。

决定以后不再轻易占卜。事情让它自己往前走，终究是有引领和安排。

我说，世间大概没有那种完美的在一起非常和谐的人。他说，有的。我说，那许多还未遇见对方的人，应该是福报不够。如果积累足够，就会相遇。

涅槃

他年轻时初次去印度大吉岭。第一次见到仁波切，是位已经七十岁的老人。

“他的身上散发出一种善良和慈悲，背对着窗户坐着，窗外是一片云海。我整天都坐在仁波切对面，感觉到正在做人们常说的打坐，换句话说，就是在他面前单纯地反省自己。他没有教我什么，几乎没有……单单仁波切这个人的存在就给了我很深的影响，从他体内散发出来的那种深度、力量、平静和爱，让我的心慢慢打开来。”

之后，马修在不丹，在钦哲仁波切的身边度过十二年。在这十二年中，他认为自己培养出一种确定性，“这是没有任何人，也没有任何事可以从身上夺走的”。这种确定性正是修行者们希望通过训练得到的特质。一种内在的喜悦，一种心灵的开阔，一种不移的慈悲。佛教的教义，需要修行者通过学习、思考、实践、检验而被吸收和接受。随着吸收和接受的深度的增加，修行者自身的人格和觉受状态逐渐抵达平衡。这是自然的回报。

生而为人，世俗生活中障碍甚多。很多人的一种想法：等做完这些事情，等达到这样的状态，再来结束一切认真地修行。但是人生短暂而无常，死亡随时停在肩膀上。只有进行内心改造，投身于积极而深刻的精神活动，才能带来对生命的真实认识。

对个体生命来说，最重要的就是去直接体验绝对真理，超越所有概念。这是智慧根本的面貌。

相较多年来人们对佛教产生过的种种片面和消极的印象，有时认为它是一种迷信，有时认为它是香客们在寺庙为世俗欲望所进行的贿赂行为，有时觉得它导致事物的空寂性和人的无所事事，让人悲观消极。无疑，都是由于对这个甚深教法的偏见和无知而产生。也有时代背景的原因，教法被一些传授和学习它的人扭曲形式。

马修如实阐述修行的心得。以此来说明，佛教修行，不是膜拜式的宗教，而是心灵道路不断进阶的过程。如同一束光，这条心灵训练的道路，经过数千年的无数人的摸索、传授和承续，有恒定的价值所在。当有像马修这样的修行人，真正地按照传统方法修行和实践，并敞开而真诚地说出经验，便可以澄清和提炼很多正见。

“我们必须找到方法训练自己的心，让我们对他人和无生命物体知觉和判断的坚实性，像一块冰融化在水中一样……这让我们对周遭产生一种很冷静的态度。我们是什么样子，只有自己能够负责。我们是自己过去的结果，未来就在自己双手中。”

马修也在书中点明藏传佛教所代表着的大乘精髓。如果人一切的中心在自己身上，所遭遇的困难和不平静也会直接影响到自己的福祉，因此感觉沮丧，没有办法接受这样的困难。如果关心的主要是别人的福祉，在创造别人福祉的过程中碰到任何个人的问题，都会欢欣地接受。因为知道别人的福祉重要性要超过自己。

增进自己福祉的最好方式是去关心别人。

转换自己，为的是得到能力来帮助其他人从痛苦中解脱自己。涅槃，在西藏语的翻译中，即是“超越痛苦”的意思。

小息

秋月般皎洁的面容。供水杯边缘拙朴的手工花纹。

沙拉和咖啡。

今日小息。附近有一个跳蚤市场，觅得老式燕子图案的锁，三元一把，很喜欢。老的小白瓷杯，分别写着：富有、贵临。美对人有滋养。

上午读九十九岁日本老奶奶写的诗。穿珠日，坐在客厅静静手编六条老珠子项链。

长亭

I

火车奔驰。西北初冬的平原，满目荒凉。暮色笼罩，远处雪山绵延出流畅轮廓。收割后的麦田一片潦倒。车轮节奏中，玻璃窗外掠过河流、村庄、山岭、树林、天空。稀薄云层渗漏出紫灰色淡光。直到夜色降临，如黑布覆盖一切。偶尔有零落灯火闪烁穿过，明灭不定。她站在车厢连接过道的窗边，长时间凝望流动中的风景。有时观察他人。

夜晚十点。她把相机收进背包里。走过狭长过道，身体在行驶中摇晃，仿佛踮脚走在大水之中。餐厅车厢里，一身白色工作服的厨师和女服务员聚在座位上聊天休憩。空气中有烹制过后的油腻食物气味。她询问，是否还有东西可吃。一个肥胖的男子应答，没有。十一点之后才有夜宵供应。

火车抵达望川车站，是在深夜十点四十分。

她觉得饿。但知道在一些境地里无计可施，人失去控制权时，顺从是可靠的状态。她转身走回去。封闭闷热的车厢，满满人堆昏昏欲睡，脱掉的鞋子，吃剩的食物包装袋，地上的垃圾，发酵般臭味直冲鼻心。习惯之后，气味也不再凸显，可见麻木的重要。她很久没有坐火车。坐火车令人回到世间。坐火车更接近旅行的模式。

白色灯光使人脸色发青，神情疲乏，浇注在卑微境地。这种惨败的光，常使她想起小学时做作业的厨房桌子上的灯。夜饭时，煮好的菜一碟一碟摆出来，灯光让食物失去色泽和生机，如同被漂洗过一样，萎靡不振。这样的处境，以这样的食物填塞，被推进长大，人的骨骼日益积累一种膨胀的贫乏。总是觉得是不安全的。总是觉得是饿的。总是觉得来不及。总是觉得被亏欠。生命诸多天性匮乏之处，只是有些人不自知，有些人却有着格外敏感的羞耻之心。

也许因为逆反性情，她后来对美、敏感、丰盛、活力等种种细节，有一种小心和贪婪。一片树叶、一缕光线、一处阴影、一团光斑、一根丝线……都能让她心驰神往。也因为如此，她对M总有未曾适应之处。他是无法专注于当下的人。不自知，便与耐心和优雅失去联结。一个本质粗枝大叶的男子，不会有爱惜和欣赏对方的能力，衍生到情感的关系，所有女人，在他的处理中，不过都是用来填充的物质。

他缺乏能力去理解和关注对方的心灵。每一次重来，又都是拿出最低级的欲望来交换。如此恶性循环。他总是在匮乏和厌倦着。不管是他的妻子，还是她，都无法使他真正满足。

没有未来充满动荡却貌似难以挥别的关系。她趴在枕头上，抚摸手背，轻轻抚触手指、指尖、指甲，白皙皮肤下凸起的青色静脉，蜿蜒而有力如同起伏的山岭。它们仿佛在诉说：你是一个有秘密的人。这双手呈现出某种内心的属性。她的感情强烈，在关系里跑得过快，情不自禁，就超越身边的人。那些人，有些也许有过约定和期许，希望陪伴在一起更长时间，或者有无可能持续一生……但最终看来，这些愿望不过都是天真。

卫生间的门打开。不用转头，她也知晓他热气腾腾围着浴巾出来的样子。逐件捡起衣物，干净镇定，像刚出窑的瓷器。穿上西服，恢复原状，变成体面的中年男人。身材依然健壮，面容英俊，混杂着年龄带来的沉淀。他说和结婚十年的妻子，已经多年没有做爱。说，与生活中过于熟悉的人一起，无法做出放肆的事情。他在她身边，倒放心成为一头玩耍的野兽。

太熟悉的人，不做放肆的事，可以做其他的事：生育孩子，陪伴他的父母，出席他的公司宴会，招待同事和客户，每一个夜晚同床共枕入睡。而不太熟悉的人，除了放肆的事情，其他百无一用。他不知道这样的话是会伤人的。起码在当时，她想她还是在爱着他。女人经由肉身欢愉而迷恋一个男人，是愚蠢的本能。但最终，这也不是能够让女人安静下来的东西。

2

他说，我除了跟你做，已对与其他人做失去兴趣。我会对你厌倦吗？我不觉得会。你的身体对我来说是最合适的。又说，你不会知道你在我心里占据的位置，那块柔软的地方。只有我自己知道。最后照例说上一句，我爱你。

从认识至今，他说了太多遍我爱你，有时变换语气和神情，以各种方式热烈表达。直到她对这句话彻底免疫，最后甚至被逼迫出某种歧视和反感，隐隐还带有恨意。他如何能够把一句带有神圣意味的表白，堕落成碎叨叨的衰弱的问候语？这是极其有力的过程，有如把一根钢丝扭曲。一些女人哀求男人说我爱你，而她则多次哀求他不要再说。有一次她大声制止他，说，不要再讲这句话，我真的觉得恶心。这是亵渎。

她更想做的，是回以一句粗鲁的脏话，让他快速滚蛋。反正他迟早要推开门离去。如同每次窗下传出汽车发动的声音，灯光从树影中掠过。她知道他走了。他还会来。他又会走。

他知道什么是爱？也许他不知道，他只是装作知道。也许他知道，但始终装作不知道。

3

她是单身女子。没有找到适宜伴侣，没有结婚前景。个性清高无法服从相亲，社交又极为封闭，可算是没有朋友的人。除了一个可以时而上床的男人，在这个城市，她跟谁都不亲。这四年，他很小心，她从未怀孕。她对婚姻其实没什么兴趣，也不想生孩子。她的姐姐三十八岁高龄生下一个男孩，对待孩子拳拳于心。孩子脸上蹭着衣服，皮肤稍有些过敏，她便哀痛担忧。余生至少要十多年，是在这样的琐碎劳碌重复波动中度过。通过他，她也知晓婚姻的黑幕。男子在外面如奔窜玩耍的野兽，回到家把妻子摆设起来，如同供奉一枚矜贵花瓶。这其中浸透着多少的谎言，多少麻木不仁。

与其这样，不如找一个玩伴嬉戏到底。

他们没有找到比对方做爱更热烈投入的对象。互相控制肉身。这个游戏中，是他在玩耍她，还是她在玩耍他。他们谁是谁的玩具。游戏需要氛围，不可追问。人若不自欺，如何自娱自乐。这种玩伴关系的无情和寡然，是在时日久长里慢慢凸显的。如同只能以薯片牛肉干话梅之类的小食填充的人，终于体会到肚腹中膨胀的空虚。

你吃不到健康的属性自然的结实的粮食，你在饥饿，你试图告诉自己饱了，但胃里全是废物和填充物。它们提供躁动热腥的热量，唯独没有营养。你总是在饿着。你其实需要一碗干净、温润、平衡、有暖意的白米饭。颗颗清香米粒，咀嚼咽下，给予充足的融合，踏实的补给，恒定的滋养。但你没有。

这是一种陷入沼泽般的境地。

4

有几次，她梦见自己是个戏子，置身于偏远村庄的古老祠堂，华丽腐朽摇摇欲坠的戏台，颓毁之势已如同沉船。台下黑压压一片，面目不清的人群，屏住声息不发出声音，如同隐藏着蓄势待发的阴谋，却不会有人试图暗示或透露给她。她是被瞒目的被遗弃的，完全不得要领，也无法融入集体。而集体在等待一个孤立角色的演出。

先不管内心惶恐，清一清嗓子唱将起来。由丹田提起的气息冲出喉咙，空荡荡的屋檐廊柱，被妙曼的曲调弥漫充盈，轻轻震颤，空气丝丝入扣。肢体摆动，手指、足尖、腰肢、肩脖……微小变化流动层次逐个递进。这般收放自如，如同一截柔韧丝绸。她在一种全身心的开放状态中，察觉意识冷淡地抽身而去，脱离压力中的肉身，在距离舞台四十五度左右的俯望位置，看盛装自我，陷入半幻半真的专注和空洞。

现实中，职业也是表演。她做电台主持人，主持午夜时间谈心节目。其实没有凡人拥有资格去试图点拨他人，给予截然分明的评断、建议、定论。人间的困惑都是糊涂账。深夜打入的电话，哭诉丈夫外遇、恋爱挫折、朋友背叛、上司打压、家人反目……种种哭泣、困惑、悲痛、不甘、愤怒、绝望……这般情节生动，个性鲜明，却不过是人间深沉的无明。我们与外人斗，与外界斗，唯独看不到自身缺漏。不想面对，也无力面对，只愿争着证明自己无辜、正确、纯洁、诚实。伤害的确由诚实的愚昧和偏见而起。

她有何资格做午夜电话里的救世主。至今没有找到伴侣，与已婚男子纠缠，半真半假，也未必是爱，却打着爱的旗号坦然行使肉身之欢。什么是爱情。有时爱情过于黑暗，迫使人露出真实自我，榨取出人性自相矛盾的痛楚：自私放纵，胆小邪恶，伪善堕落，喜新厌旧……却又都事出有因，总是持有不轻易浮出水面的脆弱理由。她因此在主持时出言犀利刻薄，不留情面，反而博得情医名号，深受听众推崇。

医生本身当然也可以是个无药可救的病人。将错就错。

某种意义上来说，这个梦象征她在生活和情感中的某种处境。人人看她演戏。人人与她无关。她的灵魂是戏子，注定以两个界面平行。台上，台下。明中，暗中。人前，人后。有时陷入癫狂，不能出戏，忘了自己是谁。有时异常清醒，想起了自己是谁，失魂落魄，找不到回家的路。

5

列车员开始提醒进站。她从座位底下拖出登山背包，穿上黑色挡风外套，戴上羊毛帽子。独自在深夜抵达陌生小城车站。她投宿Z的家里。Z安排人开车过来接她。走出月台，人迹荒芜。这不是旅行季节，没有外省人的踪迹。她看到男子站在树下抽烟。虽然夜色浓重，但那张俊美的面容，依然闪烁出光泽般，对人发出声音。发白褪色牛仔裤，球鞋，羽绒服。说不出来的蔫蔫糟糟，神情委顿，眼圈下面都是暗的。只有眼神是活的，那里有汩汩流动的水源。

她朝他走过去。她知道这是在等她的人。

他说，我是C，走吧。她跟他走向灰尘扑扑的破旧小车。她坐在后排。他发动了车子。他说，你知道吧，从火车站到家里，有很长时间。大概有两个小时的车程。那边靠近望川石窟风景区，离城区却很远。她说，我知道。

一路沉默。车子在深夜空旷的车道迂回行驶。她心想，如果他只是本地中年男子，寻常司机的模样，她还会不会这样镇定。他的普通话发音很标准。她说，你从哪里过来。他说，北京。我辞了工作，暂时有时间，来这里玩，Z是我表哥。她问，你打算待多久。他漫不经心地回答，二十天了，再过一星期，差不多要回去。

她看到他的侧脸，他的鼻梁、嘴唇、下巴的线条无可比拟，浑然而完美。她又转头看窗外，夜空漆黑，星星湛亮，闪烁如同泪光。远处有田野零星灯火。车灯照射两边，全是起伏高耸的山岭。唯一区别，火车上沿途所见的山都是荒芜的、裸露的，这里的山却郁郁苍苍，全是浓密茂盛的绿树，地貌秀丽。真是诡异。

她摇低窗口，闻到扑面而来的冷风中带有湿润气味。是植被和泥土的清香。

6

Z 是她二十岁时的前男友。那时她读新闻系，他画画。厮混两年。他比她大七岁。她毕业之后回去上海，跟他断了联系。年轻恋情就是这般轻薄，翻脸无情。Z 之后去了法国，机缘巧合，在国外举办展览，卖出一些作品，博到虚浮声名。又娶了法国女人，生了混血孩子。十年后，也算是海归的功成名就的艺术家。回北京之后，有了余裕可以选择生活方式，便回到童年故乡，父母的祖籍，在望川石窟附近村子里租下一大块地。盖楼，种地，画画，带着老婆孩子过上田园生活。两个学龄的女儿已被送去法国。男孩两岁半，带在身边。

十年之前，他们是顽劣自私的恋人。十年之后，他有了家庭孩子，有了名气声望。她则成了电台情医，附带成为一个黑暗情感故事的主角。偶然机会，他们又恢复了联系。情爱痕迹早已荡然无存，沉淀下来的心情，倒留下轻浅暖意。也许，年轻的恋情不存在辗转伤害的痕迹，内心没有累累阴影，反而能掉转回头，重续旧缘。在 MSN 上间或有些聊天，时断时续。在她面临情感终结的时候，一度消沉难以自继。他说，你不如来看看望川石窟。出门走走，可以来我家里做客，见见我的妻子和孩子。她接受了这个邀请。这也是她唯一可以采取的方式。

Z 穿旧日的灯芯绒裤子，细格纹布衬衣，但已成为略带松弛之态的男子。也许跟喝酒有关。他说每天清晨醒来第一件事情，是走进厨房，打开储存室的门，取出一瓶啤酒打开痛饮。艺术家要把日常生活作为牺牲摆上创作的祭台，否则难以进入能量的核心。她见过他的画作，他热衷宏大的形式化的概念性的主题，对政治和结构有强烈兴趣。这和他个性里某部分的无趣和平庸是成对应的。

她觉得他缺少对事物真实细节和生命力的关注，那也许是因为他无法察觉。但他操纵技术，还是取得了专业领域里一定程度的认可和确认。如果说，这不是出于幸运，那么，就是艺术评价系统的整体问题。但这无关高下，不过各自尊崇的点不同。她从不轻易对他的作品发表评价。她只觉得，这个男人，作为十年前过去式的恋人，现在依旧对她耐心付出某种程度上的关心和照顾，这是一种友情，也是他们得以维持联系的基础。

7

妻子活泼大方。孩子可爱稚气。

客房是孩子会进来憩息玩耍的小房间。白墙壁上有手工描绘的色彩斑斓的图案，即兴，拙朴，童真。床垫直接摆放在墙角。地上有一块旧的麻质地毯。小桌子，小椅子，漆成草绿色的玩具木马。牡丹花凤凰图案的圆布棉垫，天蓝底色上浓烈的红绿蓝搭配。一盏仿古式台灯，灯座是清朝装束的泥塑人偶，穿着旗装，戴着头冠，五官分明。红色窗帘印有小象和梅花鹿的图形。

洗手间里淋浴的热水很烫，但暖气还没有来。她脱掉衣服，在冰冷空气中快速地冲了澡，穿上干净内衣的时候，身体微微战栗。躺在床上，用棉被紧紧裹住自己。准备关闭掉手机，看到里面显示两条待读短信。一定来自 M。她直接删除。在她彻底放手的时候，他却心有不甘。敌进我退，敌退我进，敌疲我扰。使用过太多次。一个实力不强的对手所仅能持有的，尽可能以拖延来控制对方的招数。如果力量够大，何必如此。能够拿下，一次解决。拿不下，愿赌服输。

何必。何必如此。最后只是让人觉得狼狈和不堪。

她说，有时我们喜欢一个人，却尊敬对方。迷恋过对方，最后却轻视他。这并不矛盾吧……他说，是。这并不矛盾。

她是真的不想他了。她在内心确认多次。她在关系里，是那个冲刺速度过快的人。最初，她对他很冷淡，他很热烈。慢慢，她开始依赖他，他对她很冷淡。如此反复纠缠。最终，她一下子冲到前面。他想拉住她，却不再可能。

她感觉到心的过程，逐步清澈、沉静、安定、干净的过程。仿佛是在某个秋天的黄昏，乘坐的出租车经过河上的大桥。下班高峰，车子拥堵行进缓慢。她长时间凝望窗外的暮色，以及那条河流在薄暮和余光之下的形状，河边有柳树，有孩子，有一群鸽子飞过，停着两辆自行车……她感觉到这颗心盘旋很久，此刻终于笃定而安全地着陆。是的。她落在了坚实的大地上。她不再是那个在情爱欲望的黑洞里翻腾煎熬着的女子。没有人知道她经历和感受到了什么。只有她的身体和心，知道她的秘密，知道她经历过的风暴、战争和洗礼。而此刻，她回到了自己身边。

如果说，这是最终能够释然和完整的结果，唯一的损失，只是，她不再爱了。

8

她再次成为一个不再爱或被爱的人。但什么才算是真正的爱或被爱。她经过的这一切，最终看起来，更接近是一种游戏或者耍弄。没有善良、宽悯、付出、牺牲、照顾、呵护、温暖、承诺、未来……只有反复的谎言、模棱两可、回避、退却、拖延、冷战、欲望、占有、放弃。如同一只猫玩弄将死的耗子。没有什么记忆可以值得被想起和怀念。遗忘之后，一片空洞。什么都没有。这就是欲望的关系。

也许山区的空气清新，含氧量高，她的睡眠十分沉实。连梦都没有。醒来时，窗帘透出亮光，没有拉严的边角处，看见远处幽幽高山。她穿上白紫褐碎花的丝绵袄，把长发撩起，随意绾在脑后，去厨房倒热开水喝。C 在那里。穿粉色厚棉 T 恤。日光之下，他的脸部轮廓更显得鲜明完美。上天造人，似乎对某些人的模型有偏爱，每一根线条无可挑剔，不存在纰漏瑕疵。莫非在那一刻，它的心情格外好吗？这样的男子，该去做个模特或小明星。但他不过是现实中一个落魄而略带失意的男子。

他冷峻地注视着她，没有露出笑容，也没有开口说话。她经过他身边，却觉得与他在一起很近。这种感觉昨日深夜在火车站初初相见时也有。她对他没有隔膜陌生之感。难道只是因为他长得美吗？或者说，她对美的存在从来都是这般小心而贪婪。

早饭是咖啡，Z 太太动手做的全麦面包，从城市带回来的黄油，本地水果。C 只喝咖啡，趴在露台上抽烟，像个自闭症的少年。Z 说，C 的年龄是三十二岁。他说，我这个弟弟是被宠坏的。从来没有正经读书，正经工作，东游西逛，脾气古怪，只是身边的人都纵容他。在他身上，有特殊的组成，三分之一是能量奇特的儿童，剩余是兽类和失败的成人之间的组合。她说，那你的意思，他到底是聪明还是弱智。Z 说，难以归类。但我一直在他身上找到类似灵感的冲击。他又说，C 能让不同年龄的女人喜欢他。他自己有时放纵无度，有时宅家里闭门不出，谁也不来往。他前段时间刚失恋过一次。

所有的失恋故事大同小异。三十岁之前虚耗时日，三十岁之后，被父母强迫进入家族企业公司尝试工作。他始终对商业无法适应，却遇见一个接近完美的女孩，从未有过的热烈恋情。只是她野心大，有自己的事业，和合作方老板态度暧昧。也许未必想离开他或真有什么其他事情，只是被他发觉。孤傲的他无法容忍她的迟疑不定。冲动之下，一拍两散。

最终，他一直没有能够从这份仓促结束的感情里干净脱身。也许这段枯爱无法被轻易替代。被伤害和辜负的感觉，难以卸除干净。

她说，如果真的爱对方，人会甘愿放低自尊。但若选择了自尊，可见最后还是更爱自己。这没有什么不对。我们爱人，不过是为了爱自己。普通的感情都是这样的。其实女人跟他在一起也很难得到安全感。他自己没有任何人世的目标，也不以此觉得重要。

Z 顿了顿，说，看样子你真的成为一个自身有缺陷但无损专业水平的电台情医。想得那么复杂，看得那么清楚，有意思吗？什么时候，你才能以一颗单纯而温柔的心去生活，那时候你才能成为一个真正的女人。有时候挺为你觉得可惜，还有一种难过。柔情似水的女人，在这个世间都无法存活了吧。剩下的都是男人般坚强的女人。那做女人还有什么意思。然后他若无其事倒出一杯新咖啡，说，等会让这个没有人世目标的男人开车送你去石窟。

9

他们把车停在石窟的停车场。还须在盘山公路上行走四十分钟。由于淡季，平时载客用的电动车停止运营。空无一人的山道，树林都还是苍翠的。一些不知名的白色絮状小野花在盛开。偶尔有鸟鸣响起。他们的走速很快，已习惯以沉默与隔膜并存的状态共处。语言的阀门始终没有打开，河流的波浪里充溢着声响。她有一种直觉，他其实可以说很多很多话，说很久很久的话。在某个时刻他就会开始。一次彻底的认真的投入的倾诉，不需要反应和共鸣。这种预设，让她觉得此刻一切都很合理。

除去敦煌，这是她所见到的另一个极美的石窟。美得壮大，美得颓败，并且在冷清的冬季，美得如同被世界遗忘。

一条长长的廊道，一侧是木栏杆之外的悬崖峭壁，一侧是一间连着一间的龛室，每一间都有五尊三米左右高的壮美塑像，映衬腐蚀剥落的残存壁画。菩萨的面容和眼神，超然世外地平静和自如。那天，只有他们两人在此地逗留。天色萧瑟，寒风凛冽。菩萨所面对的空旷山谷，层层延展的山峦，如同一幅画卷。她长时间地凝望这些存在，并不着急把所有开放的石窟看完。走走停停，有时只是闲散地远眺天边。

他说，坐火车千里迢迢赶过来，只为这样消磨一个下午吗。

她说，就是想过来和它们待一会。已到年末，今年很快要过去了。明年会是很好的一年。

为什么会这样认定。

最坏的已经存在过了。接着会到来的，只能是转好的东西。

她说完这句话，费力地想在脑子里回想M的形象，为了确定这个旧人曾在她心中存在的空间，却怎么也想不起他的脸，遗失所有细节线索。最后一个记忆，是她在城中最昂贵的五星级酒店里与他不期而遇。她从电梯出来，拐过大厅，转角处突然看见站在前台附近的M。穿蓝色衬衣、西服，身边站着一个女人，高跟鞋、丝绒旗袍、长直发，某种程度上来说，是打扮讲究的一个时髦少妇。他们已经有相似的脸部轮廓和笑容。传说中的夫妻相，她想。他们在轻声愉快交谈，他看着那个女人的神情和眼神，是她在共同的四年里从未见过的。

所以，这个男人其实是完全陌生的。他本来也就是一个不属于她的男子。而为什么，要到这样的时刻，她才能清明地了悟到这是个误会。

然后大概是他的总部上司从门外走进来，她听到那个熟悉的男声，其他的都听不清楚，只听到一句，这是我太太……她执拗地不离开，待在拐角隐蔽处，一动不动观察这一小簇人围在一起寒暄，准备一起去晚餐。他摒弃掉她之后的世界其乐融融。事实上，那个时候他已经开始逃避她。逃避她的电话、短信，又不愿意干脆地表态和结束，就这样没有骨气和担当地软弱着，拖拉着。

他除了在床上的那一点野性，还有什么。或者说，他对她，最终有的，就是这样一点东西，是她自己衍生出了其他的意义。这分明只是一个她梦见过的独自表演的舞台。

他甚至在前一日，还在短信里试图安抚住她，说，我多么爱你，你不会知道。而真相就如同她眼前所见，他的生活完好无损，他根本不会为她做出任何牺牲。她说，你如果想继续，不管是哪一种形式我都可以陪你走下去。我只要你说一句实话。她终究厌倦了他的谎言，他的言不由衷。有没有一个男人有胆对女人说，我就是想跟你玩玩，其他我什么都不想？如果他这样说，也许她还会对他敢说出实话略有敬意。

事实告诉她，她真是小看了男人的面子。他宁可把谎言一直重复下去，也不会舍得戳穿自己。没有自欺欺人，游戏怎么会有意思呢？她居然如此执拗地要跟人性较真到底。所以必败。

如果说，她对身体里的血性还是有那么一点点了解，她就知道在此刻不必试图自我说服。在他们打算撤走的最后一刻，她快步走过来，当着他上司和妻子的面，狠狠用反手在他右脸抽上一个大耳刮子。到了尽头便再无话可说。她转身向门外走去。没有人试图来追赶她，连发声都没有。也许所有人都愕然，不能够做出及时反应。

她在路边拦下一辆出租车。摇上玻璃窗的时候，警觉浑身颤抖不可自制，眼睛里一片干涸。右手手背因为用力过度，已僵硬不能动弹。

10

再没有相见。他还是尝试打过很多电话，发过很多短信。坚持不回应。时间一长，对方自然明白过来，一切不可挽回，戏终于走到面对落幕的一刻。再不起身鼓掌谢幕，收拾衣物离开，就显得勉强、局促和无聊。所有的开端、高潮、终局，都已呈现。谜底出来，形式再无乐趣。

只是无法预料这结局如此潦草。四年前，他们在一个熟人的生日宴席上初初相遇，为彼此动容。三年前，他们还谈论过是否能够在一起。两年前，他们经历不断分分合合的戏剧场景。一年前，她为已滑入下坡的关系时常失眠并痛哭。一个月前，他们被命运以挑拨的方式做出安排，立时截然成了陌路人。之后将再不联系，当对方在世上已彻底失踪或全然死去。

原来告别和遗忘，才是余生大半辈子要做的严肃事情。相比起来，狂热的恋爱，近同一个喷嚏。

II

彻底卸落之后，她出门去看石窟。她在路途上想到，这段关系是让她整个四年都无法喜欢自己的原因，也就是 Z 所说的，无法以一颗单纯和温柔的心去生活。她憎恶和轻视自己，于是也附带憎恶和轻视 M。这是一致的。这份情感让她觉得自己奇形怪状，丑陋至极，一颗心僵硬扭曲，失去信任、热情和诚意。

她需要一份实际、厚重、笃定、温暖的感情。清香糯软的大米，一日三餐，踏实有序。关心、照顾、付出、牺牲、为琐碎操心和争论，却知道彼此难分难舍。走得再远，也有怀抱可以回归。月光下喝酒，说说聊聊，这样到头，老死也不显得如此寂寥。

一个长久的真诚的伴侣，而不是被嘴巴反复播放无伤大雅但毫无意义的我爱你，不是床上的干柴烈火，告别之后的各不相关。这般没有共同的未来和牺牲的关系，太过冷酷，也很廉价。像垃圾食品，让人越吃越觉得匮乏、焦躁、不明所以。

此刻，她靠在山崖上，用相机自拍了一张留念的照片。看到三十岁女子的面容，略呈停滞疲态，眼睛重新沉淀，得着清澈和安宁。她至少又回到自己身边。

驱车回到Z的家里，已入夜。他们去餐厅吃饭。Z没有带妻子和孩子。她跟他们一起，也如同男子，三个人抽烟，喝酒，烟雾缭绕。隔着桌子，她看着坐在对面的C，他的确美而不俗，郁郁不得志的模样，这个男人不是为工作和家庭而存在。他无法具备这种平庸而强大的能力。他是弱小而脱离的人。他是无法长大的一个幼童。

喝到凌晨两点，三个人回去，在楼梯口互道晚安。她只有六个小时的睡眠，八点多要动身去火车站。她在空气冰凉的浴室里洗澡，身体依旧微微战栗，皮肤激起。躺下之后用棉被裹住自己。窗外洒进来洁白月光，能够模糊辨认墙上的手工绘画图案。隐隐惆怅，知道在等待什么。但又能够等待什么。

她听到他走进浴室，他开始洗澡。洗很长时间，热水哗哗作响。然后他推门进来，直接在黑暗中走到她的床边。

她背对着他，蜷身而卧，不发出声音。他掀起被子。

12

先是面对着她的后背，默默躺了一会。静止空气里，呼吸起落。

然后他靠近她，没有说话，拨开浓密发丝，亲吻她后背与后脖子交界的那块皮肤。温柔而略带迷茫。这动作的力度和节奏，她觉得熟悉和信任，不需要花费时间去适应消化。

他脱掉她的衣服，脱掉自己的。从背后抱住她，双手抚摸她的下巴边缘、脸颊，又长时间游移在脖子上。她能够分明感受到他身体里散发出来的依恋。他让她感觉在被包裹和溶解。强烈的孤独。单纯的热情。某种无助。对温暖和陪伴的需索。所有这些汇聚在一起，是他的欲望。他的欲望像纯净的火焰。

因为陌生，她没有试图用手去触摸他的身体。怪异的感觉。他们在这一刻紧紧地胶合在一起，完全不可分。这样紧密的一体。

13

人的伤口，难以示众，也无法说明，只能分头各自找到角落躲起来不为人知地反复舔舐，直到创痛痊愈。最终要面对的现实是这个。即使某一刻，我们是可以一起围绕火焰取暖的人。

在他结束所有程序的最后一刻，她脑子里浮现出一个无关的念头：若人置身在暗中太久，如同沉潜深深海底，当他得到机会浮出水面，突然挣脱所有束缚，睁开眼睛，他会被光芒刺瞎吗？

她不知道为什么会想起这个，就仿佛刚刚从海底蹿上来一般。

14

他没有离开。从背后搂住她的身体，用体温紧紧裹着她，进入睡眠。她习惯一个人独睡，几次试图改变他的姿势，想脱离出来，他坚定而沉默地反对。手臂如同藤蔓，一次次围拢，束缚住她的肉身，要与她贴近。她最终放弃，又为什么要推开一个敞开的有体温的拥抱，何必如此。他们是即将分别的陌生人。此刻这种倚赖，她并未在日光照亮的世间里找到。

那么，片刻也好。

大概只睡了两个小时。她起来收拾行李，很快拾掇干净。他穿好衣服，去厨房里做咖啡。Z 从楼上卧室下来，看起来也是睡眠不足。他说，还是让 C 去送你。你如果想过来，随时都可以。她说，好。在 C 出去拿外套的时候，Z 走到她身边，说，我一直让 C 跟你在一起，是想让你知道，其实男人和女人并不适合做伴侣。长期生活是一种挑战。爱是一种殊遇，它不需要结果。它也无所谓相信。她说，我不会被你这番话说服。我会完整的。

Z 又说，你看了石窟，有何感想。她说，其实所有事情到了最终，是非成败不是紧要。紧要的是我们曾持有过的诚意，以及为了实践而做出的一次次挣扎，一次次付出。我们无法借用他人他物来试图解决自身问题。最终，一切都要从自身出发。要回到自己的身心之内。

因为回归到自我，所以她知道自己要的，不过是一碗清香糯暖的白米饭。并且以单纯而温柔的心去生活。她决定从踏上火车开始，脑子里就什么都不再想。

他沉默与她告别。她说，你知道我叫什么名字吗。他说，知道。Z 提起过，你叫长亭。她说，忘了吧。别记得我的名字。这样我们才会有机会重逢。他说，好。

她转过身，往里面走。检票口就在前面。她背着行囊一直往前，没有回头，只是举起右手，用手背对着身后轻轻摆动了几下，而不管那里是否依然还有个男子站在原地。

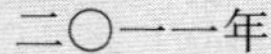

二〇一一年

之二

五公里

I

每日清晨步行五公里。穿上运动鞋，在花园小径快速行走。基本上一个小时之内可以完成，相当于一次动中禅修。即便有时觉得脑袋疲倦或心中困扰，五公里也能横扫一切不适。今日因雨水渐大而中止，约走完三公里。

行走中思路活跃，想到，能够被说出来的话、被表达清楚的感情，通常都不是最重要。人所经历的、承担的，那些无法陈述、无法展示、无法传递的部分，才有真正的深意所在。

所以《大智度论》的故事中，有一段写道：诸法的相是不生不灭、真空，无法用文字、名称或言语说得出来，但是要用语言为众生讲解，便于他们得到解脱，这是最困难的事情。情况好像百由旬的大火在燃烧，某人背着干草往前走，经过火里，连一片叶子也没有烧到一样。实在是非常不容易的事情。

一次，在五公里路途中，想到一个问题。如果人可以得到机会，重新回去二十五岁，是否愿意选择回去？我回答自己，不会选择回去。

因为生命的不可逆和不可复制，所有的结果其实是由出发时的起点和途径所决定。这意味着即便人可以再活一次，如果本质不变，属性不变，其选择和结果不会变化。除非再次回到二十五岁的那个你，是一个全新的人。但人能够持有多少可选的转变项？出生、童年、少年、家庭、处境、个性、天分……这所有的一切无可选择。

所以无须回去二十五岁。即便那时候的自己体貌年轻美好，但需要通过的考验太多并且无法绕道而行。如果已经进入过通道，辗转反侧，经过它的检验和挤压，穿越到另一侧，至少我不会想再来一次。还是做个洒脱的成年人好，做小女孩更辛苦。一旦长大就不必退转。

人除非自己醒来，无人可凭靠。你只有经历对他人的穷追猛打，再经历一次他人对你的穷追猛打，看到曾经有过的错误和一些做法的不可理喻。只能走一段弯路，自己醒来或一直不醒。人是僵硬和自傲的动物。

要注意那些可以轻而易举伤害你的人，那些一再以痛楚和挫败试探你的人，那些举起诱饵引你走入迷途深林的人，那些曾经削弱你的力量和感知，并让你深深触动、粉碎自我的人。他们是有力量的老师。

2

早晨从一杯温热微咸的盐樱花开水开始。清扫、焚香、点灯、供水、浇花。午餐自己做，西红柿、葱花、台湾麻油和手工面条。简单清淡的素食。

稿子陆续回来。第二遍，觉得空间很大，尤其是开始做减法。换了第三本护照。这次拍的照片容貌有变化，感觉是一个进步。

在咖啡店见意大利来的记者。他来自米兰，上了年龄，头发花白，穿白衬衣和棕色灯芯绒西装。一双安静的蓝眼睛，说话慢。请的翻译有些糟糕，感觉是三个英语都不太好的人聚在一起，句法完全没有。但我似乎能够听懂他的所有的话，他也可以。也许意识和理解力可以越过语言，但语言仍是重要工具。

等人时在常去的衣服店看一圈。旧年代的风格。试穿四件，买下白麻衬衣一件。配蓝色或浅灰色的褶裙、球鞋穿，应该很清爽。现在喜欢白色，黑色已不碰。能把简单的衬衣和半裙穿出调性来，不容易。

为了相配有清洁感的衣服，还是得少吃、多走路。白色挑人。

上午工作结束，跑去小公园晒太阳。痴迷难得的好天气。阳光热辣，风清冷，花开得正好。一点不想动。这时把头发洗了多好，让阳光晒干湿头发。一次在禅寺里住，房间里没有吹风机，洗完头，坐在正午的院子里晾晒齐腰长发。

黄昏，公园快走五公里。脱去鞋袜，光脚在有草地的树林里走，据说接触泥地能中和身体里的正负离子，的确有很深的宁静。一只小白狗跑过来跟我玩。先咬我的鞋子，又爬到身上，舔我，闻我，一直温柔殷勤示好。它家主人在远处呼唤，才想起该走了。

玉兰还没开。不辜负春光最好的办法，是一起去看花。

3

冷清的长而直的眼睛，是喜欢的那种单眼皮的眼睛。眼睛似笑非笑，内在的聪慧，不是聪明。说话不多，说出来的可寻味。有时显出隐藏的忧郁。收敛的仿佛有许多心事的人，觉得他们像一本好看的书。有些人聪明外露，吵吵闹闹，说话多余，在一起觉得累。

见到说话热衷显露表面机锋的人，觉得他们平时花力气的地方还是少，表达欲没有得到充分满足。而我在电脑里摆弄十多万字的结果，直接导致在现实生活中言语乏味，表达稀薄，完全没有耍聪明的心。并不喜欢纠缠于理论和观点。工作之中这些东西已太多。

有些人似笑非笑，自在，脑袋清楚，会说幽默的话，经常逗人发笑，也不觉得自己特别。可惜这样的人很少，大部分是盲目地自傲。也有好玩的有意思的人，但我太累，有时仿佛隔离在另一个星球。

看到容貌好看而干净的人，心生欢喜。但高级的好看，必然和心地联系在一起。人有各自清楚的能量场，初见时感受强烈，相处久便慢慢习惯。好像山里走很久，也不觉得空气有多新鲜美味。高级的人相处长久，看起来也是普通的。

美的事物一定需要被别人发现和承认吗？事实上，只有同种属性的心，才会觉得它美。不需要任何吸引、刻意、徒劳、维系，出现在彼此面前即是相认。

只需要静静地等着。

好像藏在樟木箱子层层叠叠丝缎之下的一颗珍珠，不用示人，也心里踏实。不必时时拿出来看。心无怀疑，知道珍贵的东西一直都在，这是富有而安静的心境。

早晨读人发来的邮件，里面写，“天黑以后鲜少亮灯，点起蜡烛耳鬓厮磨”。

4

教他学汉字，然后喝茶说话。他说，我们每天都是抱着这样的态度在生活，早上睁开眼，知道自己还能活这一天。人不知道什么时候会死。你存积这么多美丽的东西，如果我把你最喜欢的那个茶杯打碎，你会怎样呢？我说，也许扫扫扔进垃圾桶里吧。

他说，世上人人皆有困难。空性的智慧是让心得到自由。这是一个方向。如果心里有僵硬和狭窄的感觉，一定是慈悲心不够，不够有同情。

“当你看到人类对爱的渴求羞惭，视之为弱点，引以为憎恨自己的理由，对你会产生什么影响？我们隐藏了多少心中的温柔，不敢示人？当你想到这一点，也许会为自己和那些想了解幸福，却只是不断将自己逼至角落的众生闪烁出慈悲的光芒。”今日读到一段喜欢的语句。

有时无端闻到兰花香气，一种异香，不知哪里涌出，很是奇妙。

暴雨午后，读《维摩诘经》。心若清净，众生就清净，佛土也清净。众生界就是佛的国土。

在清净的心里，烈焰是一面碧湖。悲心比慈心更广博。首先自己是沉沦过的，感知过的，并且已经被苦充分浸泡。无法真实感受自己的痛苦的人，对他人也会格外地麻木和残忍。

5

三联做“最美的滇藏线”专题，采访二〇〇四年去墨脱的事情。记者发来稿子，写法训练有素，客观理性。只是后来不知为何改成自述的模式，改过之后味道即变。而我照例完成一件事情就把它搁置身后，不再挂碍。

定期独处时间。明天要跟人说说话，一起去看戏剧。

朋友的晚餐中，遇见一位奇人。道家、密宗、伊斯兰教都有研究，说话温暾。津津有味听他说四个小时。他说，记得学习是为了准备回家。什么是到头，无头了，就是到头。我知道他指的是我执的断除。与比自己见识少或见识高的人交流，会有收获，能量在流动，不管它是往上或往下流动。水平相近的则不必过招。

见过一些人，天生干净、通透、纯善，有平常心，脾气也好，淡淡的仿佛散发清香。也许是累世的修行人，今生有别的任务要做。

结束工作会议，回到家里，歇息一下煮面。晚上可以痛快地把未读完的书读完。在花园疾速行走半小时，夜色树林中蝉狂鸣不已。想到应把妄念当蝉鸣处理，声浪即便来回轰鸣也与己无关。

混合果汁，用青苹果、青瓜、橙子、葡萄一起搅拌。天燥热。书读三天，今晚告终。

朋友

I

台北的朋友，帮忙带来一堆重重的托他代买的书籍。喝茶、聊天。兴之所至，又一起打车去居民区的碟店买碟。他推荐几个欧洲导演。陪我看店铺，买两条布裙。相识十余年，见面依然说不尽的话。一如以往，给我关于写作的建议、观点以及心的体悟。印象最深，他说要得到心的自由。

想起初次见面的场景，这般平淡无奇。之后，一年见数次，缘分始终相续，他几近见证我十多年生活的百转千折。我怀孕的时候，他来北京，在经常去的三里屯的餐厅里吃饭，替我拍下一张照片。说，这样的纪念以后会很重要。保留了这张照片。果然，这段时光很快过去。

说家里亲人的事情，讨论电影、文学、旅行、摄影，什么都聊聊。生活中，有这样的若干位老友，有些比我大十多岁，在交往中越过年龄和性别，一直稳定地带来支持、点拨。心里感恩。

这次见面，开始聊他母亲的病，然后说一些老去和死亡的问题。问他，你觉得当人变老，最重要的事情是什么？他说，是对死亡没有恐惧，所以需要分散恐惧的存在，不管是信仰、子女还是其他。他自己没有孩子。也讨论感情。他说，女人不可失去坏脾气，这样会不可爱。他说，坏脾气里是有感情的。我说，人大多只看见脾气，看不到感情。而能看到深处的人，他其实不会给你发脾气的机会。

在夜色幽静的花园散步。送完我，又换我送，分开时话还没说完。在十字路口，目送他走到对街，他回头挥手。这一别不知道何时再聚。我是个人际关系被动的人，不会说亲热的话，热情很少，这一生大概也无法增进能力。幸好，能遇见几个彼此善待的人，互相启发、帮助，并得以整理自己。

这几年，几个老朋友，见面也无正事，只是相见不厌，谈谈见地和心得。出现在身边的人不会无缘无故。人生总有一些时间用来虚度。希望生活留下真正有效和珍贵的内容。

2

在远方居住的朋友来家里做客，给孩子带来一只精巧的竹编背篓。这么远，带这样的礼物过来着实麻烦，但这是她的风格。她晒得黑，脸颊上两块红，穿着自制的布裙。说是在尼泊尔旅行时买的花布。黄昏光线柔和，给我拍了几张照片。

很久没有人帮我认真拍照。不知为何，她拍照时，我一直笑，仿佛回到少年时。吃完晚饭，她分享旅行的故事，才知道，是她身上爱的能量传递予我。她堕入恋爱，在旅途中邂逅异国男子，整个人看起来和以前不同。只有爱才能让女人充盈和展示出这样的美和活力。

她拍出一张我喜欢的照片。暮色之中，我穿着绉纱连衣裙，头发齐腰，走在树荫下。瘦而静和的背影。正面应该是在愉快地笑着。看起来很有希望的生活。

“我们都已经离开上海，以后也不太会有机会再在一起。每个人都要接受生活里因为某个人的离去而产生的空缺。我失去一个曾经陪在我身边会从她的红双喜烟盒里拔出烟来，然后递给我的上海女子。她有一次说，她想抚摸我。我说，好，你来。她就讪讪地笑，说，你一直对我这么好。”

很多年前的旧文字。我并不沉湎或留恋任何过去，但有时会想起生命中出现过的故人，尤其是年轻时相遇的那些像野草蓬勃野性生长的女子。曾经处境相似，彼此陪伴抚慰，如同相爱。后来纷纷失散，相忘于江湖。

不知道她们过得好不好。有了可以陪伴的男人和孩子，还是依然孑然一身。

3

在朋友圈里能观察到各种心性。所匮乏和渴望的，一般也是在热衷展现和表达的。总是在炫耀美食、奢侈品的人，和喜欢半夜读诗及发表感想的人，必然有不同的追求。那些从不或极少在朋友圈发消息的朋友，对自己是有估算的。文字和照片很难隐藏自我。

有人说他的朋友圈里有三百多人，当时我很吃惊，想自己可能一辈子都不会有这么多朋友。不用说朋友，恐怕点下头的熟人也不够这个数量。我的朋友圈里，只有二十几个人，经常说话的大概十个之内。偶尔聚会，有限的几个朋友来回见。生活中的社交圈，一直在过滤。

我的社交有边缘倾向，有几个对象便彻底满足。这种挖掘机式的交往，专心致志，一心一意，不浮光掠影，也不心猿意马，但也许更能得到来自他人品质的深刻加持。什么是加持？加持不是来自权威或神通人士的施法，而是来自外物、他人带来的心的显现和激发，以此获得觉知。这需要深度的心灵联系。

我并不羡慕那些朋友多的人。

能精确地看到他人弱处或隐藏处，不是什么福报。但看到之后，闭嘴不言，也许是积德的事情。与其伤人，不如等对方自伤后了悟。没有人能真正承受一个诚实的朋友或上师。规劝和告诫只能发生在明心见性的关系里。“你若掏心挖肺，别人还嫌腥臭。”在真诚而有效的批评里，其实有彻底的给予。

我们需要能够劝诫自己和带来启发及引领的朋友，并且珍惜人与人在一起的每一个时刻。不会永远是这样的。要心存感动和珍惜，尽量不用自己的习性和低劣之处去污染关系。

充满情绪的人，只以自己的标杆衡量他人，并始终觉得别人应为他负责。朋友之间，再亲近的关系，也需要礼貌，是尊重对方的一种距离。不管对方什么身份，什么段位，用平等心对待。应该把别人想得好一些。经常对小事感恩。

时间精力有限，有些朋友渐渐失去联系，最终消失踪影，也是自然的结果。时间或某种经历，会让人逐渐减少或凭空增加许多无形的东西，自己却不知晓。想着彼此角度不同，所以我从不说三道四，但也许这种方式并不慈悲。

人际关系会自动清理。有人，怎么样都舍不得走。有人，轻轻挥一下衣袖就走了。真的是随缘而来，随缘而去。跟生命有深切关联的人，他们会一再回来，好像你所亏欠的还未偿还清楚。或者他要给的，还没有足够。不如接受所有发生。

一些人，允许你用珍贵的郑重的态度对待他。一些人，强迫你用忽略的方式对待他，因为经受不住真情实意。人与人之间的磁性是对等的。即便之间缘分彻底告终，不留任何负面或未尽之意就是圆满。

时间会清理通讯录。时间应该让我们更怀念某个人，而不是最后选择在对方的生命里失踪。凡这样做过的，不要追问，也不要解释。总是会有人退出你的范围。

友情的世界同样不进则退。要成为别人愿意为你花费时间的人。

4

打算为一个朋友读完整本的书，每日读诵给对方听，此书甚深甚美。荷花塘有强烈香气。睡小小的午觉，醒来后泡普洱茶喝。

每天固定与他道晚安。有时想，这样的每天都是一种练习。情深不寿，但始终是有胜于无。

人性偏向负面的信息，做放弃的事情过于容易。但美好的事物即便在损伤和隐藏中，也是有所相信有所依持的。它不是那么容易被摧毁。

需要克服的是多疑和不慈悲。我们的经验太多，却没有真正爱过别人。尽量保持单纯，饮食与睡眠，做事与思虑，看与听，说与等。相信和给予的单纯。不否定、不怀疑、不判断、不比较的单纯。

复杂的人倾向攀附权贵。抵达过成功顶峰的人，通常喜欢心地干净和单纯的人。这是返璞归真的内心需求。

收到她的邮件，发来佛经摘录，说，现在我们已不必为家计而忙，可依然无法一心向佛清静修行起来。愿你早日用自己那颗既可生烦恼又可生菩提的自觉悟心开始此生的修行。

想起与她的短暂一刻相会，她的眼神澄净，如同善男子。她的邮件里摘录一句话：一朵花盛开，就会有数千数万朵花盛开。她说，这句禅宗的话用来对你道晚安。

醍醐

I

瑜伽老师每周来上一两节课，教导练习呼吸和体位。温和而干净的男子。每天，把他教的体位重复十次左右，浑身会发热和通畅。这是一个写作者必要的内容。不做瑜伽，这长期在阅读和写作的身姿的确辛苦。

最早的时候阅读《圣经》。至今阅读印度教、大小乘、禅宗、金刚乘、苏菲派的一些书籍，它们带来的帮助，用醍醐灌顶来形容，并不为过。最近读《奥义书》、瑜伽的书籍，感觉人类对自己内心的训练和要求，是同一源头。古印度文明里，生命有洁净和向上的高级意识。瑜伽的最终目的，不是让身体健康或优美，而是向神靠近，与神合一。它是一种联结。

瑜伽的制戒要求，顾及一切生物，尤其是那些比我们更拮据更悲惨的众生。通过言说、书写、姿态和行动，正确无误地沟通。“不垂涎，或是抗拒对不属于我们之事物的欲求。一切行为有所节制，合乎中庸。不贪婪，或是只收受恰如其分的事物。它的内制要求纯净，或是保持我们身体和周遭事物的干净和整洁。满足，或是对所拥有的和没有拥有的事物感到安适、充足。经由保持正确的习惯，如睡眠、运动、营养、工作和消遣，去除生理和心识系统的污染。学习和研读。崇敬高等智慧。接受自身的局限性。”

这些要求，让人觉得瑜伽是一个很好的通道。所有的训练方法，最后都是殊途同归：为了超越在物质世界之上，获得更多心灵自由。

最近在读的书回答内心很多疑惑。这些言行发生于一百三十多年前。这种内心联结是如何产生的，并不很清楚，但它的确带来帮助。顶礼这位印度老师。

2

“记得有一天晚上，我和仁波切坐在水边的一家餐厅里，他说，我跟你说，你要心存感恩，这是我们的人生，是我们的婚姻。但它们不会永远是这个样子。当时我一笑置之，现在回想起来，发现他讲的是无常的深奥道理，以及珍惜人生的重要性，他教我去体会世界的神圣性。”

秋阳·创巴仁波切的妻子，英国女子黛安娜，在其回忆录《作为上师的妻子》一书中所记录的一个片段。初见之时，她十五岁。虽然刚刚相识，却已经有了爱的感觉。她觉得自已跟他心心相印，而与之外的世界格格不入。这使她更加觉得身外的一切如梦似幻。

这位少女时便嫁给还俗的仁波切的女子，跟随着他经历了激荡而不凡的一生。

天气凉爽，出门骑车。夏日常有突如其来的雨水。顶风骑行。

整理东西发现几年前用康泰斯小相机拍的一些胶卷照片，蔡司镜头出来的色彩和光感特殊。有些二次曝光，有些发虚，有些对焦则格外准确。现在拍胶卷照片吃力不讨好。但很想学一学，把它重新用起来。

和朋友聊天，她说一段话。说，现在没有伴侣，就抓紧时间给自己挣积分。我说，你怎么挣？她说，努力地专心地工作、修行、学习，给周围的人带去愉快和益处，多调整自己，更温柔安静一些……总之，在生命的账户里多存入。这世上没有必须追求的事情，只有心愿确凿，即发心。

3

韩国法顶禅师，身居山林，对自然有清净和细致的心意。建屋、种菜，喜欢阅读、听音乐、汲水煮茶、用美好的瓷器喝茶（他自认这是心中应断除的小小执念）。美国的梭罗对他有影响，他也曾亲自去到瓦尔登湖。虽然喜欢独居山林，但仍与别人分享一切美好事物。

蔬菜收获季节，带着种的莴苣去寺庙，让大家一起分食。也在报纸杂志开辟专栏，写些小文章陈述人生观点。

他对出家有一套自己的定义。认为和尚一天二十四小时里做的事情就是在出家。从所做的事情中领悟道理，再循着这个道理去过活。每个瞬间所做的事情，“即是自己的人生，是修行，是精进”。

这些文字朴实，没有晦涩。大多随心所欲，想到什么便写下什么，都是日常生活中的琐事。如何在冬季碎冰煮茶，如何烧起木柴，如何整理打扫，如何缝制一只枕套，如何欣赏一只烛光下的茶杯，如何赏花，如何准备餐食……描绘恬淡，但读看之人并不觉得琐碎或微小。大概此间用以观照的是清澈明净的心性。

“早晨的山岭，吸入的空气里有森林的香气，以及夜里露水的气味。能够以如此愉悦的心情迎接清新的早晨，这一天的生活才算是充实的。这样的时刻若是被报纸或是新闻等庸俗繁杂的外界声音所沾染，无疑是一种亵渎。端看是以什么样的态度迎接崭新的一天，就可以看出这个人的生命质量如何。若是以无谓之事展开新的一天，那么接下来的一整天都可能是浑浑噩噩的。若是从美丽且良善的事情开始，生命会相对地充满美丽和良善。”

古代的人早起，惯常做的事情是清扫、挂画、插花、焚香。这大概也是他所说的美丽和良善之事。让一天有序而高雅地开始。在印度时，看到早起的人，不管是在乡村还是小城，惯常的事情也是清扫，买来鲜花去供养神庙。这种宗教性的开场，能让人的一天更加平心静气，更有倚靠。

在夏日清晨，读一本好书，读一篇佳作，也是美丽和良善之事。

菩提树

I

朋友从印度菩提伽耶折来的菩提树枝已插活，枝干粗壮，长出蓬勃浓密的绿色的菩提叶。现在分出三盆。菩提树苗适应室内角落，安心长出更多幼叶。回家第一件事情，是看一看它们。母亲让我千里迢迢带回来的栀子花幼苗，也平安成活，小绿叶一直在生发。并不奢望它长成开白花的大株，能够静静悠悠地活着，已很好。

沙发上小睡二十分钟，醒来，看花花草草，泡宋种喝。浑身出微汗，芳香盈鼻。继续干活。用过盖杯就不怎么喜欢用壶，盖杯出汤快，很简约。半发酵的茶意犹未尽，与身体还有空间，芳香悦人。充分发酵的茶，一下子就融化，充满热能，而且很男性。

夏天美妙的是冗长、沉静、温柔而有活力的黄昏。孩子们的欢笑，青蛙的叫声，裙子拍打在身上，樱桃、西瓜、蜜桃的滋味。暴雨午后。一株月季粗壮，开出碗口大的红花，因为太美，旁边特意挂了个小牌，请勿折花。很多人在路过时围观它。

把所有稿子发出去，工作第一个阶段结束。起心动念，付诸实现。现在打算好好请客，感谢遇见的所有给予过帮助的朋友们。然后去一趟东京。

半夜得空，给远方的人写了感谢的短信。一件事情的发生和结束，其间显现很多人的心。收获许多。

约会四位朋友。

在餐厅看见一位已并不年轻的女子，圆润结实，黑发披肩。粗眉、黑眼线、细长的单眼皮眼睛、大红唇，吸引我很久的注视。也许偏爱这种略有风尘气的复古的气息。再搭配简单的衣裙和郁郁寡欢的漠然的表情。

想了解真正的证悟体验的人，应该看《超体》。女演员斯嘉丽饰演大脑潜能被开发到百分之一百的人类。达到之后，其实是所有禅者追求的解脱和终极境界。是佛陀境界。用场面和镜头表达出来，确实震撼。

露西让医生给她剖腹取药品，一边借手机给妈妈打个电话，自顾自说了一堆抒情和回忆的话。事后回想起来，是她对作为凡人的身心做最后的告别。之后，就如她自己所说，人性的部分越来越少，没有愤怒、恐惧、欲望，大脑连接万物。这是证悟的境界。

有趣的是，修行者苦修无数个轮回而渴望抵达的理想状态，电影中用一袋化学品就迅速达到。

吕克·贝松年老之后，意识明显升级。超赞。

2

阅读卡夫卡。

“写作是一种祈祷。大多数人是被恐惧这种污泥胶着在廉价原则的东摇西晃的椅子上，这就是全部生活实际。相信一切事物和一切时刻的合理的内在联系，相信生活作为整体将永远延续下去，相信最近的东西和最远的东西。

“我们向河里扔进一块石头，水面就产生一圈圈波浪。大多数人活着，却没有意识到超越个人的责任，我想，这就是不幸的核心。

“什么是爱？通向一切高度和深度的东西就是爱。爱就像运输工具那样毫无问题。成问题的只是驾驭者、乘客和公路。”

3

什么也比不上一碗简单的百合白米粥让人觉得舒服清爽，搭配京都买的梅子一枚。暖风中的栀子花醺然芳香，有时会让人觉得迷糊。恍然想起以前穿上连衣裙梳好头发，抹上口红去看电影，风轻轻抚摸小腿肌肤的感受。

夜空中的云团和月亮。

和朋友见面，不愿意在热烘烘乱糟糟的餐厅碰头，除必要。嘈杂，现在食物又大多不安全。连续在外面吃饭超过两次，会觉得不太舒服。在家制作和解决一日三餐是最好的选择。

对食物保持节制而谨慎的态度，是一种勇气。对餐厅和食物抱有热烈欲求的人，有时并不知道自己真正需要的是什么。用安静的心去烹煮和研究食物，却进食淡泊的人，是可贵的。好的生活，一个指标是，吃简单、干净、更健康的食物，而不是想吃不同的大量的好吃的食物。

妈妈寄来两个大包裹，除青团、番薯干、南瓜子等各种零食，还有芭蕉、鸢尾、薄荷的小花苗。快递过来还这般鲜活青翠，只能全部种上。想起来这好像是家里女人们的传统。近年她喜欢寄花草的种子和幼苗，已分别寄过美人蕉、牵牛花、虞美人、凤仙花、栀子。都一一养活，让它们生根发芽。

一次，她寄来一大堆鱼，各种鲜的或者自己腌制的鱼类，还有虾干和已煮熟的大白蟹。运到北京，箱子全是鱼腥味。渔村和海边城市长大的人习惯这种食物。里面她写满数页纸，仔细说明这些食材如何处理和食用，一处一处叮嘱，仿佛我依然无知和幼稚。

她在老去。她爱我的感受，我现在是明白的。

给她打电话时，顺便邀请她来北京住段时间。她说不喜欢北京，希望我回南方。仔细想来，替她把电脑里的照片打印出来这样的小事，还没做到过。下次去看她，要多拍照，然后把照片洗出来寄给她。对她来说，这应是很大的安慰。

4

今天去的茶馆，有一匾写着漂亮的书法，叫“何事惊慌”。

5

女朋友约会。在丽都附近的咖啡店吃早午餐，说了很多话。一个女子白皙、面容清净、眉清目秀，过着优裕富足的日子，却又聪慧、温柔、娴雅，而且渴求佛理、向往修行，在我看来，这是很大的福报。觉得好看的人，心一般也比较大方。

点一支日本伽罗香，“飞鸟”或者“平安”。睡前也点一支香。满室幽香，沉郁熏染。得到好的有品质的东西，是为了让我们能够得以保持平等心，不再轻视或鄙薄自认为比较差的那些。感情如此，器物如此，生命如此。

花店的女子，买花时经常多送我几枝别的花作为搭配。这样做事的人，会把事情做好。想起一个女友，见面，她手上戴银镯，我说摘下来，让我看看什么花纹。她脱下来，说你喜欢就拿走。这是好境界。便拿走了。这种小举动可以突破彼此的界限。

看到街上或朋友圈里的个人广告，想着人都执着于个人形象的自大。这肉身不管美丑都只是微不足道。阿姜查说，只有功德和善行的芳香，死后依然存在。这比自傲强大得多。

弓道

德国人奥根·赫立格尔，于一九二四至一九二九年期间去日本，在东京大学做讲师，讲授哲学和古典语文学。在这五年当中，他做了一件事情，跟随一位箭术师父学习射箭。

师父的名字叫阿波研造。奥根描绘第一次见到师父拉弓的场面：他抓住他最好与最强的一张弓，以一种肃穆庄严的姿势站着，轻弹几次弓弦，弦端发出尖锐的扣弦声与低沉的鸣响，这声音只要听过几次就会毕生难忘。它是如此地奇异，如此锐利地直指人心。

他在书中写到，在日本，箭术通常被当作一种心灵训练的方式。如同花道、茶道、柔道、绘画、戏剧……的展现，日本人把禅的本质引入他们在做的一切事情之中。此间要求专注、不造作、清空、无为。这些境界难以用文字描述。

而对作为西方人的奥根来说，他认为真正的神秘主义所遵循的法则，必须以自己的实践去证得领悟。“除非我们直接参与了神秘的经验，否则我们就一直在外面打转，不得其门而入。”

为接近禅，他选择箭术。箭术需要从事它的人心灵纯净，没有琐碎目标。他遇见一位伟大的师父。这位师父指导他，纠正他，让他明白拉弓与放箭应该是一种心灵化的训练，而不是习得技术和求胜的工具。因为这个任务当中包括大量可以言传但无法轻易心领神会的佛学思想，奥根在这五年里获得一次训练机会。

他记录下完整的学习过程，第一步是，如何完美拉开一张弓。看似简单的一个动作，里面涉及关于呼吸的诀窍。师父对他说：吸气是融合与连接；屏住呼吸使一切进入状态；而呼气是放松与完满，克服一切限制。一旦控制好呼吸，就可以不费力地拉开一张大弓。

第二步，学习放箭。如何才能够调整好放箭时的状态，不让它产生震动，这样箭射出去才不歪。师父启发他：你握住拉开的弓弦，必须像一个婴儿握住伸到面前的手指。他那小拳头的力量让人惊讶，而当他放开手指时又没有丝毫的震动……真正的箭术，是无所求的，没有箭靶。你必须学习正确地等待。

他坦然承认，我无法不想。这张力实在太痛苦。师父建议他通过普通的竹叶子学习。“叶子被雪的重量越压越低。突然间雪滑落地上，叶子却一动也不动。就像那叶子，保持在张力的最高点，直到那一击从你身上滑落。”

他已学习三年，却进展和领悟缓慢。开始彷徨，觉得浪费光阴。而且学成之后可以做些什么？师父也早警告过他：我们只应该练习自我超然，其他都不要练。百般无奈和挣扎中，他有了投机取巧的一个偶然发现，稍微改变手指的位置，可以使箭射出去显得很稳。但师父却不允许他这样做，甚至因此做出放弃他的决定。这个举动违背箭术训练本身所要体现的领悟，违背大道的精神。

道歉之后，他留下来，重新开始，仿佛以往所学的一切都没有用。他继续练习，直到有一天，射出一箭。师父深深地鞠了一个躬，说："这一箭就像个熟透的水果般从你身上脱落。现在继续练习，仿佛什么事情都没有发生。"

第三步，练习射击箭靶。如果心灵的距离不够远，箭也飞不远。射箭不靠弓，而是靠当下的真心，靠射箭时的活力和意识。师父只是让他们练习射箭，而不是特意地瞄准。但盲目乱射使他精神很受困扰，他觉得自己受不了。师父仍然说：要把射中目标的想法抛出脑外。射中箭靶只是外在的证明，表示你的无所求，无自我，放开自己……已经达到巅峰。

如果不好好体会，不以实践去证实，无法获得真正的体会。因为这些过程是超过理解范围的。经历再一轮的艰苦学习，最终这些学习摧毁最后一丝对于自己的顾虑与情绪的起伏。一次，在射出被认可的一箭之后，他对师父说，他已经陷入混乱，不知道是自己拉了弓，还是弓拉了自己到最高张力状态，是自己射中了目标，还是目标射中了自己。弓、箭、目标与自我，全都融合在一起，再也无法分开。

师父说：弓弦终于把你切穿。

当他要结束学习离开日本回去德国的时候，师父赠送他一把大弓。并对他说："当你用这张弓射箭时，你会感觉到老师的精神与你同在。不要让它落入好奇人士的手中。当你不需要它的时候，不要搁着当纪念品。烧掉它，除了一堆灰烬，什么都不要留下。"

有意思的是，后来朋友与我谈论的时候，说这本书颇受争议。因为奥根完全不通日语，学习过程中的交流全由一个朋友翻译。而那位朋友读过奥根的书之后，说他完全不记得有翻译过这些机智而优美的应答。也就是说，奥根记录中的很多部分，不是事实，而是他自己的虚构。

真假如何，已经无法证实。奥根后来隐居，患病，去世，只留下这本书。

黑枝豆

I

以前认识一位日本禅宗师父，说他刚出家的时候，种了十年的地，除了种地，其他什么都没有做。过滤多余的意识、情绪、妄想、念头，只是如其所是地存在，试图离生命的实相无限贴近。作为日本僧人，他喝酒、吃肉，也不遮挡地谈论对情爱的态度或其他。他的存在，是如此平凡而又圆融。

真正浸入佛法的人，未必不食人间烟火，只是对万事万物的结构和秩序有充分的了解和领悟。因此，不会端坐寺庙不理会人间俗事，反而愿意跟各色人等打交道，度化他人，有充分开放和容纳的心。他们是抵达禅境的修行人，境心两空。

我们对他人的影响，是表达重要，还是存在重要？我也许更尊重后者。见过许多善于表达的人，清楚他们的模式和工具。而以存在影响他人的人，稀少珍贵。他们越过表达，同时实现表达。

在喧杂的餐厅里，他问我，色即是空，空即是色，当如何理解。

我说，比如我感知周围这些人影、人声、气味、色彩，这当下时空中充溢的种种，如果在其中感受到一种永恒不变的稳定，与这些所见所闻从未隔离，互为一体，并且彼此支撑，彼此映照，也许会从中感受到安宁和喜悦。允许所有发生过的可以改变、消失、继续生长。与它们一样地自然、自由。这个我，在哪里，想一想，找一找。

实践学习到的理论。把它转化成升级中的意识。

2

两位年长十多岁的朋友，邀请去他们家里吃午餐。带上茶叶，前去探望。喜欢跟年长的人交谈，聆听他们的经验和心得。女主人下厨做了美味的火腿奶酪比萨饼、罗宋汤和沙拉。她忙来忙去，安静周到。觉得这是目前吃到过的最好吃的比萨饼。

下厨房给朋友做菜，是有情意的事情。但也清楚地知道，吃喝玩乐的日常事情目前尚有些距离。即便如种菜、烹饪、编织、刺绣、做手工、写书法、学乐器等自己喜欢和向往的事情，也暂时没有时间和精力去享受。午餐时，朋友说起写作，他说，写作是造一座塔。不用对它的意义深远考虑很多，专心地把它造起来，造得平衡、浑然、结实、优美。意义就让别人去想。

喜欢这个造塔的说法。

有些人变老，像果实阴干，收缩、有皱纹，但依然结实有形。有些则像要腐烂般地膨胀起来，且面目身形失去轮廓。前者显然跟克制、安静、持续发力的生活状态有关。后者沉溺于食物、世俗娱乐、懒怠、自我放弃。

早晨栀子绽放新的花朵。特意坐在它的身边，嗅闻它的芳香。它一定知道我心中的爱慕与温柔。

尖酸刻薄的措辞，无论出自哪种性别，不外是隐形的嫉妒和自我优越。人与人何必奢谈理解或评论，不践踏对方已经算是基本善意。但有时，我们连这种善意都无法保留。不知道这是在践踏自己心中良善和福德的种子。起码可以保持沉默。我对身边的人几乎不做什么评价。

不需要界定或审判他人。如我们这般的凡夫俗子很少可能真正了解到真实。只要保持基本善良，不去故意伤害谁。也不需要对他人的言论流露出反应。这种反应里有自己的心魔。

人一贪执就会受苦，然后再困扰他人。

无论是贬低攻击他人，还是追随信服他人，得到的都不过是虚妄的自尊和欢愉。它们不会使内心的清净和洞察增长一分。比较有收获的，是能够发现和吸取到他人身上的美好能量，如果没有，他也不是你能够评判的问题。让自身强壮的唯一方式是，首先解决好自己的问题。

3

“深广而宁静，单纯而不复杂，纯净灿烂光明，超越思议的心，这是诸佛的心。其中无一物应消除，无一物应增添，它只是自然洁净地看着自己。”

4

她说：“见信安。前些日子在六祖的出生地，拍了一些当地的寺庙局部照。还有两幅是自己庭院栽种的睡莲，放在附件里给你。我们有自己的茶山，在潮州。我喝茶已二十多年，从小父辈们不搓麻将，在家里，日日都是茶宴。而正式习茶也是近五六年。

“日日看似平淡无奇的注水、出汤、喝茶，也会有期待、牵挂、懊恼。大部分的经验却是言语所无从表达，但已经转化成身体里面流淌的东西，从此源源不断滋养生命。老师去年说：无论学哪门技能，当你不向它要美丽要感动要智慧要注目的时候，一个从容的、真实的自己就会呈现在面前，引领着迈向前方的路程。

“广州的夏天酷热，出汗是很清凉的事，最接地气的花是姜花。如若方便给我地址，寄些消暑茶给你。晚安。”

回信写地址给她。后来又陆续收到她的一些信。

“……今年莲花山的莲花也都开好了。前些天才去山里看了花，不是周末，人也少。泡了茶，莲花就在眼前。恰好同一日看到一句话，为赏花归来的人奉茶，室内不宜挂画不宜插花。此为利休道歌中的歌训。不禁莞尔一笑，实实如此啊。不断地学习，欢喜、澄澈、有光的七月。

“人生如露似电，我们有幸在各自的生活里：不停前行、感悟、练习、修行、耕耘、成长，在道途中偶尔与彼此擦肩、相逢、一期一会。善缘得聚，以书为友，已是无限清福。

“……

“每日沉默地行茶，对自己洁净的要求，自然会在生活里如一体现的。我相信，借由行茶的践行、泡茶的动作，会打开人的觉知。身体的动作语言给予我们的启发，是无可比拟的。记得曾经有人见我随时随地都在喝茶，问我：茶是你日常的陪伴吗？而我，确实从未想过茶在我生活里是什么，也没想过赋予的意义。相反，它常常有可能是我能进入的最深的孤单和独立，那份宁静极为奢侈。

“夏至。清晨见庭院内树上的露水便可知。今年院内的龙眼树大丰收，满满的果实压弯了枝头，待到采摘之日，树下喝酒也是惬意呢。现在居住的房子，是她出生一百天时搬过来的。如今她四岁。这几年她引领我更加信任地去生活，学习用孩子的眼光看世界。我们也因为她的出现，给自己生命格局有了诸多的尝试和选择。

“不知潮州寄出的茶叶可收到。那日进城，大雨中拦到的士，全身湿透。下地铁出来时，看到第三场雨即将来临，将卖花阿姨的花全买了，其实也剩不多。我嘱咐，赶紧回家吧。

“连日来也因此身体不适，味觉迟钝，居室内有花的馨香，心情也都很好。这几日，喝的茶是单枞老茶。我给你也寄了些。至今潮州的老人家，依然一遇风寒感冒或积食腹泻、气闷胸胀的时候，就取陈茶煎煮饮。望这几款茶能陪您度溽夏。

"……

"在旅途时，静默时，看到、听到、闻到、感受到的一切，都有想到写在信里寄给你。怎知，一切都是那个当下的存在，现已流淌着滋养我，写在信里要表达出来的只是其中一点点而已。已是深夜。愿清晨读信时，花在静静开。"

收到寄来的七筒单枞茶，手缝的茶包。后来又陆续寄来佛珠、茶壶、茶杯、药牌、手串等各种手作的礼物。好久没有阅读过这般娟秀而真情实意的书信。一一保存。

5

京都在晚上六七点已显得荒凉。偏僻小餐厅的盐烤银杏带来纯正的秋意。餐厅的名字有露瑚、凤泉、桂心、乐坐。汉字书法之美也全在这里。黑枝豆是毛豆，莲根是藕，秋茄子也很好吃，豆腐是店家自制的。当季的野菜很多。

有一种酒叫"喜乐长"。微醺，散步走回旅馆。路上人迹稀少，空气湿润。为何一再回来这里？心里微微有些惘然。城郊的荒凉夜色带来强烈灵感。

红叶并未烂漫，东福寺、清水寺却已人来人往。他们每年都不厌倦，仿佛每次都是初见。

三十三间堂的观世音菩萨像，是湛庆八十二岁时带领工匠们一起制作，两旁共放置一千座千手观音，值得一去。以往佛像的造型眉目深远，面容隽永。也许是因为古代的人心更沉静，对信仰虔信，造出的佛像才美。这与没有信仰的人仅仅为谋生去做，有很大区分。

南禅寺的山门，美如画。大殿幽暗光线，放在高处的三尊佛像仿佛发出黄金的微光。

找到香店，买到一些香。日本香的名字都极美，寿玉、露芝、云井、月影、瑞鹿、老松、静玄、深山月。烦恼是菩提。泉声说法。此地的安静和克制，带给人滋养。明天清早出发，坐火车去东京。

6

在地铁上看到坐轮椅的女孩。腰以下的身体被截去，鼻子里塞氧气管，独自出行。眼神安静，抹胭脂。她很虚弱，但努力保持干净和体面。到站后，门打开，两个地铁制服人员等在那里，铺好滑板推她下车，对待极为礼貌和尊重。帮她找到电梯。他们精确地知道她在哪节车厢。在这里还没见过人动粗。

山本耀司的柜台，一个气质极好的白发老妇，看起来是他忠实顾客。生意很好，他很受欢迎。试穿几件，是初次，发现他做的衣服材质处理极为精良，穿着感觉舒适，并且可以穿很久。颜色一律为黑、白、灰、藏青、红。那个红很特别，应该叫山本耀司的红。羊毛长裙子剪裁合身。

日本人习惯关注朴素和本质的细节，这个特性存在于他们的艺术性行为之中。小到做一只杯子，大到盖一所建筑，不喜欢泛泛而谈，默默把微小的事情推动到足够深度。器物有时也是一种冥想。

人喜欢成群结队，至少也要出双入对。但最终我们是单个的。谁也绑不住谁，谁也帮不了谁。这是在东京的感悟。街上很多单个男女，一个人搭地铁上下班，一个人吃饭，一个人去书店，一个人买东西，好像是常态。而在中国这样的场景并不多见。人们害怕孤寂，尽量避免一意孤行。喜欢群居，喜欢扎堆。集体能带给他们安全感。

旅途中大量步行走路，消耗大，有时容易吃得多，但脑子中杂念极少，接近无。动一定是种极大极深的静。累积小说场景和细节的素材。不思考。

7

深夜地铁站，看到精神似乎略微失常的老人，穿着破烂的鞋子，孤零零地站在饮料机面前，想买瓶饮料喝。身边匆匆经过的人潮，没有人多看他一眼。地面出口，有个男子喝醉，对着垃圾袋不停呕吐。对面的街道依然灯红酒绿、车水马龙。

走进小超市，购买酸奶、水果、橡皮筋、铅笔、泡澡剂、面膜以及花生小鱼干的零食。在等人行道的红绿灯时，再次确认关于旅行的想法。

首先，再不会像二十几岁那样，独自出门去旅行。时间要用在爱的人身上。其次，旅行过多，以后应该更多时间用来闭关自守、看书、思考，想清楚一些事情。然后，如果出门旅行，想为母亲、孩子、爱的人提供更多的服务与照顾。对我来说，身外的风景差不多已看尽。不是眼睛看尽，是心已看尽。

夜航飞机持续四个小时，机舱里有食物的气味，孩子的啼哭，一些人酣睡或走动。间歇醒来，觉得这是浓缩的人世，各种悲欢。我在人海中起伏，生命流过种种经历。敲过各式的门，最后找到一心一意的路。

喜爱一切极为彻底的事物：出生、死亡、欲念、禅定、善乐、沉沦。不喜爱不彻底的事物：自我保护、设立禁忌、道德绑架、半死不活。

如果觉知是穿越过漫长的对抗、煎熬、束缚、污染而获得的，愈加可以因此而信任它，信任现在的自己。不管别人怎么看，怎么想，按照自己的命运活着。

人的最佳状态是明亮、有香气。

茶道之心

一本旧书，一九九三年出版，当时定价四元二角。作者是日本茶道传人千宗室。从一九七九年开始，千宗室多次带着茶道代表团来中国访问，举行茶道表演会，去大学举办茶道讲座，试图通过“一碗茶”来交流中日文化。他认为茶道不是纯思想，也不是纯艺术，而是深深植根于大众生活，作为生活中的美学意识而存在。

即便是日常生活的行为举止，也应该贯穿茶道美学的精神。“屋不漏，腹不饥，即应知足。自己运薪、烧水、点茶。先供佛，后让他，己亦饮。焚香、供花皆习之佛祖，茶道乃佛法为第一。”茶道是人的修行之道。

禅茶一味，禅的精神是每一个修行人的基础所在。

他说自己从六岁的六月六日起开始习茶，努力掌握走路姿态。家中有二十米左右长的廊子直通利休堂，捧着装有灰的小炭盆来回走，以保持体形。即使三九天也不穿鞋，做到在榻榻米上不滑倒。茶的修行和禅的修行一样，要赤足。每天训练练就身体平衡。等到手里拿着装水的罐走直线，如果水不洒，不发出声音，练习就算毕业。

正坐姿势端庄优美，不仅形体优美，由于气沉丹田，使得精神振奋。所以坐禅可以修身养性。

在生活中能够自在优雅的人，第一个首要，珍惜生活，认真对待生活的每一个时刻。扫除时，全身心投入扫除，做饭也同样。接触孩子的那一瞬间就成为完全彻底的母亲。端茶时能够聚精会神的人，干其他任何工作也会竭尽全力去做。不珍惜瞬间和现在的人，不会有充实的人生。

对物品的爱惜之心，也体现在举止里。如果放的动作紊乱，是心无责任感。缺乏对物品的爱心，缺乏对他人的关怀，才会导致漫不经心把东西砰地放下。这其实不是“放”。“放”是把东西稳稳地搁下，像对待恋人一样怀有依恋不舍的心情放下。在物品上留有自己的深情。这种深情厚谊是恰如其分的美好表现。

微小的细节，比如拿小东西时，不能一把抓，要从侧面拿起，否则别人就看不见物品。手指并拢有清洁感。茶碗这样稍大的东西，要用茶托端上而不能用手摸碗边。递送剪子和刀子这类锐利器物，刀刃背向对方。这些都是将心比心的事情。首先让对方看清物品，其次不能让对方感到有危险。

这样细致关切地为对方着想，是日本美学教育很重要的基础。

要求优雅和清洁的动作，也无非是为了让对方感觉愉悦，不起厌恶或反感之心。想起某些场合里，有些人随意脱掉鞋子，把脚伸到别人面前，或者当众吐痰、说脏话，并没有考虑到别人的存在。打开门后发现后面有人，最好等大家都过去，因为门正是为了人才打开的。不损害他人已很是珍贵，还可以更助益他人。

尤其提到女性应该经常保持言行美，也应该努力创造出美的生活。如何成为一个美好的女性？平素内衣洁白，房间一尘不染，桌上鲜花不断。做到这些的女性才算具备君子好逑的标志。

美由诸多严格而自控的细节组成。比如，严守时间，不给他人添麻烦。经常微笑。姿势端正，这里涉及双手的位置，手指的并拢，保持呼吸顺畅平稳，内心平静。更具体的指教，则是如何鞠躬，如何正坐行礼，如何打招呼，如何拿放东西，如何穿和服，如何饮食，如何点茶，如何拿出礼物，如何写信……均有规定。但这也并不可怕。如果从小严格训练，会成为习惯。习惯会变成自己的私有财产。

作为茶道名家，他在书中逐一讲解点茶的过程。泡一杯茶，对心很重要，在泡茶的过程中，认识自己、训练自己。他说每天清晨都要供茶、奉神，然后自己饮一杯，这是每天的课程。看到茶碗中的绿色，深深感到大自然的和平。

“泡茶这一行为是人格的体现，一杯茶可以温暖人心。每当我喝到一杯好茶，首先感到那位学生在家庭中受过良好的教育。学生把茶泡好，我会从一杯茶中感到其美好的人性。如果你学习茶道，举止就会自然文雅。所以，也可以说这本书写了茶道之心。”

书中有对光影、季节、传统的阐述。文字闪烁出修行人的气质，那是茶汤般清澈澄明的香气。

净化

I

到出版阶段。和编辑共同工作八个小时，四个女人，直到晚上十点关灯离开。其实每次出新书前，都是最重视它的时候。事情做完便把它忘记。能忘得如此彻底和自在，是因为的确全心全意对待过它们。看完新书的最终图文稿和视频，感觉放心。

取名“得未曾有”，源自佛经。代表一种从未曾感受过的心得。所有人的努力，做完一个好的项目。感谢因缘聚合，感谢合作的每一个人。实现一件事情，比瞻前顾后要好。因缘相会需要福德积累。

早上出席记者会。为保持现场安静，出版社要求手机集中，没有人拍照、录音、录像或发微博。大家注意力集中，进展顺畅而干净。气氛显得沉静、和善。彼此以原始的面对面关注的方式，度过两个小时，说了一些话。

如果活动能安排成这样，估计会愿意多出门。但有时场面不可控。交流会最后变成各种拍照、发微博，混乱而躁动。出席的人成为被参观的对象，至于说些什么反而被忽略。这样的见面没有意义。

新书出版后，收到一些邮件。这些读者思考明锐、心态平和，有些人以前并没有看过我的书，改名“庆山”之后才初相识。朋友说，现在有意思的是这些刚刚认识你、对你的前生无所知的人。我说，他们不需要知道我的前生，从现在开始认识也不晚。

到这样的年龄，不可能再是以往的那个写着早期的动荡情爱和黑暗青春的人。翻越过的东西，怎么可能一再写？喜欢未知和遥远的事物。终究要跟随着心往前走。至于其他的人，能跟上也好，不能跟上也罢，这便是读者与作者之间的缘分。

“很多会意极深的词句，不再拘泥于意象的表达，更多的是对生命诸多现象的总结与贯彻。富有禅意的诗文三行，略有晦涩的词语两枚，即使在茫茫深夜，依然能给予孤独者以幸福澄澈般的光辉。”

那天读到关于旧作《眠空》的一小段读后感。觉得一本书最终应该达到的是，作者与读者之间彼此本质上的流动和连接。在心与心相通的地方，能量彼此渗透，即便身隔迢遥。

对他说，你让我的生命生长出更为美好的部分，希望以后我对他人也有如此的作用。

喜欢中性的名字，不分男女是很结实的。如同不思善、不思恶。

命运不动声色地用它的雕刻刀塑造我。年少时喜欢反抗，用逃离叛逆做挣扎。现在等待和接受它的每次雕刻。在一个整体的广大的视野里，相信它平等地对待。再远的漂泊都是回归，再深沉的痛苦都是喜悦。

不亲身翻山越岭，怎能知道边界。扩大心的容量承担下更多东西。生活是很大的舞台，看到不同的人的演绎，会更加了解自己。

我们的自我都太微渺，不如让它融化。

2

头发已经很长，留着到腰部，还是剪掉？去理发店，说要剃头，男理发师不同意，拒绝我。一过已半年，头发长得那么快。

昨天的梦，坐上一个男人开的车，好像是辆巴士。车上只有我跟他。车内外漆黑，没有亮光。突然拐弯，看到外面黑暗中的奇景，无波纹开阔的大海中央，有暗紫色山脉耸立。不是普通景色，有无法对抗的力量。车子兀自往前开去。

“你的人生没有人可以重复。我的人生也只有我过得了，没有好不好。每个人的生活穿行在一条暗河里，你经历着写出它，而我还在跋涉。如果没有你，或许我会一直以为没有暗河。写作的你是另一个人，或许是更好的你。我会慢慢等你的故事。”

如果能时时忘却自己之前的事，并且是真正地想不起来，这大概是洁净而有效的能力。不必知道更多，也无须要求更久。人与人之间，珍贵的是照亮对方的一瞬间。

这段时间，仍应该从事简化、净化，逐步清理掉一切多余而细小的事务和情绪，只留下最重要的一具清晰洁净的骨架。需要真正的封闭。关闭五根，专心致志。戒律可抵达深度。心需要克制。过于随意、率性，是不可取的。

有时最大的希望是，在一间封闭小屋，把小说写完。只需有个人能按时送来三顿简单热饭。尝试晚饭不吃米饭。逐渐减少晚上的进食。让身体负担减少。基本没有问题，可以安心入睡。

昨天看小津的电影，觉得有些奇异。朋友说他的电影在当时的日本很卖座，每年一部简直是盛事。只能说，那个时代的日本人一定是很单纯很善良的，他们的状态在小津的电影当中如一张白纸。

张竹坡说读《金瓶梅》:“生仿效之心的是禽兽，生欢喜之心的是小人，生厌恶之心的是君子，生悲悯之心的是佛。”渡边淳一所写的男女问题离空性已经非常逼近，但他写了一生，也就止于这一线之隔。大概欲求并未充分达到。

有人写信来。说，我认为人的一世，不该被略多的孤伤占据，而应与相近相亲相类的人多多同处，散去光阴。等我再老些，可能会去找你。眼角皱纹，颊间色斑。我们四目相对，喝口清茶，然后亲口说声谢谢你。

“第二次梦见你，在一座山脚下的寺庙。大概是秋天，你和几位朋友站在一棵树下聊天，地上落叶很厚。后来你从僧人手里拿过一把扫帚，开始静静地清扫地上落叶。”

3

黄昏独自去买花。芍药、绣球、荷花、藕、白色剑兰。卖花的男人送我一朵新鲜、硕大、芳香的白色玫瑰，仿佛知道明天是我的生日。送给自己一盆茉莉花。明日素食，请朋友代替去大殿点一盏酥油灯。祈愿人们的心绪欢喜而清净，从始到终不间断。即便污泥斑驳，反复无端，藏好心里的一颗明珠。

出租车上看着热燥的街道，想着，这一生除去写书，没有做过什么脚踏实地的事情，也没享受过日常生活的各种乐趣。总有一股力量，最终设法让我继续工作。它帮我清理出一条干净的道路，说，往前走吧，你没的选。大致了解它之前做的种种安排，最终也是为了驱使我到达这个路口。

仔细想来，我是个晚熟的人。在三十三岁的时候，心还是二十岁的，很混沌。三十五岁，大概是从写《春宴》开始，心逐渐同步。这一生若有什么可取之处，大概有三点：一、从没有刻意操作、运营、计划、图谋，一切都顺其自然、发乎天然；二、有信念；三、即便内外的优点缺点对半，接受自己，不妄断好或不好。

如果不是无知，我们无法完成一些事情。要爱自己的某种无知，它脆弱珍贵。真正的生活好像依旧没有开始。开始有它决定的时间。

生性是那种沉沦的人，不会经营自己也没有什么目标。种种经历，已算是上天厚待。只是这一生最终是为什么而来，这个问题值得思考。写作并非是让人因此而试图获取正确。事实上没有结论，也不需要正确。只是让心成为一个纯净而开放的通道，让所有黑暗的发亮的灵魂，一切有形的无形的表达，借由自己流过。

4

别人得到十克就已满足，你要得到一百克才安宁。这多出来的九十克，是命运强迫你接受的缺乏，也是它准备给予你的厚待。写作有时辛劳，只是意识到时间匆促而短暂，仍生怕不够燃烧至尽。

人不必在意自己老去。重要的是两件事。于这个世间曾经有所创造、分享、布施、给予。其次是充分而深刻、温柔而丰盛地爱过、被爱过。

5

曾经有人说，每次习惯性买一本你的书，放在书架上，但不一定会看。明白这种感受。对一些喜欢过的作家，看过打开心扉的一本，其他的也未必再读。但见到新书，还是会习惯性买来放置在书架上。这是一种感情。

一次，在南方坐渡轮去一座海岛。微雨，风寒，马达轰鸣，人声喧杂。想起杜拉斯的小说《情人》当中的片段。这是一本老年才能够写出的小说，时间久了再看，深意层层凸显。男女情欲是送给彼此最美的礼物，在她的表述中，有沉着的悲哀却无虚弱的情绪。其实我只读过她这一本书，其他都没有看过。

一本薄薄的书，永久地影响人的情思。那时的她一定懂得了对自己和他人的怜悯。但事实上，我也许从来没有真正了解过她。

今日翻几页《春宴》。觉得它的确黏、涩，颇有偏执，但一些华美的闪光的细节，也是瞬间亮起难以捉摸。当时给她取名“庆长”，后来才知是日本的古代年号。这种巧合不知道是如何产生的，仿佛有因缘的联结。只是为什么内心对它感情最深，有所偏爱？大概因为它是一艘渡船离开码头，有些东西一去不复返。它是一次旅程的终结和开始。

在这本小说里，把关于情爱的思虑接近彻底写尽。以至于产生清空之后内心无比洁净空旷的感受。也许读者很难进入《春宴》幽微的深处，但它与现世的这种隔膜却也恰恰是好的。晦涩而隔膜的事物，有其不能够被轻易揭开的情致，因此经得起时间。

在《春宴》里，写过的地点是：旧古都、上海、北京、廊桥、古镇、小城、老挝、岛屿、澳洲、瑞士，最后以京都告终。所有的旅途不会无缘故发生。这次新长篇，准备把一些重要地点清算完尽。拉萨、不丹、东京、威尼斯、纽约、耶路撒冷、菩提伽耶、孟买、加尔各答。

有时看到等待在安静中的小说，像森林深处一面发光的幽暗的湖，很美。而我终会独自找到它，并跃入其中。对作者来说，写作，应该写些别人在当下还不太能完全感知、理解或接受的东西。或者是读者二十年之后重读，突然明白了的东西。

6

每天闭门不出，写作。

这貌似是非常有活力的在创造的生活。不好的地方是，有时疲倦、头疼、面容邋遢、工作时间过长、有压力，极度封闭。并且思念在远方寺院里的朋友。

写作导致的失眠，凌晨三四点才能入睡。喝一壶印度红茶，打开电脑继续写稿。在印度阿萨姆邦偏僻村庄茶店里买的红茶，存放也有四五年。当时，店老板，一个印度老人建议把两种茶叶混在一起，颗粒状和叶芽状。用牛皮纸包装一袋，价格极低廉。现在做奶茶喝，觉得茶叶好极，芳香清醇，没有浑浊之气。

那个地方是怎么到的？记忆中一直没有忘记。它适合在小说中复活。

收到陌生读者寄来的香两盒。好闻的药材做的香。

晚上看《聂隐娘》。最后她跟着日本磨镜男子远走，一个好结局。他的心思在山水、光影、寂静、细节之中，仿佛渐渐老去之后的心态，把心归入天地之间，再不想讨好取悦任何人。中途有人默默退场。有些发愣的是，电影戛然而止。

那画卷一般的镜头。阳光、清风、鸟鸣、空寂。山谷中一棵烈烈燃烧般开放的梨花树。

不管是电影还是小说，总有些人在说，精彩绝伦的故事最重要之类的观点。如果一个成年人始终等待着听故事、看故事，也许是很幼稚的心态。要理解某种情怀或格调，需要心灵的资历。

7

昨日买盆景。看到一对老人头发已白，气定神闲，容色干净，照料姿态古雅的盆景。盆景也像它们的主人。什么样的人，种出什么样的东西。买一盆大阪松，一盆垂丝海棠。桃花枝与白梅，养在清水中。

当我们遇见，应找到一处地方，看花、喝茶、并肩坐着，说些絮絮叨叨温柔而轻声的话。不知不觉，岁月翻过一页。我们相认自己的同类，跟随他们。这种相认也并不局限于人。一座古老的桥，月光下盛开的花，隐隐雨声，四行诗，两盏茶……有些人与事物的呈现，带来和谐及宁静。人与人之间，开端于相认。

真实的生活是，认真做好每一天分内的事情。不索取无关的远景。不纠缠于多余情绪和评断。不妄想，不在其中自我沉醉。不伤害，不与自己和他人为敌。不表演，也不相信他人的表演。这世间万般幻象都只是心的镜像。

只愿在时间中慢慢成为单纯的人。

克制

I

孩子在寺院里过夏令营。这几天独处，写作、读书、做笔记、骑车，黄昏做瑜伽，晚上功课和背诵。想，人应该这般心静如水地生活，保持秩序、专心。有时觉得必须放弃对她的内疚之心，才能把工作真正做好。

长篇进行中，有顺利突破。但即便写得再高兴，黄昏时也必须停下。身体跟不上脑袋。有时苦苦煎熬，有时源源不绝。仿佛书中的那些人与事，潜藏很久，只等我打开门。仿佛很久之前就是这样地发生。他也曾对我说，好的东西在险中求。

上午咖啡店连续写稿。小说的根系枝干成形伸展，叶子花朵留出时间再细描，漫长的工程。第一稿立即成形的事情不会再出现。阅读经验增多，导致对自己的要求提高。均匀文字的质地，增加现实部分的冲突、对比、描写，是第二遍的工作。

现在依靠的完全是自我的直觉。哪里松了，哪里紧了，一处处调整。只是奇怪二十多岁写作的时候，肆意妄为，从不修改。现在小心谨慎，精益求精。果然是越往前走越不容易。完全知道需要回头重新写的是哪几个部分。脑袋有时像部机器，很精确，没有匮乏感。这是有进步的。

结束后，背着包走过小花园，晒太阳。闲坐一小时，晒得人快融化。这样有秩序的简单的日子，须珍惜。

收到一张图片、一条短信：那朵白云是你。它和你一样地美。照片中是高原湛蓝无垠的天空，飘浮小朵孤零零的白云。

2

做梦。床头临窗，一棵或许是樟树的大团浓密树枝从墙外探进来，在风中树叶簌簌掉落，如同雨点飞坠。我看得出神。意识到这是个梦，于是就醒了。

清晨想剪下院子里最饱满的那朵野花供佛，结果有只蜜蜂也选中它，一直在里面采蜜。在旁边等很久，它不走。只能选次等漂亮的花朵拿走，让它多来采几天蜜。

薄荷因为我频繁外出无人照料，起码已死去三次。每一次，给它灌上足够的水之后，又活转，长出青翠叶片。这样真好。这其实是对待自己好，没有多余要求，没有苛刻标准。整个夏天它都在生长。

黄昏准备晚饭。日本米和山药南瓜百合一起熬粥，青柠檬泡在矿泉水里，羊尾笋用黑麻油腌起来。慢慢清洗茶碗和盘子。给朋友摘选薄荷叶，看能不能阴干让他回去时带走。一边收拾厨房，一边看花园里的孩子们在嬉戏。

种葱、青蒜，腌萝卜。在超市买牛奶、蜂蜜、面包、罗勒酱、麦片、豆腐、红薯。尽量做到独自时食素。

“我们现在过着普通的生活，有时间就做做饭，喝喝茶。”电影里的台词。

有人送一盒沉香屑。雨天的湿热沉闷，更适合烘热后挥发的气息。朋友过来喝茶，用竹节造型的紫砂壶，配奈良买的杯子，泡白茶、乌龙、生普洱、熟普洱，轮番试茶。喝茶让彼此安心愉悦。听他说说话，磁场清净。前几天被消耗和分散的能量仿佛重新被填平，心里平静和稳定不少。

他带来小盆清香兰花。但这般矜持而不俗的植物，需要洁净空旷的空间。闻到它的幽幽芳香，若有若无，心也清爽。朋友说，今天去买花，看到清瘦干净的老头，买好几簇没长苞的兰草回去。看他的脸，相信他会把它们养得很好。这是直觉。

还带来伦珠梭巴格西二十年前在美国传法汇集的开示，真材实料，具体详细。现在国内的一些大师对公众的讲座或出版物，会夹杂糖水，但也可能是因材施教。这种结实的干料很少看到，适合需要实修的人。打开封面有格西的黑白照，笑得简单质朴。看见他的面容，心里感动。

所谓善知识，传授见地的人，他们的职责是让智慧流动下去。

人接近他们，接应的是智慧，不是其他。阿姜查、秋阳·创巴仁波切、铃木俊隆、奥修等各种流派的修行者，最后都是以病痛去世。其中一位四十七岁就离世，另一位住过监牢被投过毒，有两位则经常被诽谤和攻击包围。

他们的开示都极为精准和优美。有限的生命为这个世界的平衡和净化做出布施。

现在也喜欢上座部佛教，在经典中受益。凡人的一生，能把上座部讲述的心的问题搞清楚，并且清洁和安静这颗心，也已不容易。奢谈密续之类，很容易进入傲慢和妄想。理论上可以学习，实践中，只能逐步前进。

人的心容易被无明、局限性所覆蔽。以至于当接触智慧的时候，小心翼翼，瞻前顾后。它的闪光即便已如同珍宝放在你的手上，也没有力气承接它。偏见、习气、恐惧、期待是牢笼。

“无论空中的月亮如何皎洁，倘若池塘是浑浊的，月亮就无法在水中映现出来。同样地，经由在自心净除污染和累积福德，我们就能及时觉知到佛陀的映现，完美无缺，从未分离。”

3

在拉萨，她赠送豆绿色藏式丝绸上衣。穿上后竟然很合身，也很好看。

先用劣根性和无明，跋涉过自私情爱的沼泽森林。来到开阔谷地，看到金色庄稼，邂逅因缘中的人。温柔互助共行一程。最终，爬到山顶，俯瞰苍茫世间，如梦如幻，又真实不虚。那时，自己与自己相遇，独自一人踏上归程。

专注的时候，过去和未来之心不可见，当下之心也已消失。

大多数人节节败退，很少有人迎面而上。不害怕，这是基本。炼狱才是真修行，烈焰当中有寂静。恶的试探是重要的。净化进行到一定程度，真善美才开始嗅闻到你的存在而靠近。

起伏时，觉得意识和身体开始分离，并不一体。从早上开始被颠簸的情绪，用专心工作压制五个多小时。平静下来。情绪狂潮席卷时，能觉知，但不代表能停止。它要以自己的方式停止。我仍需要观察自己。

很清楚自己的业障和福报一样深。有时心在天上，有时早已身堕地狱。正因如此，还在磕磕碰碰往前走，承担这过山车般快速和被动的人生。

如同禅师铃木俊隆所言："当你年轻的时候，有很多自我及强烈的欲望，经过修行训练，磨损和洗净自我，变得相当柔软，像是纯净的白色丝绸。即使有很强的渴欲，如果深深锤炼它们，会成为强固锐利的铁器。有如一把日本刀。这是我们得以训练自己的方式。"

4

重要人物已出场。等待处理的结点依然存在，写着写着应会自动归位。写到两个人的相遇，在普那卡的古老寺院，一起观看一尊没有被洪水冲走的佛陀像。所有的相遇都是久别重逢。

这几天，搜刮聚集各种地理资料，读了很多关于西藏的书。妮尔的书里有一段话我很感动。她写拉萨的新年仪式，八廓街人来人往，挤在一起看多玛供。她和庸登开心地奔跑。孟加拉国的烟花转瞬即逝。他们看到一场月全食。这段描写让人感觉跟亲眼所见一样。以往回不去的岁月，只有文字留下记忆。

庸登八岁起在西藏寺院学习佛法。十四岁，随妮尔走遍亚、非、欧三大洲，与这个巴黎女人一起生活四十年。做她的义子，分别充当她的厨师、洗衣工、裁缝、秘书，帮助她翻译佛教经典。三十一岁，成为法国公民。他去世后，妮尔极为孤单和痛苦。她把他的骨灰放在恒河边的圣城贝拿勒斯。自己的骨灰则撒在恒河。

5

有人说他写完一百万个字，然后决定弃而不用。这种方式无从体会。对我而言，所有从手里写出来的文字，都应作数。如果它不能够作数，在写的时候，我会知道，会停下来观察。如果不曾真正接纳这些被灌注到身心内部的文字，当它们流动出去的时候，别人也会看出不够郑重。

昨日和朋友聊天，他说一个主题写尽就再不会写。对我来说亦是。一些部分写尽，他人即便再喜爱也无法反复炮制。新的部分对我来说也是未知。继续探索，等待新道路上的知己。

告别一些人。再相遇一些人。他们也许已经等在前面的路口。

十余年写作，翻山越岭，现在寻找文字之外的空间。始终在做一厘米宽、一百米深这种类型的事情。之前恐怕无法预料，在这样的年龄，反而走上更加边缘的剑走偏锋的路线。

这不是我选择的，路自己展开。有终于知道会做些什么的心安的感觉。要继续走。

有时觉得与世隔绝般。但总觉得走过隧道就会见到光亮。

6

工作一天没下楼。晚上散步走去超市逛一圈。

这个超市很喜欢，整洁有序，温暖宜人。货架上陈列来自异国他乡的美丽小物品。这些货源甚有品位。每次进去逛一逛，心放松不少。是一个方便的休息方式。

买地理杂志，顺便选一块紫罗兰香气的精油香皂。

用过叙利亚生产的香皂（想到这个国家的多灾多难，却生产出这样美的东西，有时感受复杂），用月桂油和橄榄油混合而成，没有添加剂，也无香气。洗脸、洗澡，都很天然润滑。这样品质单纯的东西很少见，价格有些贵，买的人也应不多。后来断货再没有供应。

回来时，注意到夜色中的树有深意，拿起手机拍几张。它们传递出一些东西。经过花园，黑暗无人，独自在草坪边小坐。有一种茫茫无边、心思寂寥的感觉。

不断收到各种大学院校的讲座邀请。至今还没有举行这类活动。慢慢觉得分享与交流也许以后会增加，这终究是一种正向的给予和接受。

这本新长篇顶在身体里面，形状很像岗仁波齐。

等做完俗世的事情，想搬去山里，与相爱的人一起，种菜、种花、喝茶、养猫、看月亮、诵经、读书、写诗。简单安静，朴素知足，若有福德，这样过完余生。但也许这里面没有什么为他人的菩提心。

赏荷

凭空起念，想看荷花。哪怕独自也要成行。

问，北京看荷花可以去哪里，收到各种奇怪的回答。好几个人说，颐和园的荷花不错，便长途迢迢地出发。

从东边到颐和园，漫长路途。到了那里，却发现有一面大而无当的湖，人来人往的游客，只是没有荷花。在湖边用面包喂了几条鱼，独自回家。

八九年之前，去贵州旅行，是夏日的天气。大巴行驶于迂回山道，旁边一条大河，如影随形。经过坡地，看到对岸山谷，苗家村寨散布，传统建筑的木楼层层叠叠。河边谷地上，则有大片野生荷花塘，烈阳下旺盛。当时被这美景震住，很想下车去近处观赏荷塘，晚上在村子借宿一晚也可。

念头一转间，车子拐过弯道，已把它们抛在身后。村寨与荷花塘如同惊鸿一瞥。之后也未在地图上得知它们的名字。

又过几年。和朋友去她在福建的老家，村庄在山峦深处，古老荒僻。村口泥土路旁边，有大池的荷花。这次如了愿，快步走过去靠近它们，强烈芳香气扑鼻而来。实实在在的花朵，伸手即可触摸到花瓣的干脆和厚润。花与叶在风中晃动，安静得什么话也无须说，又仿佛已说了很多年。

今年有远处的朋友来，他的朋友过来看望。想着酷暑带他们去哪里，看荷花的念头再次不可抗拒地出现。在网上看到圆明园的荷花节。

上午出发，北四环堵车，花很长时间。司机不太识路，不知正门在哪里。最后放在东门。

东门小，人少。走五六分钟，旁边是大湖，坡地，很清静。风中隐约闻到荷花的香气。这样一路走着，拐个弯，世界就变了。猛然间冒出大片密密层层的荷花，直达天际一般，壮观至极。令人欢喜雀跃。映衬周围绿色浓密的垂柳、小石板路、松柏苍翠的山坡，少见人工装饰，颇有野趣。

忘记带相机，却也恰好。心与荷花的天地融化为一体，目不暇接，走走停停，看得出了神。有时站在岩石上，用手机拍下几张效果远不及实观的照片。红荷花，白荷花。开满的，半开的，未开的。在不同的地点，不同的角度。一路看下来，花去数个小时。坐一趟木船。船从荷花大湖中划过，浩浩荡荡。

下船，往正门走。越靠近入口，越是人潮拥挤，景色无趣。不禁庆幸司机误打误撞，却选择了极好的偏僻入口。一旦开始人山人海，花朵就如同失真，香气也闻不到。寡味和喧闹之中，只有阳光开始越来越热。

他们两个，都是心念极为安静专注的人。其中一人说，回去之后要各自写首诗。他们被荷花美景震惊，这是在家乡没有的花朵。赏花，也是要和真正有珍惜爱慕之心的人在一起。彼此安静，使外境呈现出更强烈的存在感。

当天回家，写句子，也不是诗，只是心有所感。写道，懂得怎么欣赏花的盛开，不会惧怕无常。它在说法，你微笑着听闻。

应该怎样地去看荷花呢？清晨略有薄雾，花园人迹稀少。下雨午后，避雨在亭阁之中，冷风扫过，荷叶上滴水滚动。带着茶壶和热水去，在池畔泡茶小憩，岩茶或普洱都可。即便看倦，略略小睡，醒来后，发现湖中又悄悄开出几朵。黄昏暮色，人花相对。深夜，皓月当空，洒下清辉，蛙鼓响起。可以独赏，两人也好。

最喜欢的，依然是野地里偶然邂逅的荷花，以及自己家如果可以有花园，一推门可见的荷花池塘。

朋友即将离开北京。临时起意，打车去日坛公园。发现比圆明园规模小很多的池塘，荷花开得不分输赢。那日凉快，并不燥热。有凉爽的风吹过，有时没有。从包里取出折扇，轻轻摇动。在亭子里坐很久，也不需要说话，只是看着眼前盛放的硕大花朵。

听到有母亲在对孩子说，这种花夏天才开，它一年开一次。开完之后枯萎，次年再开。

身边不时有人走动或经过。有白发老人，顽皮孩童，衣着美丽的女子，戴着墨镜的游客，拿着相机痴迷不已的摄影爱好者，牵着手搭着肩的情侣。竟然没有感觉到一坐已数小时。仿佛周围的世界变成流水一般的质地。

今年的赏荷就这样完全到达顶峰。

月

I

她说，这个世界上，你所感知到的物质，都是由原子构成。原子是微小颗粒，从不停息运动。它组成一切：细菌、大海、血液、银河、星辰、地球、云朵、花瓣、眼泪、光线、粮食、石头、蕨类……我们、他们、它们。原子构成在世界上以不同形式存在。也许一切事物的区别，只在于不同的结构体系。

如同母亲喜欢所有的植物，唯独偏爱有香气的白色花朵。有一种滇藏木兰，她种在庭院，花瓣硕大，芳香扑鼻。在异常寒冷的早春开放，花先于叶开放。这是坚硬而强烈的花朵。夜色中，她们坐在雨檐长廊，观望光秃挺拔的枝干上，如白色灯笼一样悬挂的白色大花。月光给花瓣洒上光辉。

蓝蓝的天空银河里，有只小白船；船上有棵桂花树，白兔在游玩。桨儿桨儿看不见，船上也没帆，飘呀飘呀，飘向西天。

童年的歌谣母亲都会唱。不会唱的，买回来曲谱，一首一首学会唱给她听。母亲嗓音清甜，即使年老之后听起来仍如同少女，糯脆的南方口音。最终，她告诉她，月亮本身没有光芒，清凉如水的月光，是它折射的太阳光线。月亮上也并没有桂花树和白兔，只是荒芜而无情的星球。这片不毛之地，无法成为人类的乐园。就像无数螺旋桨形状的壮丽星系，是为一种秩序和规律而存在。不是为了人类。

一轮完满冰冷的月亮，维系它与地球之间的距离。这是它的尊严。宇宙中还有百分之九十以上存在的暗物质，是人无法见到无法想象的存在。如果没有被告知，大多数事物在人的眼目之中，都只是具备错觉或者想象。而人通常只相信眼睛所看到的，不相信心抵达不到的事物。

所以，她说，你所感知到的一切物质，是由你的意识构成。意识不消逝，一次一次轮回反复，不结束的梦魇。你在空中捕捉花影，内心焦灼深刻。在我们的幻象之中，这可触及可念想的，大大小小，都是一种焦灼深刻：疼痛、欲望、蹿上高空的烟火、可望不可得、得而厌之、厌之不可弃、辗转反侧、忏悔、激越……

你只是没有能力超越到可触及可念想的范围之外的一切。

如同没有离开树洞范围的蚂蚁，蚂蚁群落中的一只，细小卑微，在无尽繁盛的繁殖之中，在潮湿逼仄的处境之中。不知道树洞之外是树林，树林之外是森林，森林之外是高山，高山之外是平原，平原之外是大海……怎么可能知道会有大海。你从未见过它，想象不到它。你认为，这个世界上只有树洞，不可能有大海。说世界有大海的人是痴妄。

说有大海的人，也未必真的见过大海。但他是没有见过大海却相信有大海的蚂蚁。

他未必比你幸福，比你多拥有一件一物，比你永恒。我们为什么要讨论是否有大海的问题。如果我们的生命只是一朝一夕之间。能够被明确感知的，只是饥饿、劳累、寒冷、焦虑……这些本能的需求。那么，也许觅食比什么都重要。他喜欢与你讨论大海吗？他在一片凋落的红色槭树叶上，嗅闻到原子的气味。他日行夜行，在梦中踏上去往尽头的远途。

路的尽头，是碧蓝大海。一片槭树叶的气味，也是盐的气味，水分子的气味，月光的气味，岩石的气味。死去的瞬间，他发现在一片真正的潮水之上。他竭尽蚂蚁的一生，此刻体验到从未感受过的明亮、动荡、起伏、广阔。但是无法用语言用声音用标记告诉任何其他同类。他只能对自己说，我完成了。

2

在她出生后六个月，母亲搭飞机第一次带她出门。母亲带着背囊，在包里放上奶瓶、毯子和一只拨浪鼓，带着幼小的她。飞机起飞，让她吮吸奶嘴。当她觉得无聊，母亲轻轻摇动那只拨浪鼓。她从未感觉有不适或勉强，很少哭闹。陌生人走过来，说，好乖的婴儿。一个乖顺的婴儿，自然是被满足一切明显或潜在要求的婴儿。母亲洞察人的内心，有能力让人感觉舒适。

从未让她穿过有卡通形象的鲜艳的衣服，买的衣服都是淡淡的蓝、灰、米白，袖子或领口绣着丝线花卉。不让她吃零食，只给予新鲜洁净的水和食物。亲自动手给她做饭。不给她工业化的玩具，包括塑料制品。小时候的玩具，都是用布、棉花、干草或纯纸等天然材料手工做出来。她从未被允许玩过电器。

母亲在她的房间里，在床边的白色护墙板上，用水彩笔写下细细的一段话：宇宙与地球上的事物要远远超出你的哲学所幻想的。这段话，来自 Horatio。如果因为玩耍或游戏而被抹擦掉，母亲会要求她重新写上。

她一遍一遍，重复临摹或写过它们无数次，用熊猫牌水彩笔的不同颜色。最喜欢的颜色是红色，之后是蓝色和绿色。又回复到红色，最终是黑色。她与这段话的关系密不可分，脑海里可以条件反射般出现它被组成的任何一个字。从一无所知、半知半觉，到终于理解它在说些什么，到最终决定推倒这段话。最后，她重新又记忆起它。

一个人若在二十余年，与一句用以压制自我的自信与亢奋的言论共眠，会得到怎样的结果。大学毕业后从事过的唯一一份工作是在慈善基金会。二十二岁时，嫁给来自南半球的男子，生下一对混血的孪生子。告诉母亲决定的时候，她的反应轻淡，只说，哦，知道。就像她幼时带小伙伴回家里开派对，用玩具、食物把家里搅得一团糟，母亲只是微笑着收拾，从无责怪。

她跟着男子去异国生活，定居在小城郊外。十二年的家庭主妇的生活体系，动手做面包，在家照顾孩子，推车带他们去镇上的超级市场购物，归途中于街边小咖啡店坐下，抽根烟，喝杯咖啡。孩子们笨拙地给店里鹦鹉喂食。日复一日。

只有周末，她独自坐地铁进城消遣。天有时下细细雨丝，她带长柄雨伞，穿上收在抽屉里精工细作的绸裙，化上妆。鲜红的指甲油和唇膏，红得略微发暗发沉。在城里逛书店，找新开的小餐厅吃饭，喝点酒，也没有什么朋友，只是在街道上漫游。

山路陡而有坡度。似乎生活在地球的哪一个角落，都是一样。耳边是哪一种语言，又有何重要。母亲从小给予她的四海为家的生活，使她突破对空间概念性的界限。她们曾尝试在不同的山顶与海边，眺望星空。繁星的排列，是被有秩序的规律所限定的。这种有秩序的规律，也许与护墙板上水彩笔写的字有关。

你以何种方式存在，选择何种方式生活。远方以无限和有限的地标，始终存在。在自己的心里面兜转，心有多大，路才有多远。我们一生下来就注定不自由，在一个坐标里被设定位置。这个位置由国籍、家庭、父母、经济、政治、文化、语言……所限定。被迫归属一个身份。但我们确实又是生而自由的。追寻信仰或者一意孤行，确立自我或者企图消亡它。这都是行动，都是选择。

如同母亲只要出现在她的床边，展露出来的始终是微笑。抱起她，下巴枕着她小小肩头，轻声说，我的囡囡，囡囡，妈妈这样爱你。紧紧拥抱她。一个从来不抱怨不诉苦的母亲，一个只有笑容没有情绪的母亲，一个时刻在以她的拥抱为爱立誓的母亲。用一块丝绒布把生活的黑洞覆盖起来。

这块发出微光的厚重温暖的丝绒，是母亲给予的礼物。但最终她需要自己揭开它。

3

三十五岁，她离婚，没有什么明显的理由，只是无以为继。带着孩子回家探望母亲。母亲老去，头发绾髻，插着茶花和银簪，抽习惯的日本烟。她竟然从未发现母亲是时髦的人。母亲所识别的美，落后或超前于时代，她不习惯与时代共舞。

母亲在二十四岁之后再未进入社会工作，以自己的方式存活。也可以说，时代的主流早已淘汰和遗忘她，她并不为此做出贡献。年老之后她喜欢春兰，是一种野山里的草兰。用陶土罐种植一盆又一盆，与它们共存，如同知己。

心生厌倦，面对这个社会，这个千疮百孔的世界，心里荒芜，想暂时退缩到家里的蜗牛壳里。但鸵鸟把头埋藏在沙土下又有何用。她只是奇怪，为何其他的人总是兴致勃勃，一往无前。是因为每个人的结构体系不同吗？她总觉得他们乐此不疲，但也并非是什么真正重大的目标。那些玩意不及初生婴儿的眼睛来得真实。

她用行动做了冒险的实践，即使最终以失败告终。渐渐感觉到艰难，无能为力。母亲从未鼓励过她参与到社会的竞争，给予的价值观，是一种难以轻易企及难以捕捉不够客观和具体的标准。允许她早婚，生子，离婚，却未允许她找到一种轻易的社会方式麻醉自己。

有段时间，她对自己无法感应。母亲帮她照顾孩子，开车接送他们去上课，去公园，去合唱班唱歌。她在厨房桌子边给孩子的衬衣缝扣子，给院子里的蜀葵和木槿剪枝，或者搭地铁去最喧闹的市区中心漫游，或者是在街边咖啡店要一杯拿铁休息。有时悚然一惊，发现始终独自一人。时间在她的内省自处中失去对比的长度。

她们去旅行。母亲开车，如同童年时，带着她，现在还带着她的孩子。去清远山上住宿。住的小旅馆叫清宿，有温泉。冬日裸体在露天温泉里浸泡，雪在头脸上轻轻碰撞，呲呲地融化在滚烫的热汤里。她很想问母亲，相爱能使我们得救吗，那个在人群里被孤立的人是要被消灭的吗。却什么都说不出来，只是泪流不止。

母亲感应到她的提问，在一边轻声说，承认无法得到解决的现实，不试图去回避它，尊重它，与它共生，任何事情都可以担当。人身上的力气比自己想象的要强大。说完转身而去，装作对她的眼泪没有看见。

她的母亲，生性独立，所以也从未真正地溺爱过她。有时对她的需求或情绪故意不见，向前一步，等待她自己振作。也从不在别人面前炫耀她，认为她美或聪明。母亲一丝丝自豪或沾沾自喜都没有。但她告诉她要学习卓尔不群的能力。其他的孩子在欢呼的时候，你未必要跟着他们同乐，除非你真正觉得有乐趣可找。不要畏惧我们自身的孤独。永远。永远都要如此。

母亲催促她独自出去旅行。她带着她到处旅行，但最终期待的是，她能独自带着自己去旅行。在她房间的墙壁上，贴有一幅世界地图。在房间里存在最久的童年礼物，就是世界地图，和一段用水彩笔写在护墙板上的言论。

她十三岁时被独自送去英国读书。一去九年。住在陌生人的家里，尝试与别人共同生活。掉着眼泪打电话回家没有用。被迫适应所面对的一切不适与困难。她成年之后的困惑比常人多。母亲身上时时闪烁的敏感和内省，全部被她吸收与渗透。没有过恋爱，却有一段持续十二年的异国婚姻，这未尝不是艰辛的事。

去往西北偏远荒凉的小县城，只为观看附近的古老壁画和石窟。邂逅来自陌生地的年轻男子，他身份不明，说自己未上过大学，做过建筑工人和司机。但他聪慧，眼睛可以看到人的内心。这是天分，不是能力。她并不具备与人轻易交换感情的能力。在快速生产快速消费的时代，男人和女人之间的关系也显得贫瘠无趣。但这个男子，跟随在她的身后，照顾她，陪伴她。

他不知道她的年龄、过往、现实。只是跟随她，单纯的喜悦和领会，如同鹿凭借空气的水汽靠近湖边的草地。看完漫长的破损的壁画和石窟，只觉得心里十分静。她已逗留很久，三天后要离开。他很自在，穿球鞋，布衬衣，随身带着帐篷和行囊，风尘仆仆，结束三个月的全国旅行之后，将开始新生活。

从未告诉过彼此，从哪里来，要到哪里去。两个人，不过是茫茫人海里背负各自皮囊和前因的个体，在世间徘徊。最后三天，没有过多交谈，只是以生命最本能的方式来探索彼此的质地。在温柔而粗暴的竭尽全力的渴求中，接近一种透明而轻盈的质地。这能量的交换与爆发，最终成为对自我挑战的仪式。是卑微肉身试图抵达宇宙渺茫中心的企图和实践。

4

此时，语言、思想，及一切文明的方式只是装饰。黑暗中所靠近的，是彼此尚在母亲腹腔中蜷缩身体轻轻呼吸时的孤独和天真。

这也是身体里面明亮灼热的一处光源。

在白天，他们依旧是两个身份不明的陌生人，在小县城庸碌的街道上行走，随便找一个街心花园，彼此默默无言，坐至夕阳西下。夜色降临，在黑暗中拥抱彼此的热望，在身体深处，化解与这个世界的孤立与对峙。在很多年之后，她明白过来，这是她获得过的一次机会。躯体完全被开放，心灵也是如此。因这开放而纯净。

她听到大海的潮水声，来自他与她边际的深处。

他年轻的身体与深切的爱意，在那三天里如同水蒸气一样剧烈地沸腾、消散。此后的她与他，就将衰老与死亡，走向虚无。无须讨论彼此的将来。性别之间关系的终极不是拖延，不是持续，不是长久，不是交易，不是忍耐，不是苟延残喘，不是得过且过，不是半梦半醒，不是爱恨交加，不是麻木坚韧，不是制度，不是合约。它是剧烈的水蒸气，单纯、干净、明亮、灼热。发生之后，便是终结。

母亲说过，女人的一生，要向男人学习许多东西。因为他们带来能量，带来力量，即使是负面的，也是为了推进。这是要被感谢的。没有一个男人想纯粹地伤害一个女人，就如同他们做不到长久地爱一个女人。女人也是如此。女人的身体，不是为恋爱而准备的，而是为生育准备的。如同我们的生命，不是为了个人幻觉而存在，而是为了一种超越性的规律而存在。它会让你知道人生重要的真实的东西是什么。

不是为了权力，不是为了荣耀，不是为了野心，不是为了欢愉，生存于这个世间，我们寻找自己。波折漫长的路途上，感受自我的真实存在，哪怕只是瞬间。以人生的假象为自己设下麻醉的骗局，这样时间的确过得快速。但有些人最终在黑夜里艰难地起身，独自逃离昏睡中的宫殿。

她知道此刻已经在告别。向过去、现在、未来终结性地告别。他们的生活是两条分叉的直线，各自延伸向天涯海角。他会变老，但这会是他一生之中收藏的记忆之一。一生太短暂，也太漫长，经历过的事情太多，也太少。可确认的是，我们最终记得的，一定只有少数的几个人、几件事。人生其实至为寂寥。

最后一个夜晚。月光洒进旅馆房间的窗口，流淌到枕边。杀戮的时候已经过去。她在那一刻，忘记时间的周而复始，忘记身份的复杂历史，忘记内心的曲折幽暗，忘记肉身的孤单自处。获得与一切和平相处的能力。

如果我们能够拥抱，也许世界上不会有人自尽。不会有人在孤独中，在没顶般的窒息的孤独中，忍受着恐惧进行服药、割脉、溺水，或从高楼纵身跳下。这个世界广阔，人是那么多，大街上随时擦身而过。但是人们不发一语，不交谈，不相爱，无法持久地相爱。如果我们能够拥抱。

5

六岁时，在清远山上的古老寺庙，母亲与她看破损墙上留有的古老墨迹。有人用放逸行书抄了一首晋人的诗。山气日夕佳，飞鸟相与还。此中有真意，欲辨已忘言。墙外蜡梅在雪后的寒气中绽放，黝黑色清瘦枝干上，金黄色梅花密密排列，散发出清香。母亲为她读诵完毕，沉默伫立，深长呼吸空气中的花香。牵着她的手指十分有力，仿佛要传输一种感受予她。

这样的时刻对她来说，是重要的记忆。这记忆将会构成她的体系骨架。人生身份一次一次转换，但这骨架始终存在。

真理不可能建立在见解之上，应该首先摧毁见解。此后我们才有可能获得自然和真实。

告别之后，再没有见过他。她需要平静而用力地生活下去。这微小却如同宇宙的个体。个体的生命是这样艰难而天真的事情。人的生活另有方式存在。它以什么样的形式出现，以什么样的形式结束，并不由人想象。但最终可以了然于心。有了理解，也就有了宽容之心。

很快开始新工作。孩子在母亲身边上学。她去国外完成短期工作。闲暇时被带领去拜访一个寺庙里的和尚。男子光头，布衣，木屐，将近五十岁的年龄，眼神明亮，看起来很自在。他们彼此不通语言，靠翻译传话。吃完晚饭，她被邀请去他的住宿地做客。

一处幽深庭院，传统的木结构房子。脱掉鞋，光脚走上榻榻米，房间里空敞，无多余之物。他点亮蜡烛，说，应该多和烛火相处。电灯虽然方便，但与人不和谐。只有火苗能给我们宁静。

在柔和的烛火下，她见到墙壁上有幅旧绢，用端正楷书抄了一首晋人的诗。山气日夕佳，飞鸟相与还。此中有真意，欲辨已忘言。这是她童年时候熟记的诗句，曾经出现在清远山上的古老寺庙里。如今跨越海洋与国界，一字不漏，出现在一间日式房子里。人的情怀息息相通，超越时空。这就是我们内心的自由，母亲若在身边，会这样对她说。但她什么都没有说起，只是跟他走到外面。

敞开的门户外，是院子里的幽幽树林，地上的苔藓厚而绒密。她跪坐在前檐，面对着月光下梦魇一般的树林，感知到空气中的静谧与清凉，一股一股，无声地渗透到胸腔中。无言而旷达，洞察而分明。

男子跪坐在她背后，她看不到他的脸，却能感受到他与常人不同的异常明亮的眼神。他似自言自语般，轻而有力地在那里说话，翻译在一边解说，说，来时的路虽然曲折动荡，常令人想起，内心感伤复杂，但也不必放在心上。只要用双脚，坚实地走路，一直一直地走下去。路会在前面。

她没有应答，黑暗中正坐，长久看着天地与树。眼泪储满眼眶。仿佛回到童年的故居庭院，在夜色中，与母亲一起，坐在雨檐长廊的竹凳上，观望早春的滇藏木兰。光秃挺拔的枝干上，如白色灯笼一样悬挂的白色大花。月光给花瓣洒上光辉。

人不应只相信他的眼睛所看到的。也要相信眼睛看不见但自己的心试图去抵达的事物。此时，这个初次见面的陌生人，语言不通的异国男子，一个和尚，用寥寥数语探入她的内心深处。这瞬间的感应，难以言喻。只能称之为一种释然。或许，也是一种相爱，一种引度。

于是她跪坐在敞开的天地之中，在他的身边，畅快而安静地流下眼泪。

二〇〇九年

之

三

她

夏日黄昏，走进公寓的花园，看到绿树林阴之中，五六岁的女孩子牵着一串长长的纸鸢，在青石路上蹦蹦跳跳地跑着。黑而柔软的长发，齐眉刘海，矫健的小身体充满活力。站在一旁，看着女孩和她的嬉戏。是邻家的孩子，觉得她美，脸上不禁浮出欣喜的微笑。

所谓的同理心是，如果爱自己的孩子，也会爱一切的孩子。

并不是一个世俗意义上无微不至的母亲。自她出生，很少对人谈论她，没有加入妈妈们的组织和聚会。也并不整日与她缠绕一起。在关心必要的衣食住行之外，之间的关系有一种独立和互相尊重的意味。注重与她保持略微的距离感。这种距离感是，给予对方重视的感受，但不侵扰和控制对方的情绪和意志。

女人即便身为母亲，重要的核心，依然是有自己的生活。母亲不仅仅是给儿女做日常生活的琐事，更不能卸去自我的力量只围绕孩子打转。彼此的人生是独立的。她要成长，我要成长，应是如此。

当她满两岁，家里有与她能够相处和谐愉快的保姆，开始恢复工作。有时在书房独处很长时间，阅读、做笔记、整理资料、写稿子。间或有或长或短的旅行，隔段时间就出发。那几年，因种种机缘，去了英国、德国、日本、美国、印度、瑞士、意大利、希腊……时常与她分离。但每到一个国家，会特意在博物馆或集市或商店里搜集漂亮的当地明信片，带回来之后贴满一面墙壁。

有时午睡后，抱着还幼小的她，逐幅观赏五彩纷呈的明信片。告诉她，这是佛罗伦萨的古城、纽约的帝国大厦、京都的寺庙、威尼斯的桥……世界很大，世界很美好。等你长大，这一切都值得你去探索。

那几年，陆续写完长篇小说《春宴》、散文集《眠空》和采访《古书之美》。没有懈怠，愿意让她见到一个始终在笃实地工作着的母亲，一个在学习和成长的母亲，一个在旅行和探索的母亲，一个关注个体和世间的秘密并用写作做出表达的母亲。这样等她长大，会知道对一个人的生命来说，真正重要的事情是什么。

三岁她进幼儿园。这家幼儿园注重孩子的品德教育和艺术发展能力。经常带回来手工制作的作品和画作，我标上具体年月日一一保存。家里有只大樟木箱子，保存她小时候穿过的花边小衬衣，出版人和编辑送的礼物，给她缝制的玩具，家里老人做的绣花布鞋、织的小毛衣，她制作给我的生日卡片……都是宝贵的纪念。

经常给她拍照，觉得儿童的面容和眼神美丽至极，清澈芬芳。照片洗出来用相框框好，挂在她的房间。一张是春天在江南，她站在花枝丛中，手捧住一朵硕大饱满的玉兰花，微微出神。一张是在湖北寺庙，庙里的师父们教她写字，用菜叶喂兔子。她穿小白衬衣，梳童花头，笑容愉快。知道自己是美丽的，并且感知到这种美丽，对一个女孩子来说尤其重要。

五岁多，一直陪伴和照顾她的保姆，家里有事回老家。为她做细微琐碎的家事。每日早起做早餐，有时是用黄豆、松仁、葵花籽、红枣一起打豆浆，有时用鲜玉米榨汁，配上全麦面包和橄榄油。有时煮红薯粥。并不精于烹饪，但她喜欢我做的苹果派、土豆泥和鸡蛋羹，时常提出想再次品尝。

为她买各种优秀的绘本作品，在故事和绘画中获得知识。那次找到一册绘本，关于做苹果派的材料，面粉、牛奶、鸡蛋、肉桂、黄油、苹果……在睡前一起朗读这本书，她获知以前未曾了解到的地理和食物的知识，产生极大兴趣。说，妈妈，我们明天一起来做苹果派。我说，当然可以。那天她放学回来，系上小围裙，站在小板凳上，一本正经在玻璃碗里搅拌鸡蛋，揉搓面团。在她一心一意干活时，悄悄拍下照片。如果等她长大，看到自己在厨房里学习的样子，会觉得欣喜。

白日她在幼儿园上课，我处理家务和工作。下午她回到家里，给她打一杯鲜榨果汁，拌入一些酸奶。她端着杯子走进自己的小书房，继续画画和做手工。我不让她看电视，自己也不看。但偶尔可以有半小时时间看动画片。帮她挑选了一个英国动画节目，纯正英语发音，讲述各种幽默的优美的小故事，基调温柔而天真。孩子的心智目前还像张白纸，染上什么色彩尤其重要。不能被庸俗繁杂的电视娱乐新闻所侵扰，也不能沉浸在 iPad 游戏的电光声影之中。接触到的事物需要有所过滤，有所选择。

不对她寄托过多期望，也不试图用力灌输给她什么。有时听到一些母亲骄傲地宣称自己的孩子背下多少首古诗，背下《三字经》

《弟子规》，甚至背下《老子》《庄子》。而我从不试图让她去学会什么。只希望她自在地喜悦地玩耍，对这个世界充满好奇，用自己的方式去探索，去前行。她上过芭蕾课，上完第一阶段，有时在回家的路上疲累，在车上入睡。问询她的意见，她说课太多，想休息。此间还在上课外的英语课和美术课。于是尊重她的选择没有上第二阶段。她有时回家，看绘本、画画、做手工，忘记做数学和拼音的作业，也不催促。

有什么可以着急的呢？孩子总是要按照自己内在的节奏慢慢生长起来。没有什么是比保护天性和保持愉悦和活力更重要的事情。让她时时觉得欣喜，按照想象力和天性去成长，快乐和自尊是重要的。至于其他，终有一天会知道。而且，她现在知道的事情，已经超过一些标准化答案太多太多。

晚饭有时是糙米饭，紫菜虾皮鸡蛋羹，清水煮的绿色蔬菜拌上橄榄油和昆布酱油，蒸出来的玉米红薯等粗粮，或有鱼虾。有时做三文鱼意大利面条、土豆泥、南瓜汤。吃完饭，清理好厨房，她去自己的房间挑选喜欢的裙子，梳好头发，雀跃着，等待和我一起去楼下的花园散步。那是我们开心的时间。两个人在清朗凉爽的暮色中走走看看，有时就走得远。

她在广场玩喷泉，我在旁边耐心等待她。回家之前，她陪我去超市，买裸麦核桃面包、酸奶和水果。一次，表达出想挑选一块香皂的心愿。我说，没问题。她在香皂架子前面逐一嗅闻那些包装漂亮的香皂，仔细观赏包装盒上的色彩和图案，最后选定白色铃兰香味的香皂。说，喜欢这个香气。我说，好，回去之后就用它洗小手，这样你的手会散发出铃兰花的香气。她露出开心的笑容，并积极地帮忙推购物小车。

夜色途中，穿过小花园。她在草地上撒欢，一下子跑得很快，很远。小小身影穿梭过樱花树林、薄荷草丛，穿梭过淡淡的皎洁的月光。看着她的样子，觉得心里跟微微痴了一样。如同看到露水中的花，皇冠上的珍珠。有什么区别呢？这世间美丽的纯真的存在，总是会让我们感动，让我们敬重。是在哪一本书里见到过这样一段话，说，如果家庭中有一个五六岁大的女孩，那么她们都是神派下来的天使。她们带来的快乐实在太多。现在看来，此话一点也不夸张。

她们是这样地温柔、愉快、健壮、踊跃。有时是需要被照顾和带领的幼童，有时是带给大人启发和感知的镜子。一个小女孩带来的微风和香气，与浑浊僵硬的成人世界完全不同。因此对她有一种感激之心。

每天晚上睡觉之前，举行小小的祈祷仪式。把手轻轻放在她的额头上，低声在已熄灯的房间里，为她祈祷。说，你会健康、快乐、美丽、安宁，你会是一个懂礼貌爱学习的孩子，你会成为一个对大家有帮助的人。在梦里，你看到一面蓝蓝的大湖，湖上有睡莲，有云朵的影子，旁边有起伏的山峦。天使和仙女来问候你，你就会甜甜地入睡直到天亮。

于是，她在我的声音中闭上眼睛静静地睡着了。

二〇一三年

石榴

I

开学前一天，把她花花绿绿的玩具和衣服做各种清除和转让。自此，只留下一些未来对她有益的书籍和若干简单的衣物。头发的装饰品也赠予他人。

七岁就算一个成人仪式，性格里应该日益具有更多的坚韧、质朴。集中注意力在学习和读书上比较好。

第一天上课回来，校服上被老师粘了很多获得赞扬的小红星，快乐开心。她说，今天老师让她帮着发本子和书给同学。我说，那就以后多帮着做做事情，服务你的同学们。

被选去学校电台当主持人，明天要录像，晚上给她准备出一条粉色镶边的丝缎旗袍。她自己动手，用卡纸和水彩笔做了个名字的牌子。

打疫苗发烧，退烧后打起精神来去上学。书包里的水壶很重，手里还拎着一袋公益物品。独自走进校门口，对着站在前面的校长和老师，深深鞠了一躬。好像从来没教过她鞠躬，看见这一刻心生感动。此时觉得她遇见大事还是很冷静的。

等她放学回家，便停止手头的事情，让她喝果汁、吃晚饭，跟她聊天，睡前耐心讲三五个故事，直到她满足地睡着。自己再看书，洗澡，睡觉。把这些事情当作责任，认真去做。白天有一段独处和写作的时间也就够了。

每个星期日上午，去三里屯的咖啡店吃早午餐。那时，她把一头黑发披散下来，穿着时髦的连身裙，像个小文艺青年般地自由自在。她画画，我看书，一起安静度过两三个小时。这在儿童心理学上叫特殊时刻，之前并不知道这些概念。只是觉得这样的时段很有必要，这些相处会成为她的记忆。

一起去花市。买蓝莲花和荷花，摸着白荷花的花苞，像个孩童脑袋，沉实天真。买盆景，竹子、南天竺、茶树。她希望选择一小盆喜欢的花，和她一起挑选。去动物园、看海豚表演、吃寿司、看电影、买书。回到家，在厨房和面，择芹菜，切西红柿，给她做晚饭。

那天，去孔庙。她说看见古老的树心里安静。逗留很久，看一棵一棵的老树，抚摸它们。出门后去书店。在附近藏族人的店里，买一幅偶然邂逅的让人心生欢喜的四臂观音堆绣唐卡，七只尼泊尔供水铜碗，六根孔雀羽毛。帮我一起把唐卡搬上出租车。回家的路上，在车里累得睡着了。

夏天晚上多么美妙。在公园里拉着手走路。她催促我讲自己小时候的故事。于是从出生的村庄起头，讲述在山野里长大的童年、故去的亲人，说很多。她最后帮我把那些人排了个爱的序位。她是一个灵敏而开朗的聊天对象。

晚上读《海的女儿》原作，觉得故事写得太美，寓意太深。小孩子恐怕消受不了。希望通过获得另一个人的爱和誓言，得到不灭的灵魂。当一切化为泡沫，有人告诉你，通过善行得到高级的灵魂，是更可靠的途径。安徒生写的是宗教意识。希望她以后能够懂得这些道理。

出版社送过一些书籍，她喜欢《窗边的小豆豆》和岛田洋七的“超级阿嬷”系列。这些书里写到以往日本城市或乡村的风土人情，让人心生感慨。这种朴实、纯真的滋味，在我童年时也有保存。不一样的时代，人们的心有着更为丰富和天真的情感。

下雨天，还是坚持去了游乐场。然后去沃歌斯吃南瓜菠菜意大利面条。那里的生姜柠檬茶，每次都点一杯。回来经过花园，她开始在大雨中奔跑，踢水，浑身淋湿。保留着这样的一份奔放的活力，比什么都重要。

孩子不会接受灌输，但会喜欢被充满。

2

打碎我一个水晶玻璃做的首饰盒子，悄悄用橡皮泥捏出一个四方形的盒子，缀上白色波浪形边纹。说，妈妈，等它干了，你可以用来放耳环。这是她纯洁而善良的童心，我很感激。

穿上在裁缝店做的连衣裙，是以前存的粉白花布。一起走路，步行抵达宜家。她的奖赏是肉丸和玩具，我的奖赏是听到她创作的关于妈妈的故事。喜欢的食物：我做的苹果派、宜家的瑞典肉丸、土豆泥、比萨饼、牛排、海带、杧果、棒棒糖、巧克力、西兰花、冰激凌、提子。这里面的一些食物她偶尔才会吃到。

小姑娘平时很懂事，今天发作一场持续半小时的强烈脾气。观察她，让她发泄出内心积累的情绪。然后问，为什么发脾气，可以说说吗？她说，我觉得不够满足。问，哪里不满足？她说，不快乐，不自由，没有玩的时间。院子里的小朋友很久没见面，想他们。然后真诚地哭起来。她在读的小学的确有一些严谨和高要求的传统作风，和小时候上过的国际幼儿园的做派有些区别。

我说，现在冬天，大家都不会来花园里玩。等春天夏天，变暖和，一做完作业就去花园骑自行车，找小朋友玩。又对她说，现在变了。妈妈和你一样大的时候，每天放学，同学互相串门，一起挤着做作业，做完就开始跳橡皮筋、捉迷藏。你们同学除了上课见到，一放学就被车子接走。但状况就是这样的。以后想办法邀请班级里的好朋友来家里玩一玩。

有时想，她一定知道我很爱她，所以一点点的不满足或不如愿，也会有委屈。小时候我也是这样，后来改掉了。就此再也没有依赖和纠结，也没什么事情放在心上。但她还是小女孩，拥有这个权利。这个权利是，觉得有一个人应该理所当然对她好，百分之一百的纯度。我愿意让她得到深深的满足。被爱的总是有恃无恐。不过他们迟早会知道，能给予他们这样的感情的人，一生只有少数的几个。

对孩子来说，不必故意要说什么明显的道理。只要能做一个安静的人，不在他身边制造抱怨、指责、判断和否定他人的噪声，也不去做损坏周围的事，他自然会清净。一些大人在言论中完全不顾忌暴露出自己的负面。

没有什么是比存在本身更重要更强烈的教诲。语言不重要。我们如何对待周围和彼此很重要，这代表着自己。

黄昏微雨，去公园看樱花。她爬到树上，像只灵活的小猴子。在路边捡起一朵花，想戴我头发上。没有阻止她。也许因为我小时候在山里长大，知道她的心情。偶尔有些自由的野性很快乐。她用花朵装饰我的头发，刚回到家雨就变大了。我们玩得很开心。

她说，我们的一年，是天上的一日。我说，你怎么知道的呢?

有人送她硕大的一只石榴。太喜欢，把它塞到衣服里面，搁在肚子上，当作自己的孩子。晚上坚持抱着它睡觉。

3

早上凉爽，我骑脚踏车，她骑滑板车，去楼下花园玩耍。经过荡秋千的地方，一个小女孩热情地叫住她，骑着小自行车加入我们的队伍。两个小姑娘一路交谈各种话题，温文活跃，六七岁的友情很纯真。骑了好几圈。告别时，我说，以后来我们家玩。现在的小孩子缺少互相串门。只有一个广东籍的小女孩胆大，经常从邻居楼层自己走过来，玩得尽兴。每次还都吃完饭，再高高兴兴地回去。六岁，说话清楚，眼神如同大人。

因为她对基督教的好奇，早上花很长时间对她解释耶稣。我说，他称自己是上帝之子，是救世主，来拯救这个世界。她回应，那他拯救了这个世界了吗？我说，应该还没有。

去街上买衣服。在她专心看橱窗的时候，悄悄给她买一只香草冰激凌单球，递给她。她面露欢欣，如此开心。偶尔的甜食总是会带给她幸福。

睡觉前，讲完三个故事，对她说，给你读我写的关于夏天观赏荷花的文章。她表示想听。读了一遍，听得极为投入和专心，中途插话发表意见，询问细节问题，并且随着情节发展，不时发笑。听到最后。她投入而愉快。这是妈妈写的作文，对她来说，一定很特别。

和她结束对背诵英语的纠结，决定不勉强。一起去看《美女与野兽》。好看的电影，画面音乐故事都美，没有担心的镜头，适合女孩。爱是最终解决一切问题的源泉，但必须是真实的纯洁的全然的。这是我们讨论后的所得。

与她经历过几次家庭作业的不愉快。思考过是顺其自然还是严厉要求。在她午睡时，看看她的脸，还跟刚出生时一样，小小的，皎洁的，这样圆满。决定就由她自己。她的任何脆弱或困惑，只给予支持、容纳，不做勉强的要求、设限。不管怎样的处境，都要让她感觉自己是完整的、恰好的。如果她有选择，尽量给予尊重。就这样慢慢往前走。

到书店，随便跪坐在人来人往的地上，开始读书。她不知道什么东西是脏的，没有这概念。试着劝几次，不听。后来觉得很无聊，为什么一定要告诉她，书店的地板是脏的？人的世界规则太多。不必要对她说对或者错，白或者黑。这些概念我自己都不相信。

一个四岁女孩，爸爸带着翻英语单词书。女孩伶俐好学，已经学了很多。以后也肯定是个好学生。但她小时候可不是这样。可见孩子是带着天性来的，不是所有的孩子都喜欢被填塞知识。她现在有两个好习惯：一、睡前在床上读很长时间的书，各种类型和内容的，已开始读小说和诗歌；二、爱画画。几乎完全自发地在画板前度过不少时间。一有闲暇，就随手画一张。有这样两个爱好，哪怕不是那么喜欢正经作业，也觉得放心。

一次对我说，想做个服装设计师。这是她表达的第一个理想，符合爱美而不安定的天秤座倾向。我说，好啊。这是很好的理想。我们无法违背自己的本性生活。就像有些花追随太阳，有些花只爱在月光下开放。接受自己，顺其自然。

喜欢创作、游玩，一个人长时间地做手工，说些大人一样的奇思怪想。妙语连珠，天马行空，对功课并不是很感兴趣。我做好心理准备，走边缘一些的路也可以。只要她觉得快乐，能够承受，可以不参与主流游戏规则。

以后做艺术做公益，或者游戏人间也都可以。接触过的一些所谓受过高等教育的人，心态与性格并不好。看中医时认识一个学徒，只上过小学的私塾，十三岁，放弃教育开始学习中医。幼年常跟随母亲去寺院。这个男孩眼神干净、安静、纯净，思路清楚，绝非俗类。他的母亲很有勇气。但这里面应该也有他自己的慧根。

至于她，是个艺术型的人。母亲说，你对她太不严格，自由散漫，你从来不教训吗？但除了纠正她的品格，没办法去强迫她做任何事情。在品格上，她质朴善良，并不令人担忧。

以前看过关于彩虹集会的报道，觉得人生活简单内心丰饶，走南闯北自力更生，只要内心逍遥，未尝不可。一些女孩关心奢侈品有钱人，或者做职场精英白领人士之类，没有太大意义。像花草一样自由生长，走愿意的路，不以社会功利价值观扭曲自己。这样很好。

有一次在佛堂倒出供水，擦杯子，她洗澡完进来，想看看。突然说，我不能在这里穿短裤，要去穿条长裤。出去穿上长裤又进来。那时她七岁还不到，心里很清楚。如今，她每天出门上课之前，有时独自进去点酥油灯、供水、点香，静坐一小会。我想她在那些时刻里，已体会到清净的心是一种怎样的感觉。

人学习的应是智慧，而不是知识与概念。所以，多与散发出智慧和气质的人在一起，与安静而踏实的人相处。或者多去气场清净的场合。这些引领对孩子十分重要。智慧是通过存在、熏染、发散、吸收而传授的。

旅途

I

放假，决定出门旅行。对她说，妈妈先带你去苏州。然后回宁波看望外婆。要珍惜与外婆在一起的时间，生命中是有爱与责任的。她点头表示赞同。

第一次到苏州，十五岁。是父亲第一次也是唯一一次带我去苏州。那时我尚幼稚，没有什么特别感受。记忆中隐约留下的，火车上与他相对而坐，窗外春天的油菜花地，黄灿灿一片。田野和绿树飞快掠过。抵达时夜深。在车站附近找到旅馆，各自疲惫地睡下。次日去几处地方。记得狮子林的假山和芭蕉，狭窄的石板路通道。人来人往，光线幽暗。

虎丘塔下留一张影，宝丽来快速照片。坐在塔下的我，穿蓝色灯芯绒上衣，牛仔裤，球鞋。梳童花头，还有点婴儿肥。成长颇多艰涩，脸上的笑容也并不欢愉。这样的旅途，未必带来多少新奇和兴奋。唯一可纪念的是，第一次出门旅行，和父亲一起。

有谁能够在年少的时候感受和理解苏州呢？对他们来说，它只是一座有园林的发旧的城市。触摸到它的本质需要经历。它在时间中漂流，像一艘被搁浅的船。能体会苏州是最近几年，对它的喜爱已胜过杭州。园子、老树、旧物、琴棋书画、巷子、食物。温柔而堕落。

有时会突然决定去这个城市，仿佛回去一个熟悉的小客厅。在街上随便走走，也会感受到，它是一座宠爱女人和孩子的城市。这么多的点心、美食、脂粉、器物，精巧美丽。即便现在开始偷工减料。以前这里富贵人家多，女人和孩童活得开心也是自然。

她七岁第一次来。住在巷子里的旅馆，狭小巷弄只有三轮车可以进去。推开大门，园林和大宅开阔幽深。八间客房，细部讲究。房间里有佛经、音乐、玫瑰花、巧克力。老房子屋梁高，光线阴暗，她却喜欢。看不到客人，庭院深深，仿佛只有我们两个。她享受这种孤独，不愿出门，风景也不想看，在房间里玩耍、画画、睡觉。旅途中一定会带上的东西，是画笔、画本和需要读的书。

期盼的下午茶时间，客厅摆好点心和饮料，没有人。她不好意思，只拿了一个小西红柿，又回到房间。

黄昏终于说可以出门。坐三轮车，吃蟹壳黄小烧饼。微雨中去狮子林。我说，喜欢这个大花园吗？她说，喜欢，明天再看一个。

廊桥餐厅，点糖醋排骨、小青菜、银鱼炖蛋。去博物馆看古琴展览，其间在冰激凌店里小憩。她喜欢的事物：坐三轮车，吃棉花糖，看西洋镜，爬狮子林的假山，学习绣花，吃芝麻糖、豆沙圆子、海棠糕等各种小点心。

天气暖和，人山人海，心安静也就如同在无人之境。苏州现在颇多暴戾之气。女店主和男游客殴打，汽车司机怒骂。旅游业饱和，人不免心浮气躁。三轮车夫则喜欢聊天，也疼爱孩子。水道纵横、亭台楼阁的时代，毕竟是一去不复返了。

她画一张小画，画纸上我与她各自牵一只行李箱，有花草树木，彼此笑容愉快。我知道，这是她心中的旅程。与她一起分享这个古旧的城市，虽然下雨，阴天，咳嗽。这是一座和江南人的血液有传承的城市。夜色中摆摊的白纸灯笼显得很美，如同往日气息。

她会记得这趟旅行。重点不是我带她出来游玩，而是，这是在一起共同度过的时间。

2

回宁波探望母亲。她搬到新屋，一件一件安顿家具，布置妥当，住得尚算自在舒服。餐厅墙壁上贴了各种地图，说年轻的时候做过物流生意，现在依旧喜欢看看。房间里摆着钟爱的梳妆台，早年有纪念意义的老柜子和旧木椅。旧物舍不得丢弃。

我带孩子回家，她与以往一样，做一桌子海鲜和饭食，准备常吃的夏季食物。青蟹、盐烤土豆，上好的杨梅和水蜜桃。父亲去世之后，她独居多年。平时料理家务，出门步行，热衷梳妆、烹饪、锻炼。最近的兴趣是，用珠片贴出各种图案，比如玫瑰花、树叶、咖啡杯子，镶上木框即是一幅手工作品。她这般平静、有乐趣，不免令人觉得安心。

她说，因为我要回来，昨天睡觉失了眠。

弟弟回家，在一起打几圈扑克牌。半夜起来去厨房吃几块干炸带鱼。她是真的厨艺好，还是因为我从小就习惯她的菜式？每次回来，吃到她做的菜，觉得肠胃都妥帖。会做饭的人，不管男女，他们显然已经掌握一种喂养对方情感或身体的方式。

一起去菜场买菜。她挑选，我看标签。梅林土鸡蛋、船埠头顶级青蟹、金塘李子、洞桥西瓜、奉化水蜜桃、自晒海带……注重食物的产地和应季。两个常用词：新鲜的，即刚摘下或刚捕获就吃；野生的，即在自然环境里成熟。江浙的旧时代，那种讲究而细腻的传统生活情趣，温润之气尚存。讲究各种层面。夏日穿丝的衣服，喜欢看戏、麻将。在南方，人们容易沉醉在现实和物质的愉悦及满足层面。

午后下起滂沱大雨。雷声隆隆，房间里阴暗。我在客房午睡，她来回走动，絮絮叨叨。搬动被子毯子，扫地，擦桌，整理做晚饭要用的菜蔬，用高压锅炖煮红豆，准备明天早上的豆沙糯米圆子。这类食物是冬季的点心，她知道我喜欢，所以夏天也煮。发出的琐碎声一如以往。她有时会忽略顾及他人的感受。一意孤行做乐意的事。

但这些声音照例使我很快入睡。睡醒之后，近黄昏，雨已停。她切开西瓜，我们吃瓜，说些日常话。

问她，还能买到糖桂花吗？她说超市里有，但应该是去年的。等天冷些再买，才是今年的桂花。她说以前外婆会做糖桂花，放在酒酿圆子或汤圆里，香气扑鼻。

又问她，我有些变化吗？她说，没有变。眉眼之间总有些沉寂。认真想想，说，和你爸爸、姑姑、奶奶一样。你们家的人，都是说话轻轻、郁郁寡欢的样子。然后她说，凌晨时看见爸爸回来。穿着洁净的长衬衣，浑身干干净净，脸上带有微笑，在卧室门边看了她一眼。

她说，已好久没梦见他。

3

重回天童寺。在日本见到过一种高级玉露，取名天童。一千七百年前的古寺，日本禅宗的发源地，全盛期有过上千僧人。最初是一个游僧选择在此地修行，每日都有一个小童来供养他。辞别时才说自己是天上的童子。

“此身易坏似泥船，疾行真实道。”日本道元和尚的画像。古代那些远行的僧人，尤其是走到其他国家的，学会语言去学习和翻译的，他们的生命真的很酷。以往也应该是更好的时代，僧人们精进的修行抱着如救头燃的态度。

记忆中古老的寺院，现在已变。二十里的进香道，修饰得不古不今，野趣全无。只有唐代古柏犹存。

去布料集市。喜欢的一块布，深蓝底子上烂漫的梅花枝和喜鹊双双对对，打算做条布拉吉。

阳台上种的花草，牵牛花开出一朵，栀子花插枝成功。小姑娘热心地帮忙浇水。早上陪伴外婆去买菜，回家做完数学和识字的功课，在桌子上画画。喜欢吃水蜜桃、盐烤土豆、玉米、螃蟹。

每次一出门旅行，孩子会变得成熟很多。

去乡下朋友家里做客。宁静的村庄，作物成熟的田野。大人带着孩子，成群结队，带着藤篮去田地里玩耍。掰玉米，拔毛豆，摘豆角，在溪涧里玩耍。回来后坐在小竹凳上，闻着桂花香气处理新鲜作物，很快拿去厨房煮了品尝。这样的日子对孩童来说，显得稀少。

这天晚上，去一条仿古街道。现在时兴造这样的建筑，最终目的仍是卖东西。童年时去集市，外婆用零钱给我买过的一种点心，啫喱状，薄荷味，现在知道它叫木莲冻。龙凤金团、水晶油包、云片糕、油赞子、豆酥糖、青团、灰汁团、冻米糖、萝卜丝油墩、芝麻糖、花生糖……所有过往的食物仿佛都被复活，但气息却显得不一样。回不去的时代，食物也是形似神散。

在一家不起眼的本地餐厅吃一顿晚饭，食物干净美味，客人爆满。熟食摆放的方式有些像日本餐厅。

回到家，她让我看晚报。昨夜老天主教堂被烧毁。这座建立于清同治，在江边核心位置的教堂，古老华美，如今成为废墟。心想，一些美的事物大概对这个世间失望，选择消失。

离去之前最后一日，吃完晚饭之后，出门散步。大雨又至，淋湿她晾晒在窗外忘记收好的床单。她给小姑娘买一双白色体操鞋，一对银镯。说再别脱下来，也不要丢失。小姑娘戴银镯子有一股吉祥清凉，怎么看都好看。

雨停，广场露天有联欢表演，她们看一小会。我站在一边等候，看那些来来往往的夫妇、孩子、情侣，安乐而困倦的眉眼和气息。想如果十六年前没有离开这里，如今会怎样。命运没有假设。我对它的感觉很复杂，这种幽暗柔情融化在血液里，但不愿回归它的怀抱。南方的世俗生活令人沉闷，人们不想其他的事。余生只想在陌生之地度过。

坐三站路的公交车回家。夜晚的公交车空敞并且凉快。到站后步行回家，两边树林月影晃动。母亲穿一条绉纱印花的连身裙，身姿依然健壮苗条。小姑娘的白球鞋在夜色中一闪一闪，穿上新鞋舒服极了。她开心，一直撒欢。大风，又开始雨丝迅疾。一起在雨中奔跑起来。

镜子

I

从寺院回来。分别九天之后的重逢，她非常高兴。虽然身高已经快一米四，还是把她像婴儿一样地抱起来。给她带的礼物是仁波切送的一套藏族小姑娘穿的缎子藏袍。红底如意云纹图案，暗金色的领子和袖口，华丽漂亮。大概是在节日时才穿的盛装。欢喜地穿上。

早上，用青稞粉加白糖去花园里喂蚂蚁。她初试布施的喜乐。

冒雨去买礼物。漂亮的包装盒里装着画画的颜料，日记本和巧克力。还有一把小小的花束，粉色的玫瑰花、浅紫的石竹、龙胆和白色的桔梗捆在一起。在她的日记里看到对生日的期待。把这些东西放在她回家最先看到的玄关桌子上。

下午花将近四个小时做一锅罗宋汤，做萨拉米香肠蘑菇小西红柿比萨饼。按照朋友的口授。上次在朋友家里，她做给我吃。那时觉得很好吃，想应该学会，做给小姑娘吃。做食物是永恒的爱的表达。没办法，你爱这个人，就一定会做东西给他吃。

迷恋我在京都东寺集市上给她买的和服，一回家就穿上。如果这能够令她进入快乐的想象天地，自然很好。

有时见到我在家里写作的邋遢模样，叫我“顽皮肮脏的妈妈”。

一起风中追逐飞絮，闪闪发亮。踩银杏树叶。她问，外公是怎么去世的，埋在哪里。一一说了。然后说，每个人都会死的。以后妈妈也会老去，离开。她眼圈一红，号啕大哭。那是四岁时候的她。

她买的四条金鱼，今天最小的一条死去。把它埋在客厅墙角的大芭蕉花盆里面。她回到家，听到消息很伤心。想她通过自己经历难过，自然就会明白死亡是什么。

七岁，独自泪流满面，问怎么了，紧紧抱住我低声哭泣，问起一个关于死亡和故去亲人的问题。说，我带你参加过葬礼，你知道的。的确，我们每一个人都会死去，得病、意外或者老死，大家都要走。所以，每一个人都要开心、认真地做现在的每一件事情。

在街边看到一个人，问，这个人为什么是这个样子。我说，人要做些好事，善良，这样以后再出生，会变得比现在更好。有时自己会成为不愿意的样子。她很安静，点点头。这跟成年人也说不清楚的道理，她接受了。

墨西哥的绣花布包和玛雅石头。世界很大，来自不同地区的物品都有它们各种的文明气质。下午她收到许多礼物。跟她说，外表美不算真正的美，她表示同意。

有人送一把小木凳，刻着小名“恩养”。昨天读《无量寿经》，在里面看到这个词组。

2

早晨去咖啡店吃肉桂卷，花园里看牵牛花。回家路上下起大雨。拍照片玩。她穿一条新的连身裙，灰色丝缎，打着密密裙褶，上面有大象、鹿、河马等红色动物影子。读《快乐王子》，和《风铃草姑娘》一样，这个故事很美。轻轻唱诵三遍《百字明》或《心经》，可以哄她入睡。

准备食物，做日常点滴小事对彼此都很重要。孩子们的世界只有当下，没有过去的负担，没有对未来的期望。每一刻都是新的，彻底的。没有成人世界的敷衍和虚弱。

去小超市买矿泉水。店主是个女人，回身开门，发现门边有小童车，里面睡着几月大的婴儿。他安安静静睁着眼睛，一动不动，不哭不闹，小脸带着温柔的笑意。我好像被惊到，他的表情就像一尊小小的佛。出门后回头看，那个妈妈走到童车边，在对他说话。

想起第一次在看她出生以后的小脸，也是这样的感觉。不管如何年岁增长，每次她入睡时，在她的脸上看到的，依旧是那张刚刚出生的小脸。

她过生日。老人家觉得自己岁数大，时间无多，送给小姑娘一只沉沉的金镯。花纹是一对鸳鸯、莲花、如意，刻着“百年好合”四个字。想来是担心以后看不到她长大嫁人的时刻。这种朴素的心愿极为深情，是人的日常感情。我替她收藏这只镯子，里面写上一张小纸片，注上日期。

我们死去很多次之后，又再遇见，这是爱。当然这相遇不会仅仅是为了快乐。

送去寺院的夏令营。黄昏时一路赶到山上的寺院，山峦起伏，闻到绿树芳香。师父们微笑自如，不说俗世。觉得身心清凉。三十多个女孩。条件艰苦，每天早上五点半要起来读经。帮她洗澡，洗头，说，过几天我就回北京，你自己可以吗？她说，可以。即便我心里有些牵挂，想着她六岁半尝试一下独立生活也是好的。

这些年幼就去寺院和师父们相处的孩子，拥有与日常不同的经验。早饭六点开始，迟到的也有剩余。玉米糊、姜茶、蔬菜、点心、新鲜莲蓬，寺院供斋饭不容易，几百人吃饭。大家忙忙碌碌，大小孩子们一起参加劳动。寺院里的女孩们活蹦乱跳，看起来有精神。

上午和师父及孩子们一起诵读《华严经》《华严字母》《陀罗尼咒》。读诵快速，经文极美。最后一卷，读得泪水流下。师父们带孩子们去山下的禅寺参观，帮助他们拍照。这次夏令营完全免费，寺院做了周到的安排。义工并不多，师父们亲自照顾孩子。

听禅寺的僧人做活泼的开示。赠送每个孩子一个瓷茶杯，上面写有“正清和雅”四字。

黄昏时走山路，步行回宿舍。在路上极为亲密，像朋友一样牵手，聊天，看落日，说各种话。晚上给她读许地山《落花生》一书，里面很多小短篇。以前的人，文章写得清淡并且用词优雅。

到了离开的日期，把她独自留在那里。下大雨，师父们冒雨送到大门边。带着她们送的一盒红茶一盒白茶，装在简易罐子里，准备去小机场等飞机。出门时，她在山上的木楼走廊边站着，轻轻对我挥挥手。也许早已习惯之间各种大大小小的暂时别离，她从不做出纠缠或伤感的姿态。

3

休息日她去郊外奶奶家里。经常，看到她离开家之前留下的一地凌乱的玩具，心里会有一种深刻的内疚和难过。我想，她不会知道在我心里，深藏着的这种极为隐秘、幽暗、无法解释的感情。这是心中对她经常产生的一种状态。

工作很多，想在咖啡店里全神贯注争分夺秒做一天。但是给她的时间太少，所以还是一早起来陪她。先在花园里骑自行车，然后去翻斗乐，再去喜欢的日餐厅吃寿司。她很开心，给我唱歌、讲故事。用她的方式抚慰我。

顶果钦哲仁波切曾说，繁杂的无穷尽的家务及对亲友的照料，损耗我们的时间。我意识到工作、适当独处及规律性功课时间的重要性，对我而言，如同根需要水。有时非常需要独处的空间和时间。但人岂能什么都想保全、兼顾、做到完美？那是不可能的。必须有选择有牺牲。身为女人，有照顾和养育的天性，自然不如男子洒脱。

承诺她，每个假期必定出门远行，起码两周以上或一个月，长时间住在别处。多看看外面的天地和世界。可以在京都，找个干净的小旅馆，每天就是去湖边、庭院、寺院，晒晒太阳，走走山路。

看书，喝茶。中午吃一碗面。晚上泡澡、读书、画画、睡觉。什么都不做，只是安静度日。

回家路上穿过花园，她在风中收集飞翔的绒絮般发亮而轻盈的种子，藏在口袋里。然后飞跑过来，说送给我。看着她小心翼翼把种子掏出来，放在我的手心上，想，我们应该在亲近的人身上，修习更多的慈悲。他们一再地原谅我们，接纳我们。这是一种信任和热爱。

母亲习惯关注孩子。而我不是一个缠绵的母亲。觉得她有自己的路要走，是独立的生命。而且希望她按照自己的程序走。我自身也并不完尽，需要学习、探索、解决问题。有时的确时间不够用，仍需面对与处理自己的生命。

很多如我这般年龄的人，成长于不相爱的家庭，从小不知道爱为何物。大多数中国人的情感意识处于低的水平，习惯以模式相处，忽略心灵的感受。我们早年被如何对待，长大之后也会这样去对待自己和他人。如果没有经历自我教育，不去训练，获得觉知，这段弯路会延伸到老死都不改变。

有时她像镜子，投射出我的愧疚、无能为力、困惑、担忧，让我看到心底的阴影。但她在给我机会修正。最终仍需要尝试改变这颗心。

有朋友相问，和父母感情淡漠是怎么回事，因为他和母亲关系十分亲密。同理，我也不知道和父母感情亲密是怎么回事。我只知道，被父母充分爱过的孩子，长大后会待人比较好，更适应合作与相处。而像我这样的，生活不免动荡，始终在寻找机会治愈童年时的匮乏和分裂。用不爱和逃跑去保护自己不受伤害。长大以后几乎花去一生的时间在纠正这些问题。实在是过于吃力。

读菲利普·罗斯的书，他记录父亲的死亡，在书中写到和临终的父亲告别。他对父亲说，我爱你。插满管子的濒死的父亲皱起鼻子，好像说，在我们这样的家庭里，别跟我来这一套。你不应轻易流露出感情，这太善感、太软弱。这段描写有力，也令我感怀。

是在父亲去世之后，开始懂得，并真正与家人从心底里达成和解。至今，也并没有完全了解自己。我还在继续学习如何与血肉相续的人相处，如何去爱。

4

你是什么样的灵魂，寄生在这副陌生的不断转变的皮囊里。默默地看着你，想找到那澄澈而透明的，与我无数世有过联结的一抹证据。我知道，我们是因为这个而遇见的，不是其他。

有时会产生幼稚的想法，希望你慢慢长大，不太快进入困顿的成人世界。能长久地活在纯真自如的童心里。知道这不太可能。你的背影已经像个小少女。时间太快，舍不得你成长，这是多余的情绪。只能认真生活，不辜负你来到我的身边。感谢你水晶般的生命给予的映照。

希望你以后远走高飞，完全实现自己的价值。我替宇宙暂时照顾和保管你一段时间。愿你能够因为得到过爱，而懂得爱自己，爱他人。因此得到更多的爱。

养育

I

读一本书，看到这样一段话。

“如果你种了一棵树，它长得不好，你不会责备它。你会观察它长得不好的原因。它可能需要肥料，或多些水，或少些阳光。你永远不会责备树，然而你却责备你的孩子。如果我们知道怎么去照顾他，他就会像棵树一样长得很好。责备根本没有用。只需努力去理解。如果你理解了，而且表现出你理解了，你能够爱，情形就会改观。”

让孩子在前面走，不妨在后面跟随他。如果他实在需要，走过去帮他一把。大部分时间，让他过他的日子，你过你的。

但大人们通常无法抑制“我知道”“我懂”“我经验过”“我知道什么对你最好”的想法。自我强盛，无法给予孩子安静和独立的空间。应该懂得停止制造噪声和干扰。孩子不是用来玩耍的玩具，也不是用以控制的物体。从他们出生开始，即便幼小需要有人照看，也应被当作独立的生命平等对待。

跟在一个小孩子的后面，观察他，放开他。不是放弃他，无视他。这种分寸的把握，是内心沉静有觉知的成人才能具备的能力。自心没有好好成长，不可能真正了解和支持孩子。在沉静而有觉知的家人身边，孩子会自然习得如何沉静而有觉知地去感受世界。必要的放手和冷淡，是一种高明。

如果父母不懂得如何处理情绪，同样不会妥善处理孩子的情绪。如果父母不知道该如何真实地与自己相处，也不会懂得如何真实地与孩子相处。所以，也无法教会孩子如何真实地与自己相处。

2

对啼哭的孩子是有疑问的，为什么在他们需要帮助的时候，一些大人习惯置之不理。事实上他们可能只是需要睡觉、水、奶或者一个拥抱。那些父母，斥责、不理睬，或者瞎哄，却不给予如实的观察并进行满足。

她小时候从不无故啼哭。我敏感，随时观察她的基本要求。一次在燕莎索要昂贵玩具，我不允，她哭闹试探我。把她拉到边上无人的楼梯，让她哭够，然后告诉她，我决定什么是她需要的，我才会买。确立这个原则后，她后来再没有任意索要。

一次在意大利餐厅吃午餐，三位外国人带着一个五六岁的男童进来用餐。中途，男童不知为何发起脾气，不听劝，在地板上剧烈翻滚，发出哭叫，声音十分刺耳。周围还有旁人，成人们坐在各自位置上，看着菜单，保持沉默。没有人去搭理男童，由他翻滚哭叫，听而不闻，视而无睹。这需要一定勇气，在这种时候保持镇定不容易。但他们做到了。

孩子终于疲惫不堪，坐起来，哭声也转小。这时一个妈妈模样的人走过去，把他拉起来，轻声说几句话。孩子回去位置，擦干眼泪，抹干净手。自此这顿饭老实得很，再没有吵闹。

比起那种干扰、操纵孩子并认为理所当然的做法，西方的父母更懂得尊重孩子的情绪，让他们学习自我管理。这种能力，比他们多学会几个故事、多做几道数学题重要得多。独立性是稳定心态的基础。

3

九十多岁的家守拙堂，开办教室，写了一本教育生涯回忆录。在文中提到一句日本谚语：孩子是看着父亲的背影长大的。

大人们是孩子的榜样，一言一行作用重要。如同在透明的心底上，折射出来的第一抹光影。那光是红的，孩子便认为世界是红的。那光是蓝的，孩子便认为世界是蓝的。这些感知如果出了差错，他们就需要经历很长时间去改变自己的认知，会很辛苦。

给他们温柔和清净的光，以背影带领他们，是有效模式。不展示过于功利的价值观，单以生命本身来说，展示真实的不拘泥的独立自在的状态，是重要的。

孩子是上天寄存在我们身边的宝物。养育孩子是上天和我们的共同的行为。“家长们可以感觉在育儿的过程中，有很多人力所不能把握的事情。如果我们换这样一种方式思考——且不说孩子是上天所赐予的，就当孩子是老天爷和我们的共有物，那么，家长的心态是否会变得更宽容、更柔和、更自然呢？”

他否定对孩子过于苛责和给予压力的教育方式，也提出绝不可娇生惯养。对孩子要有更为长远的一些考虑。适当让他们吃些苦是必要的。

带心爱的孩子去旅行。文中所指的旅行，并非是舒适或奢华的观光，他建议的是学校和家庭应该有意识地组织孩子在寒冷和盛夏季节，进行长途行军、爬山、露宿等活动。这个观点很日本式。那一年在日本长野县山区旅行，曾目睹穿校服的孩子们野游。他们长时间步行在山道上，累了坐在路边，休息喝水聚餐。看见陌生人会有礼貌地微笑问好。

“孩子应该像野外的植物一样经历与病虫害的殊死争斗，经历严寒酷暑的考验。我们大人不需要用过多的规则去束缚他，只需要默默地守望，适时地鼓励。”

对幼小的孩子来说，如果还没有到这样的年龄，也应该经常被带出去跟父母一起旅行。经历交通工具的奔波，旅馆的辗转，看一路变化的风景，亲身经历这段路途的种种展开。当他看见父母与外界和他人的接触对应，会学到现实的交往。此时，父母更应该注意言行举止，对待服务人员有礼，处理问题干脆认真，对他人有同情心和同理心。孩子也会默默吸收这一切。同时，对景物如何审美，对文化的传统如何讲解，都是给予孩子的学习。

4

他说，幼儿时代要注意“欲望、情操、知识”的综合教育。要经常练习日常的礼貌用语，“谢谢”“早上好”“请慢用”“我回来了”“我走了”之类的话，扎实地用。让孩子在家庭中首先接受以举止、礼貌为中心的情操教育。

同时，为他们创造阅读环境。在优秀的绘本作品中，孩子可以学会许多，在故事中找到榜样和共鸣。也必须让孩子学会和周围的人和谐交流，共同生活。“培养孩子有一个宽容、平和、坦率的胸襟……在这个善恶交集、玉石混杂的世界里，从小就培养孩子原谅他人缺点的宽容气量。”

提到现在的孩子由于考虑问题往往以自我为中心，对他人痛痒不甚关心，更有必要在少年时代给予宽容的教育。家长可以用身边的小事来逐步培养孩子的宽容心，比如在公共交通、公共场所里主动照顾弱者等行动。“总之，不挑剔他人的缺点，原谅他人的过失，信任他人的自觉性，在培养这种宽容心态的过程中，不光是大人和孩子会从中感到乐趣，而且我相信，这也一定会使我们孩子的未来人生更加开阔。”

学会等待也是很重要的。

与此对比，让孩子上多少节培训课，学习到多少技能，是退后的排位。老人注重的是“道”，不是“术”。他回忆在少年时代还会被经常使用的“修身济世”的成语，那时还有“修身”这门课，强调个人对社会的责任和义务。随着西方文化的侵入，日本的时代发展，此类成语“已成为死语”，失去现实意义。孩子在社会影响下，更强调自由或平等的观念，而失去对责任和义务的领会。

这种现象又何止在日本？随着物质文明和科技的发达，传统品德和公共道德的教育被削弱。作为一个历经时代沧桑的从事教育事业的老人，他对此十分警醒。

“父母应该把孩子视为天赐的恩惠……随着孩子的成长要让其接受做人的最朴素的道理，特别是要培养孩子对事物彻底理解的能力。要求孩子对任何事都应有明确的态度。这样孩子对任何事都会认认真真去做，即使再辛苦的事也不会想到中途逃避。而是克服困难向前看，意志也坚强。”

家守拙堂老人的观点，即便就目前来看，也没有丝毫落伍或脱节之感。是朴实而开阔的智慧之道。

时光

I

给予他人离开、伤害、自私自利的自由，给予他人犯错和改错的自由。这种高级自由在掌控式关系中是不可能实现的。就好像真正的个体自由其实是通过自我持戒来得到。这对放纵身口意的人来说，也无法想象。

人如果连自己的身体都还没有降服，总是被身体欲求所驱动（包括想吃肉、想吃甜食、想睡觉、想舒服愉快），是没有力量降服心的。心单纯从理论上改变不了，只能从现实中最小处的克服与坚持开始。哪怕是从克服盘腿时的疼痛与极度不适开始。比如忍受刚刚开始禁食的不适。

我们太习惯也太容易取悦与满足自己，这是最大的误区。

从草地上摘来的一小束蓟，有一枚开花爆出种子。自然的生命力无法压抑和扭曲，需要充分地释放。力量惊人。把它们放入风中。散步五公里。回家小姑娘做了两盘寿司，样子一般但很美味。我拿出青梅酒兑上汽水，两个人在厨房喝一小杯，吃寿司。

早上起来小姑娘做早餐。玫瑰花奶茶，后应我要求增加红茶，火腿摆盘很好，撒迷迭香。无师自通，学会做饭。发现现在的“00”后，小姑娘前后那一代人，不管男女都会尝试学习烹饪，尤其热衷做甜食烘焙之类。小少年们心灵手巧。小姑娘的这个优点也很明显，做手工艺品、画画、做饼干蛋糕、做早餐、搭配衣服、做卡片、做饮料，什么都会。还给我用竹子做了一个花瓶。

愉悦的事物：种下的白兰开花。午后的樱桃与西红柿。悄悄亲吻她熟睡之后芳香温热的脸颊。

英语课等待两个小时。六点放学后，一起步行到雍和宫附近，在葡萄院儿吃意大利面、蘑菇汤、烤土豆。人不多，店里安静。夜色慢慢清凉下来。拉着手逛胡同，看了几家小小的茶器店。在路边水果店她要求买一盒桑葚。有时沉默，有时聊天，刮风的时候拥抱，手拉着手，看了会儿月牙一样的白色月亮。

晚上两个人在厨房剥蒜，准备用陈醋泡一罐。有人送来许多，不知如何处置。她坚持给我帮忙，一边耐心剥一边用手机放起英文歌，挑选喜欢的曲目。想想这几年我还是很充分地和她在一起。看舞剧，看电影，看画展，旅行，去餐厅吃饭，在咖啡店读书，走路，睡觉。这样单独亲密的相处，也不是一直都会有。我也是尽力了。有一天，就算一天。

大早起来，五公里。煮中药，炖生晒参，烤银杏，熬西梅果酱。收拾书、浴盐、精油、水果、普洱茶，下午带小姑娘去住酒店。小姑娘说，他们不会知道我们在北京有家吧。我说，应该不知道。你觉得这样有意思吗。她说，好有意思。反正我们以前也这样做过。

因为各种状况，很久没有出门旅行，周末两人决定去花园边的酒店住一晚。吃日本料理、逛书店、我读书她画画。在房间里看了一个小时电视节目。晚上睡觉她坚持把自己的床推到我身边，把两张单人床合并在一起。第二天早上吃完早餐，背着双肩包打车回家。好像刚刚旅行回来。

她现在身高已与我一样，还是喜欢黏着我睡。有时我们分开一段时间，她这几天又迫不及待要求一起睡。而且不能分头睡，也不能早上比她早起床。我五点多醒，想去客厅，她撒娇表示不满意，要继续一起睡着。我对她说，以后终归要学会独睡。不可能一直跟大人一起睡。但心里我也想，她是否有内心深处的情感需求没有得到满足。需要爱抚与陪伴。

还是要先充分满足她深处的情感需求。

想起我们的台湾环岛旅途，在台北车站等高铁，在花莲深夜街道上的步行。觉得像一场梦。事实上我们彼此之间的任何一次旅行都不可复制。她在迅速地长大。从一个跟在我身边的小女孩变成比我还高的小少女。应该珍惜彼此还能有的旅行。以后她会有自己的好朋友、恋人、伴侣、孩子。会跟他们去旅行。

若干年后，成为成年人的她是否还有机会与老去的母亲一起旅行。隐隐觉得还会有，等她经历与沉淀一些世事之后。如果那时还有彼此陪伴的旅行机会，想跟她去北欧，去冰岛、挪威或一切静寂遥远的地方。那时照顾的人变成是她，母亲会变成跟在她身边的小女孩。

2

读毛姆，他说，只有在自己的作品里得到自身的满足，作家才会有一种安全感。如果他能从作品带给他的灵魂解放中，从塑造灵魂的愉悦中，至少能在某种程度上满足自己对于美的感受，那么他已经得到了回报。

我完全同意他对安全感的解释。写完《夏摩山谷》之后，我心里也有安全感。觉得差不多已做完了该做的事。世俗还剩下一点点事。对一个写作者来说，最大的安全感是，有本书令自己觉得没有白白写多年。这是纯粹而私人的自我标准。但胜于一切其他外界或外人的评价体系。

风吹过，树枝上的雪末纷纷往下掉落。对活着的人来说，世界看起来这样真实。有时又像梦境一样，会突然消失。

出门见人。一个人长得干净，皮肤白，眼睛清亮有神，印堂有光，前额宽阔，神情沉静，若有所思，气定神闲。人的外形的确重要。人的气是不是有力量，一下子就能感受到。这在初见时是最明显的。相处久的则都是普通人了。就跟花香中站久之后无所闻一样。人不光是有形，气更重要。气里面有很多内容。

与针灸医生聊天。说到，该吃什么样的东西，该与什么样的人交往，这是如同持戒般的自我克制。他说，尽量吃素以及少吃，以及尽量与身体与情绪都健康的人交往。我认为后者是稀有品种。这种珍贵的对象难得一遇。他今天工作一整天，看起来仍洁净有生机。

身体的衰败是一瞬间发生的。精神能保持一定紧张度，以及维持结实、坚韧、精进、清洁，这就可以。

在家里工作其实很不容易。迅速从日常杂事、厨房、卧室状态，进入工作状态，中间连过渡的时间都没有。基本上没有同事聊天之类可以分散、活络一下注意力。只是偶尔点根烟相伴。虽然没有交通之类时间消耗，有个电脑就能干活，但过于孤独，也没办法培养仪容端庄。有时不洗脸不换衣能持续很久，难免邋遢。需要自律与克制，持久耐力……但什么工作没有代价？对这一生的职业，不管如何都要表示珍惜满意。

控制饮食已经一段时间。大概这段时间过于清净，平时并没有觉得挨饿，但昨天黄昏觉得需要吃点东西。去餐厅吃了一份大酱汤、一小碗米饭、一份沙拉，有些咸辣重口味。晚上开始出问题，嗓子剧痛，牙龈起泡，浑身热得睡不着。起来喝板蓝根。凌晨左右入睡，早上起来，嗓子仍干疼。做功课，尽量排毒。继续喝板蓝根冲剂。感觉未恶化。

很久没有起这样的症状。不过晚上吃了一顿饭。人是不怕麻木的。若开始清净起来，却需要更多自控。

3

我的饮食观念是，有人准备了食物就吃饱了事，要不分贵贱、好吃难吃，只要是食物，就要惜福地吃。但小姑娘小时候不爱吃蔬菜，挑三拣四，有时宁可拿酸奶、饼干充饥。如果早上起来给她做三明治，她就全部吃完。晚上去超市，把全麦吐司、西红柿、生菜、花生酱、金枪鱼酱、奶酪、火腿等配料全部准备好。她喜欢吃，就会吃很多。

做味噌汤，在汤里放裙带菜、豆腐、小滑菇、紫菜、芝麻等，提前蒸好一小锅糯米，有时早上给她捏饭团，夹鱼松或油条。这个她也爱吃。

想起以前上学时，早上没有时间在家里吃早饭，都是和同学一起，在学校大门边上的小摊买饭团。大木桶盛着热气腾腾喷香的糯米饭，米粒蒸得不软不硬刚好，略撒一些盐粒，裹上一根油条，吃起来不油腻不单调。一个饭团下肚，上午很少再感觉到饿。能量足够。孩子们普遍不肥胖，瘦瘦的却都结实。那时几乎没有什么选择，孩子也很少挑食。吃饭本身是值得惜福的事情。

经常去买全麦吐司的超市，发现吐司换了日本鹰牌面粉每袋涨价四元，但是味道也的确好了很多，更有质感。早上烤热两片吐司，黑莓果酱、黄油、拿出一个新鲜橙子，泡一壶红茶加两片柠檬，一切恰如其分。

每天晚上睡觉前，她阅读很长时间，爱读书。每次她拿一道非常难的数学题问我，我会说，不用做，你不会就空着。

她性格中有天然的那种文雅、与人为善、妥协与平衡的部分。有时会感动我。她从不对我掩饰内心的真实感受，也让我看到她有时失控、失衡的部分。有时她会咯咯笑着很开心。一个自由散漫、迷迷糊糊的天秤座女孩。我感觉到彼此的连接更加紧密。有时她会拥抱我，放学在楼下快乐地大声呼喊我，跟小时候回家一样。晚上陪她花园散步，我主动玩游戏逗她开心，她高兴地笑着，仿佛回到四五岁的时候。游戏是隔着柱子彼此探头，看能不能逮到对方。

她一定知道我对她的用心专注强烈。

那日美术课，黄昏大雨雷电，她和阿姨打不上车，坐公车回来。我虽然身体不适，仍拿了她的外套和一把大伞，冒大雨去车站接她。出门时却雨停，只有小雨淅沥，前一刻还是风雨大作。马路边看到她下车，和阿姨穿过马路。大声叫她名字，她无比欣喜地回应我。感应到她心里的感动和柔软。

她说，妈妈，我愿意告诉你我心里的秘密，告诉你之后我自己就能够忘记，能够结束。我说，好。我会保密。我总是认认真真听她说话。这是她情绪好的时候。她也会有情绪不好的时候，但我对她偶尔的情绪化学会视而不见。以后再提。

从景德镇带回来一堆礼物，每人有份，给南方的外婆也买了。自己做的一个乐烧，我说可以让我插花。给我买了一只素白小杯，非常清楚我现在的喜好。早上一起做早餐，晒衣服，清理厨房，收拾礼物，就热闹起来。我说，你走了，妈妈说话的人都没有，有时觉得有些寂寞。她说，你走了我也是十分寂寞的。

一起去看日本电影《乱世花道》，织田信长、丰臣秀吉、千休利，插花、茶道轮番上阵，看得过瘾。白梅，牵牛花，莲花开放的声音，松枝与菖蒲，跪爬进去的茶室，点茶的声音，雨声。“茶喝完是一瞬间的事情，但在茶的有与无之间是充满生命力的。”

4

最近她与班主任建立感情，经常给老师写英文邮件，表达内心感受和观点。这位美国女教师，每一封邮件都耐心回复，个性活泼，态度真挚。突破语言障碍之后，来自这位老师身上的嬉皮士风格，那种开放、质朴而不羁的风格，也影响了她。

她对我说，她喜欢年龄大一些的长辈。在同龄人当中，总觉得交不到朋友。感觉自己的叛逆期已经开始。我说，朋友是很难交的。太羞涩不行，心里有骄傲也不行。但一个人如果内心丰富，对别人温和有礼貌，慢慢一定会有好朋友。也不能觉得身边的人想法幼稚，大家是平等的。她说，努力做了，还是觉得困难。我说，或者可以尝试去学习舞蹈，通过肢体打开一些心扉。

早上起来，对她说，我会给你写一封信谈一谈这些情况。

一次，在学校里因为没接起对方抛过来的球，被男同学说了一句粗鲁的话，回家哭了半天。其实是一句正常的男孩顽皮话。但她的小心灵接受不了。对她说，外面的世界以后会有更多考验。不是所有的人都会像家人那样善待你、喜欢你、照顾你，也不是所有的人都会温柔礼貌地对待他人。要接受这些发生，内心坚强。

隐隐觉得挫折对她来说是好事。人除了心量扩大，无法要求外境与外人都配合自己。接下来的阶段，帮助与支持她克服不断出现的成长中的问题，是个关键。逐渐要进入少年的孩子，也许需要不断地心理疏通。

记得她三岁时上幼儿园，下午放学去接她。一堆孩子在操场玩，嘻嘻哈哈打打闹闹，而她独自站在木马旁边，没有与人玩，也不知道自己在做什么，好像周围的一切和她没关系。当时看着她孤独无措，心情有些沉重。看到她某种格格不入的天性。与其他人似乎有着天然的隔膜。感情充沛又配置比较高。这是三岁时就已显露出来的问题。

但我也并不焦虑，人只能按照自己的天性去生活。接受她的天性，提供力所能及的帮助。允许她自己去受苦，去成长。

去学校参加晨会。平时除必要很少去她的学校，也没有参加过家长志愿活动和课外活动，没有精力和时间。走进校园，感受到一种自由自在的明智气氛。她很少说自己学校的具体情况，就整体状态判断，算是开心和健康。有活力，人很舒展。下周他们有学校艺术节演出，她被选去敲大鼓。而且是被人围起来就她一个人敲。她有心理压力。她邀请我去看她演出。我说一定去。

从她三年级转学之后，我一直对她说的是，能够跟上同学们一起往前走就可以。跟上不落后。她是自由散漫的，天真简单的，爱美，也只关心美。希望她随着自己的成长节奏，心里慢慢开出花朵、结出果实。每个生命应该都被提前埋好了一颗种子。时机因缘具足，就会开花。让她保持天性，摸索到自己的节奏。

进入新学校的变化是，性格脾气好很多，以前那种令我担心的疲倦的压力状态没有了。像卸掉心上的包袱，神清气爽，安安静静。她看起来平静愉快。从学校回来也是唱着歌活力充沛。心理状态平衡而稳定。

此外依然杜绝一切电视、电子游戏的娱乐。英语口语有明显进步，可见环境中听的重要，拼写语法仍有错误，但表述与发音很好。喜欢英国舞蹈和合唱的俱乐部活动。她没有对太多世俗事情感兴趣。原校同学经常讨论各种综艺节目和连续剧，有时她回来疑惑，因为无法参与。现在她身边没有人谈论这些。

5

她明天一早去机场，兴致勃勃收拾好行李箱，不需要我帮忙。可见自发的热情是最重要的。我们最近分分合合，在一起时格外珍惜。她耐心陪伴我做一切事，又画画做手工写卡片，睡觉时紧紧搂着我，十分亲热。

除画画，她对写作也有额外兴趣。轮番用英文、中文写作，动辄几万字，编各种故事提纲，写小说。任由她自由发挥。一个孩子自由沉浸在自己的想象世界和美学视野中，正是成长。她对学业仍有考虑，认真对我说，假期结束一定好好学习。这是自发考虑的结果。所以我并不需要额外对她叮嘱什么。

有天早上她起来给我做味噌汤，也与我分享她内心的兴趣。我说，二十年我大概写了十八本书。她说，以后我要打破你的纪录。

宅了一天，梳洗干净，分别穿上漂亮连衣裙，决定出门去游玩。结果三环爆堵，还有交通事故，她困得躺我腿上睡着了。

晚上带她去南边虎坊桥看英文儿童剧，不是很好，有些商业性和幼稚。看完九点，她说饿了，我们走进剧场旁边的一家餐厅，已快停止营业，但里面还热火朝天，好几桌。我一般尽量避免在外面餐厅吃饭，觉得不洁，但今天比较特殊，进去坐下，点了扬州炒饭、老醋蜇头、梅干菜肉包子、玉米羹。点了两瓶北冰洋汽水。这是与平时不同的经验。

我们平时很少出门夜游。南边好像很有人间的烟火气息，梅干菜肉包子也好吃。

当只有我们两个人相处时，她是安静、愉悦、自给自足的，而且放松和满足地沉浸在她的内心世界里面。有时想我应该一直一个人带着她，这对她的成熟有益。通过观察，我意识到孩子的内心有两个层面，往上拉升以及往下滑落的可能性都有存在。这与他们和什么样的人在一起有关。

打上出租车，司机说你们为什么来这么远的地方吃饭，我说是过来看话剧的。一路上她兴致勃勃地看着夜景，说，晚上原来有那么多人不睡觉，他们都还在楼里。我们再去玩吧，不想回家。我说，没有地方玩了。店都关门了，酒吧你现在还不适合去。她说，那就下车一直走路吧。我们像两个不住在北京的外地人。

6

去看她在台上敲鼓。她得坐在那个鼓上敲，所以我明白她克服了一定的心理压力。在台上她寻找我，我在最后面对她挥手，她看不见但知道我在。鼓敲得很冷静。五个年级进行合唱和各种乐器演奏，家长们坐满学校剧场。孩子们看起来落落大方，眉眼舒展。表演很认真。

在图书馆等她的时候，班主任走过来。老师曾经说她数学较弱，但这次夸她突飞猛进，测试有很大的提高。周一他们有慈善义卖。她说结束后要带五个同学来家里玩。我说欢迎他们来，到时我提前准备好饼干、水果和鲜花。

陪她去咖啡店画画，吃喜欢的芝士意粉。回公园草地上小坐。在厨房一起按照老师教的做奶酪。晚上看一场阿根廷剧场表演。我说，妈妈花了很多时间陪伴你。

我尽量满足她心愿。但有时也会觉得疲惫。渴望关上门自己能够安静睡一觉。能够独处以及专注地工作。

她的物品，新的旧的，各种衣服、鞋子、玩具、书籍，只要开始闲置，就持续送人。昨天整理她房间，水彩笔、铅笔、橡皮、尺子、蜡笔，各种用了一下就被遗忘的文具，有些是我买的，有些是朋友们送的。打算寄到藏地去，给那里的孩子。她看过的绘本大多也送了，只留下一小纸箱，是编辑朋友赠送的。选出来的三四十本，纸箱上写一行字：留给恩养的孩子。然后放进地下室。

有时候当她睡着，仍想把她叫醒，想继续和她说话，陪她玩耍。人与人的时间不够。她长大了迟早要离开家里，独自去天涯海角。

我在天性上不属于是一个兢兢业业的母亲，首先是为自己活着。但我想，我给她留下了一屋子的天文、地理、艺术、哲学、宗教、古典书籍，很多美丽的物品，大大小小充满愉悦，也留下了我的书，我所有产生过的思想从年轻到年老，留给她审美与敏锐……她可以用生命里很长的时间，去慢慢地了解我。

7

一次旅程，飞机闷热，幼童哭闹，父母冷漠而不耐烦，除了训斥、不理，不给予任何抚慰。如果帮他脱掉一件衣服，给他一杯水或一点奶喝，哪怕给一只安慰奶嘴或一块小饼干、一件小玩具（都应该事先预备），就足够让他愉悦、放松或安下心来。可怜的孩子几乎哭了一个多小时。

年轻妈妈只会说，你不许哭，你又来了，你还这样，面露不耐烦和急躁，爸爸在旁边只顾厌烦地看电视。他们没有一个问他，你热吗，你想喝水还是想吃点东西，怎么做你才会觉得好一些。也没人给他讲故事或拿玩具和他一起玩。不知道为什么，很多人貌似宠爱孩子，但在根本上他们并不真正关心他。麻木而无觉知的父母，会伤害到孩子。

还有一次去吃石锅拌饭，邻桌外婆、妈妈带一个五六岁男孩。男孩大概淘气，两个女人在旁边不停数落他，说着我都听不懂的绕来绕去的威胁、唠叨。彼此唱反调，比如外婆说，再不许闹，妈妈就说，继续闹，你不要停。可怜的小男孩被说糊涂了。活在反复无常、不停唠叨指责的成人世界里，孩子很累。也许他们需要简单、安静、自主，讲道理则简洁明了，三言两语，只发指令不用过多解释。孩子被大人们的言行染污。

每一位孩子的成长都不容易。除非一直保持学习，否则父母会容易失控。当她逐渐进入叛逆期，开始接触到强烈而压抑的过度能量，我至少需要知道如何与她保持距离，如何及时抽身而出，冷眼旁观，如何去接纳与抚慰。人总是有责任。对孩子的爱，不是为他事必躬亲，不舍得让他受苦。而是给予受苦的自由，甘愿让他在错误、尝试、挫折中受苦。这样他有更多机会学习独立。只是这种甘愿，需要勇气，以及更深远的见解。任何形式的放手，都是一次内心力量增强的练习。

孩子需要父母的内心力量。这是无形的最重要的滋养。

人若迷恋和热爱故土、故乡、父母、风俗，执着自己的身份、习惯、爱好、兴趣，这都是一种自我捆绑。甚至对于孩子的那种刻骨深爱的本能，都是束缚。

有时觉得做得不够多。有时则心有余而力不足。这背后是试图把每一件事都做好的执着。这执着需要解开。

咖啡店里，见到六七岁孩子，吃个麦芬，父亲都在身边唠唠叨叨教他英语、教他各种规矩，觉得好累。他应该在此刻全心全意、自由自在享受食物的乐趣，却完全被对面的大人毁坏了兴致和内心的安宁。不如让孩子通过混沌、自我摸索、在玩耍中长大。这明确了我要给予她自由的想法。

8

小姑娘在与我分别的日子里又画了一幅画。手工折了很多纸花，这需要很多耐心。作为头号粉丝，我觉得她画什么都代表着一种美。作为母亲，应尽其所能保护和珍惜她内心的灵性种子。这是与她的关系中，最重要的事情。她用色彩与线条表达自己的情感、情绪、思考与观察。有时是暗沉的，有时是明快的。

只要有空闲时间就会画一张。我对她没有期待，只是喜欢她以画画打发时间的习惯。一旦开始画画，她这样安静而专注。用野性绘画，画她心中的世界。此刻她内心灵性的花在自然开放。仿佛看到一座充满蓬勃活力的美丽花园。

以后最终做的事与美术有无关系倒不重要。难得的是保持对审美的敏感与热情。

把她的小习作珍藏起来，不仅仅因为这是她画的，而是的确觉得很美。当人能够用艺术手段去处理内心与外界的交集，美会给心灵带来守护与庇佑。

最近她迷上一本英文书，走到哪儿带到哪儿。我们去吃饭，等菜时她还在奋笔疾书做笔记。放学回家，做完作业之后，吃饭前、睡觉前，一直都在看这本书。持续好几天，如痴如醉。我问她这本书讲什么，她说讲述一个女孩从印度去巴基斯坦的故事。我说，如果书里有不知道的单词怎么办，不查一下字典吗。她说，联系上下文就知道了，查字典会影响阅读的节奏。

她喜欢阅读令人放心。书会带她去世界漫游，告诉她生活中所不能得到的知识。

圣诞假她表示先要泡几天图书馆。而我很想有个假期，想让她跟着夏令营独自去芬兰，坐夜火车、看极光、认识一些新朋友。我就可以去拉萨晒太阳。

她考完数学，回到家有点疲惫。我也有点疲惫，但还是拉她一起出门，去看坂本龙一的纪录片。她勉勉强强，仍愿意听话。我说，如果不是觉得值得你去看，我们也不应该出门。我为你选的电影、书籍、演出、展览都经过考虑，并不是随便去看，或为了打发时间。而是希望在你的心里埋下一些种子，对你未来有益。

人要多接触提炼与提纯的思考与表达，接触艺术的精华。因为日常生活、现实处境很难提供这种具备浓度的营养，也无法带来有效提升。她的表情告诉我，她对我的想法表示理解和接受。在出租车上她睡了一会儿。

9

很快要放圣诞假，明天考中文数学，对她来说，中文数学比英文数学复杂。她有压力，泪汪汪走过来对我说，妈妈，现在压力越来越大。当然前几天，她也喜滋滋地对我说，中文老师特意在课堂上表扬她很长时间，认为她的写作与阅读已远远超过同龄人水平。对于有些偏科、左右脑思维不太平衡的状态，我小时候也是这样过来的。所以只是安慰她，你尽力做好就可以，我对你没有特别的要求。

我几乎从不检查她的作业，最多学期结束时看一眼成绩单。她一直独立学习，需要自己建立管理学习的意识，也在持续进步。同时，我关心她的皮肤、身体、情绪、感受与心念，以及提供她在艺术、旅途中能够得到的启发与帮助。作为母亲，我也像个朋友的角色。

她在生活中想自己选择的，随她自由。比如我认为少女留披肩发、穿裙子好看。但她一度喜欢短发，又有人送她各种休闲运动衣，就穿长裤、球鞋。她从小就不喜欢吃蔬菜，痴迷画画、写作、读书，这些久坐之事令她对运动缺乏动力。我知道勉强无用。只是偶尔提醒，也等待她自动调整。

一段时间之后，她重新对优雅的裙子、留头发产生兴趣。有一天主动说，她要固定时间下楼跑步。

搞创作需要很多材料，亚麻画布、画笔、颜料、金银粉、各种手工素材……有时她自己去花园收集。画框消耗很快，有时一周画完三四个小框。而且希望画大幅，要订近一米的画框。但凡她对书籍与绘画材料的需求，我都是尽量支持。至今她没有对物质世界其他花花绿绿的东西产生过兴趣，也无欲求。

艺术体验带给她深处的满足。

她画了很多。我觉得人用艺术方式去发展和探索自己的心性是很好的，前提是自由自在，发自本性，不受沾染。绘画、写作、弹琴、跳舞、唱歌……都一样。都可以用来发展本性。需要保护好她与生俱来的能量。

人需要按照自己的天性走，变成自己真正的样子。种子按照内在的节奏与秩序，发芽生长。独立对她很重要。

10

讨论电影。

我：你觉得宇宙有高等智慧生命吗?

她：肯定有的。

我：电影里他爸爸去找了，在海王星等了二十七年，没有任何高等生命来拜访他。什么都没有，一片空虚。

她：那是人类的方法不对。人类水平太低，搜索不到的。高等生命不会对他们显现。科技肯定不行。也许你们经常用的那种冥想的方式，倒有可能遇见这些高等生命。

随着她长大，我们之间仍保持着透明度很高的联结。

晚餐时，她认认真真对我说了一些心里的话，关于内心的感受与困惑。我珍惜她愿意以这种方式与我说话，一种成人模式的成熟而真诚的态度。愿意对我吐露脆弱的心声。而我在她这样的年龄，记得自己已逆反，封闭在书籍、音乐里寻找安慰与引导，对父母很少说真心话，也不愿意说。

我们坦诚地交流一些话题。我意识到自己的一些举措是正确的。像朋友一样陪伴她度过青春期。给她安宁，足够的内心宁静与自由。更多理解与容纳。但同时我也对她有要求。

II

我不给她手机、零花钱，从不让她看电视。除了作业，不需要把太多时间花在科技产品上。如果她能够从阅读、手工、音乐、写作、绘画、宁静中得到足够多的乐趣，她的注意力也不会放在影响心神的浮躁事物上面。所以，当她身边的同龄人大多有了手机、零花钱时，她依然是没有的。

任何孩子的成长都不容易。她逐渐要进入叛逆期，是过渡阶段的小少女。我能体会到她身上那股强烈的等待释放的成长的能量。但我知道如何与她保持距离，如何及时抽身而出，冷眼旁观。有时又该如何去接纳、抚慰、感同身受。我认为，帮助孩子健康地成长，让她能够对自己有益、对他人有益，这是一种责任。而不是去期望她、占有她。

照顾和帮助年幼的女儿，如同对待逐渐老去的母亲，都是责任。人总是有责任。

佛陀出家，也许他早知道一切情感的黏缠、责任都不过是捆绑、轮回。而人与人之间的关系，深爱并非只是黏缠、依赖，应是慈悲。即为对方着想并尽到责任。一切关系都如此。

在海边，她一个人安静而孤单地能玩很久。我在旁边岩石上坐着。我们很少说话，通常自得其乐。看一看她，心旷神怡，沉默是金。

12

这场疾病，会不会让很多人得皮肤饥渴症。能够信任地拥抱与触摸对方其实也不平常。只是大家以前不觉得。那种密集场所里紧紧交织的荷尔蒙、气味、热量、不同频率……这场疾病会让人更热爱一些东西吧。不事后快速遗忘就好。

到了疫情这样的阶段，开始全民强迫闭关，人被迫面对的状态是，外境如此，需要克制欲望，回归自身，意识到生死的直接。昨天和朋友说，这一场大整理之中，人所得到的启示，即便在恢复之后也要保存才好。在这个过程中改掉一些旧习惯，建立或确认一些新观念。这就有收获。

读了很多书，做了很多家务，没有多余的消费、购买行为，没有外界的沸腾欲念冲击干扰，没有交际，没有目标与企图。没有感觉无聊。

个体是弱小而有限的。世界是无常而无限的。

13

大雪茫茫，花园和楼下空无一人。城市褪去一些焦躁、浑浊与混乱，人被迫禁锢自己，欲望少了，行动少了。气场马上不一样。集体性意识太重要，大集体静，个体也静。个体静，大集体也静。深夜花园被雪光照亮。隐约会听到树林雪地中流浪猫的哀叫，也许是吃不到食物寒冷交加。明天带猫粮去看一看。

最近日子也不能说是虚度。每天专心做饭、读书，朴素简单的心情。现在看看，人重要的东西是哪些，慢慢都清楚。今天读道家经典，说到人的两大急一小急，人生三急。除此之外都是非急。很有意思。

心中愿望，要常思念之。

他说，凡在心里圆满完成的，现实中的也会做到。

14

临睡前，看一眼面包机。面团还在发酵。等不及看它庞大起来的样子。拉姆每天帮我把厨房擦得干干净净。她与我们在一起的日子，家里气氛安宁、愉悦，这是她身上自动散发的一种宁静而纯净的频率。她的情绪与念头很少。但她读的书，在我书架上选的，都是一些要求较高的书，看得很深。

我们有时聊几句，大部分时间各做各的，忘记对方存在。她的表情总是微微笑着的，讲话温柔。默默无语中，用她的存在感散发出一些信息，但我能体会。好几天没有出门。

我每天做饭。上午是煎鸡蛋、黄油海盐胡椒焖西红柿、白蘑菇，红茶放柠檬片和牦牛奶。下午用西芹、胡萝卜、土豆、洋葱、西红柿、牛肉炖罗宋汤，玉米麦仁与五常大米煮杂粮饭。晚上烤面包。烧水泡普洱茶。超市里猪肉与牛肉都很贵。我做饭，她洗碗。白天她安静读书。晚上我们轮流磕长头，做功课。

很久之前见过爷爷、奶奶、爸爸、叔叔、外公、外婆各种死去的情景，在华山栈道、墨脱悬崖、医院之类的地方，考验过自己对死亡的恐怖，好像对死亡没有什么情绪。朋友的家人去世，不知道如何安慰。我从来都知道死亡离人很近。从来也没分开过。

上次公众号写篇小文，八万人读了。编辑说再写一篇，我就再写一篇，写到半夜十二点，字数略长一些。人若需要，我就写，这是微小责任。

地球自身疗愈的大清理与大整顿，人类无法干预。地球有它的决定。有人写文章说人类的希望在于科技。但我觉得人类的希望，也许只能在于自我灵魂的觉知、净化、回归。如果没有对自身的感知、对他人的共情，科技与贪嗔痴互相结合所创造出来的核弹、病毒只会加速一切灭亡。最终残害人的，不都是自己创造出来的东西吗?

去熟悉的小超市买菜。超市里的菜比昨天更少。买了一些剩下的看起来还略新鲜的食材，西红柿、豌豆、红莓、黑莓、意大利白面包。很多橱架并无货物，是空的，生鲜柜台也货品不全。大捆芹菜接近腐烂，连蒜都没有。更不用说口罩、酒精、消毒喷雾。顾客却很多，所有人都戴着口罩，买很多菜。

雾霾持续，空气恶浊，很少出门，自然活动量也变低，对嗓子、整体循环都不利。电影院也都全部关门。餐厅、商铺都没有人。走在路上想，美国电影里那些关于世界末日的想象镜头，其实应该都很真实。

至少希望雾霾退去。我不介意在家静守，但空气太重要。真是雪上加霜。天气好转，要走上六公里。

有认真想过，疫情过后，如果开始回归正常生活，自己会有哪些改变。更坚定每年要多些时间在云南或西藏生活，至少争取半年不住在北京。很多以前复杂的事情与念头要放弃。一些顽劣习性争取调整。朴素地生活。至于孤独，更加接受。

同时，对身边认识或不认识的任何人，要付出更多一些。

持内心基本善良，感受到每一个人生存之不易。以纯净心力为这个世间发愿、祈祷。

“我曾经很仔细地读过这本书大约五六遍。读那本书的时候我在想，你真是一个破碎又宽容的人。我感觉你的内心有许多的矛盾、你的情感也非常的充沛，甚至有一些完美主义，这些特质一定让年少的你在无数的瞬间有过难以为继的想法，但在你的书里，却从来没有责怪，只有剖析、谅解与对美的欣赏……絮絮叨叨说了很多零散的事情和想法。并不期待你的回复。只是表达一下我的存在，以及我对你的喜欢。希望我这点微末的支持，可以让你感受到你的文字真的很重要。”

“我怕我变得越来越极端。我可能必须走人迹罕至的路。在那里我可能是独自一人。”缅甸禅师的书快读完了。

15

小姑娘和我面对面吃饭，她开心地吃了喜欢的寿司，认真地凝望我的脸，有些出神。她说，刚才我在你脸上看到你年轻时的韵味。我说，是什么呢。她说，说不太清楚，看起来很温柔，有一些优雅的那种发亮的神采。我说，我年轻的时候可一点都不温柔，脾气很坏。你现在看到的温柔，是妈妈学习很久才得到的一点点改变。

对我来说，人生重要而难忘的功课，在于人与人之间的关系，与父母、孩子，与不同的走过一程的人，剧烈的功课通常是来自恋爱或某个人。这些是直接改变和组成人的生命。我们以肉身来此，通过情感和与他人的关系去完成一些课题。其他的一切，留不下痕迹。与人的关系则成为要带走的记忆。

这么多年写作，一直把主题集中在人的情感、心性，以及始终以爱恋或情感关系作为推动线和工具，是一开始就认定，什么是生命所在最重要的问题。什么会成为我们记忆的种子。我不在外围打转。

有些人只关注外界而逃避自己的内心，是因为他们看不到，还是在根本性上否定自己作为个体生命的灵性的存在感。而过于注重物质的存在感。如果人一直只是为生存而活着，生活的确漫长而绝望。各种美食、娱乐、奢侈品、性才成为安慰剂。我们应该要了解更多人的生活。参与其中，这样最终才会认定自己的选择。这一生该如何度过，要提前思考清楚。

美丽、善良、平衡、饱满的事物或情感，像一只放在露水之上的水晶宝瓶。它是随时都会碎的，但不知道什么时候会碎。一切建立于这摇摇欲坠之中的一刻安宁。

“写吧，一直都写点什么吧。请你。否则有些人觉得孤单极了。”

16

那年假期，去大理生活。吃完晚饭，打车去面包店。橱柜里基本卖空，只剩下一袋南瓜吐司、两只羊角包、两只法国餐包。老板独自坐在店外悠闲地抽烟、吹风，柜子上写着自助购物。他这样信任顾客。我说，我付完啦，走人了。他微笑对我点点头，气定神闲。做生意的魄力真大，怪不得面包卖得这么快。

拎着面包，我和她一路散步，聊天。一路应对她各种高智商问题，谈论托尔斯泰、鲁米、陀思妥耶夫斯基，各种身心灵问题。一个有思想的有好奇心的女孩是让人有振作感的。好像共同进步。看见黄色的巨大月亮从洱海对面的山顶升起，速度很快。很少见到这么大的圆月，震撼人心。路上行人都停下来赞叹赏月。

我们一路都能看到这大月亮。当它突破云层完美呈现时，我对她说，来做祈祷吧。一起站在山坡马路边，面对大圆月，合掌闭目，各自做了一个长祈祷。

觉得她又长大了很多，旅途总是让她吸收很多东西。在杂货店买刺子绣，她坐在店门口和老板娘的小女儿聊天，温柔善待。买关东煮吃，一起深夜去吃烧烤喝可乐。与喜欢玩耍的自由自在的妈妈在一起，她内心任何愿望或想法都可以实现。把自己打扮成她愿意成为的样子。

在记忆中这是这般美好的时光。

二〇〇七年写的故乡片段。如果现在写，会不会更好一些呢。那时怀着小姑娘，写的时候想给她留一点点记忆。否则她不会知道母亲的童年故乡是什么样子。

17

她要接待两个比较亲近的同学来家里，是第一次同学上门。两年了，想起我读小学时每天放学都是和同学一起做作业、玩耍，现在她们多么孤单。她开始给两个同学分别写信，说，欢迎你来我家玩，你觉得我家的花多吗？好看吗？你在舞蹈团辛苦吗？累吗？……都用信封装上，认真粘好，并且做了美丽的装饰。

我说，他们给你写过信吗？她说，没有。脸上没有露出任何不高兴的表情。她是多么重感情、需要友情的人。

除了功课作业，她的精力都在画画上面。艺术老师器重她，让她单独画大作品。作为典型天秤座，她会伪装自己安好、愉快、合群。吃完饭，坐地铁回来。我尽量和她聊天，了解她的情况。感受到她像种子发芽，渐渐萌发出她的艺术性人格。

今日为同学之间的人际关系，与她沟通交流半个小时。我说，人一般在十二岁左右才会遇见自己真正的朋友，因为那时大家都有思想，可以用内心交流。妈妈就是这样。此后一直都会自然地交到朋友。至于现在呢，好好专注功课提升、对他人友善但不用过于热情，并且有时是可以自处的。她点头表示听懂了。

睡前与她长谈，说了很多。总之是认真对待学习，这是为自己负责，一切努力都是耕种，为了以后开花结果。她安静地听完，那一刻我相信她记在心里了。

有时想，也许人生育和照顾一个孩子，最终是为了知道这是轮回的游戏。没有比去照顾另外一个人的人生更大的责任。父母，孩子，这都是彼此的责任。这种捆绑与肉身一样难以解脱。轮回之根。我们做一个游戏，最终是为了知道这只是一个游戏吗。

深夜十一点，一时兴起，穿衣戴帽下楼，花园里玩雪，凌晨一点多才睡下。苍茫飞雪，万籁俱寂，稍纵即逝的迷境美感，再想起来就跟一场梦般。及时行乐，就是这样。梅花树枝的积雪下面，都是红色初生花苞。

想高兴的事，做高兴的事。心无杂念，不想那些没用的。人说走就走，要珍惜。

她小时候的衣服基本是在平价店里解决，而且大多是打折时一次性买很多，也不在意款式是否当季。小孩子穿得舒服干净就可以。慢慢她长高了，这些店的童装柜已经买不到。

晚上去优衣库买了好几套棉质内衣、搭配校服的纯黑棉袜，她自己选了两条运动裤，白色和藏青色，一件大号紫色卫衣。现在的小女孩们似乎喜欢穿松松垮垮的大码上衣。她一直是个朴素的对物质无所求的人，毫无物欲。有时也会一时兴起喜欢一些设计感很强的美丽东西，但很快她就把它们忘了。这是目前看起来依然可贵的品质。

在玩耍、旅行时尽量满足她一切要求，包括看演出、学习游泳。让她知道自己是被支持和关心的。从小到大几乎没有看过电视。三年级转学才开始用电脑做作业，正式接触电子产品。现在看来仍是有效的。做完功课，空余时间几乎都在阅读、写作以及绘画。她内心那些纯净、纯粹、干净而灵性的特质应被保护，能有多久就保持多久。至少应该有所塑形和结晶。

偶尔有一次在流行衣服店铺买衣服。衣服略带复古风，适合少女。绿色丝绒褶裙，白色蕾丝长袖连衣裙，灰色灯芯绒半裙，白色毛衣，领口绑蝴蝶结的连衣裙，实在好看。平时上学只穿黑白灰为主的校服，但出游或做客还是需要穿优雅得体的衣服。她天性爱美。喜欢纯色。

18

她禅修回来，不出所料地感冒了，但精神很好很高兴。认识了一个十四岁的女孩朋友，女孩打坐能过一个多小时，一个人敢在城市里闲逛，接下来还要去上海，过几天会路过北京。小姑娘去女孩家里住，对这个新朋友充满热情。晚上在电脑里给她写电邮，对我说，女孩每天跑步。我说，那你应该和朋友一样，向她学习。

在禅修时，她喜欢上一行禅师和《华严经》，表示要认真读一下这些作品。她说，一行法师在法国有禅修营。我说，你以后可以自己去参加。她的收获很多。这是好事。

她什么事都不积极，坐在电脑前写作却极为专注。目前不清楚她写过多少个故事，中文英文都有，但我并不打扰她。如果写作、画画能让她真正觉得愉快，并寄托自己的心灵。还没有一间安静的属于自己的小画室，经常喝着饮料吃着点心听着喜欢的音乐，有时戴上各种喜欢的帽子、头巾，一个人随心所欲在角落里画半天。高兴的时候画一张，不高兴的时候也画一张。

绘画是她表达自己的通道，一边摸索一边实验。今天新刷一块赤红的画板，对我说，想要一间墙壁与地板都是雪白的房间，让所有颜料痕迹留在上面，层层叠叠。我说，日后这房间也会是你的作品。

看动画片《海洋之歌》。无论小说或电影，艺术形式中的人物总是通过“背离”和“旅途”来取得印证和成长。他出于某种原因，离开，出发，开始一段冒险、挣扎或抗争以及最终得到答案的道路。这样的生命旅程，让人的内心得以扩展和深化，最终达到自我完成。

孩子最终也只能离家远行，离开父母身边，去开启自己的旅程，才会真正地独立和成熟吧。

日消情长

I

《浮生六记》薄薄一册，流动两百年。作者沈复，字三白，在嘉庆十三年写了这本自传体散文笔记，记录生命中一些微小的人和事。对他自己来说，这可能是一生仅剩的重要记忆。他并非声名显赫的诗人或文臣，一定也未曾想过文字传世。只是身居苏州的普通男子，读过诗书，能写会画，在古时，如此这般的男子应有很多。棋琴书画，赏花玩月，是一种生活基本技能，大众审美趋向。但凡出身家境能支持的子弟，都会学习，跟随艺术的风雅。沈三白才华不算奇突，一生际遇亦乏善可陈。

但他于身后留下的这一册笔记，无意间，让后世的诸多人读之，感慨之，沉醉之。当初写下第一行的目的，却是因为觉得生于太平盛世，生在衣冠之家，又住在沧浪亭边，有种种经历，是受上天厚待。若不以笔墨记录，就是辜负。书写一落笔即是无所目的、无所追求。文字对一个作者来说，首要的作用，是给予自己。记录下来，有所感恩，不过是如此。

文中气息质朴顺直，浑然天成，依靠性情胜出。字字句句，在于慧心灵巧，真情实感。

2

《浮生六记》余留四部分，喜欢前三部分。讲述与妻子陈芸的世间事。她是从小相识的女孩，家里穷困，以刺绣纺织等维持家用。十三岁订婚约。是两百年前一对俗世之中结为夫妇的男女的故事。一男，一女，各有癖好、性格、习惯、才情，人物活生生地存在，在于文中不嫌碎屑的记录。都是日常小事，细枝末节。这些事，这些细节，也许会被失去重视，觉得不过是家长里短。

而在我心中，他是“多情乃佛心”，芸娘是“不俗即仙骨”。这一对草芥般微渺的人儿，来到世间，缔结姻缘，相知欢好。前世未曾知道累积过多少与彼此的善因缘。

他把夫妇之事放在全文最前面，是遵循《诗经》的格式。但在他心目中，情爱真的是首等重要的内容吗？在大多世间男子的心中，一般重要性的排序是事业、交际、家人、女人。他们既然有把女人当作衣服来换的理念，那么女人在其心中，也大多是一种欲望和虚荣的填塞物。如果结婚，则是理性而现实的生活组成内容。她们将替代他们的母亲，做母亲做过的一切事情，提供整洁的房间、现成的饭食、熨烫服帖的衣服、随时随地地贴身伺候……最基本功能，是生育和养育孩子。

女人在男人心中，若从客观的角度来说，是这样一种存在。爱情，显然是进入婚姻和实际生活之前的一段幻梦。男人制造给女人，女人则容易不醒。但在沈三白的心中，这不是他给予女人的模式。

他并不遵循世上大多男子对这些事物的排序方式。文字中，他也会为钱发愁，东奔西走，雪天寒夜，境遇可悲。但却从没有发出过渴求功名利禄的感叹。除了赞叹，少有抱怨。亲人如何待他，世事如何耍弄，一律坦然顺受。尤其表现在他与父亲和弟弟的相处上。他人对他苛刻，他心中仍只有旧情。如此津津乐道于自己的婚姻生活，人大概会觉得他胸无大志，眼界狭窄。但若看到在他的生命里，一株兰花、一段闲居、一场宴游、一片山河，与一个女子，所有的事物各得其所，熠熠生辉，你会感知，他是以自然和本真面目为首要的人。

他是至情至性的爱人、落魄不堪的文人、游戏人间的浪子，也是放纵不羁的边缘人。

视世俗一切为本然，唯一执着黏缠过，是妻子陈芸。陈芸是合格的妻子，善于烹饪和安排家居生活，生下一子一女，平素谦恭有礼，待公婆谨慎。该做到的一样不落。但在他心里的位置，更重要的部分，她是他的知己，他的良友。女人若缺少这部分力量，男人不能把她视之为重要。

女人若做不到心有慧眼，胸有真意，无法令一个心思敏锐的男子产生珍惜。

陈芸可以做到的事情，一般妻子未必能做到。她陪伴他“课书论古，品月评花”。一起喝酒，他教她酒令，两人玩耍。长时间讨论诗文，说杜甫评李白。即便是夏日酷暑，微小如茉莉香气这样的事物，也值得玩味。他说：“此花必沾油头粉面之气，其香更可爱，所供佛手，当退三舍矣。”她机灵对应：“佛手乃香中君子，只在有意无意间；茉莉是香中小人，故须借人之势，其香也如胁肩谄笑。”

“察眼意，懂眉语。一举一动，示之以色，无不头头是道。”交流之乐趣，在于对方能够心领神会，可以对答如流，且还把说的意思延伸了一层。有这样的人，才可以即便是并肩观月时，沉默是默契，絮语是柔肠，流动而自在。同时，她对他又是这样地殷勤郑重，见到他过来，必定起身相迎。在暗室相逢，或者窄途邂逅，轻轻握住对方的手，问询，何处去？所以他会困惑：“独怪老年夫妇相视如仇者，不知何意。”他们对待彼此太好。好得如同失了真。

沈三白虽是男儿身，爱喝酒、交友、周游四方，但在心里，有一半是温柔精巧的女儿心。他说自己小时候就能“张目对日，明察秋毫。见藐小之物，必细察其纹理，故时有物外之趣”。有这样的心目，才会把蚊子观想成群鹤舞空，贪恋花草虫蚁的乐趣，玩赏瓶花摆设、剪裁叶树、园亭楼阁、诗画山河，并细细体会和感知一个女子的美。他对她的敏感心思，非庸常粗率的男子能有。

见到她回眸微笑，“便觉一缕情丝摇人魂魄”。久别重逢，会“觉耳中惺然一声，不知更有此身矣”。也只有遇见这样的男子，一个女人身心之中的美才能重重打开，尽情绽放和释放。他是她能够托付的玲珑剔透的容器，盛得下她活泼泼的蓬勃的生命力。

陈芸虽是女儿身，被闺房限制，远游也不可得，胸中却有豁达的男儿意。女扮男装，与他相伴，去看灯会。这灯会，“花光灯影，宝鼎香浮，若龙宫夜宴”。世间的美景，他们共享。想去看浩渺的太湖，亦偷偷出门与他同行，望着了壮阔景象，说“今得见天地之宽，不虚此生矣！想闺中人有终身不能见此者”。这样的感慨，也是因内心从未停息过的愿望和意志，对这个世界有着积极的参与意识，并不甘于困守闺房之中。他说她，“芸一女流，具男子之襟怀才识”。

男女的个性，都不可是纯粹的阴性或阳性。各自都要略带些女儿气和男子气，这样才是真正的平衡和谐。太男子气的男人，或太女子气的女人，终究是不那么可爱的。或者过于地粗糙，或者过于地造作。对待感情的方式，也是固执而冲突，难以彼此体会感知。

对于沈三白和陈芸来说，这一对平凡而和谐的璧人，美好的日子，在于年轻和无事时，在于彼此心中的阴性和阳性互相融合和存活时。

租菜园里的房子避暑，纸窗竹榻，充满幽趣。邻居送来池子里钓的鱼、园子里摘的菜，她以自己做的鞋子回报。一起钓鱼，就月光对酌，微醺而饭。洗完澡，凉鞋蕉扇，听邻居老人谈论因果报应的故事，三鼓而卧。到九月，种植菊花，邀请母亲来过，吃螃蟹，赏菊花。这是一段短暂的神仙日子，她如此留恋，不竟说出内心的愿望，说，将来我们应该就住在这里，雇些仆人种菜，维持生活，你画画我绣花，备诗酒之需。“布衣菜饭，可乐终身，不必作远游计矣。”

的确，若能如此相知相随，在万事小物中得到诸般乐趣，又何必再远游呢。走得再远，也走不出彼此的这份天长日久。所求无多，不过是一间屋子，一畦地，做一对快乐的妙人。但即便是如此微小的愿望，对他与她来说，也并没有在今生得以实现。

3

一日，他们一起和船家女在夏日夜色，搭船出游。没有点灯，借着月色痛饮，渐渐兴致淋漓。行酒戏耍中，陈芸把船家女素云推入夫婿怀里，说："请君摸索畅怀。"他机灵地对应："摸索必须要在有意无意之间，拥抱而狂探，不过是田舍郎的作风。"此刻，他闻到陈芸和素云发鬟所簪戴的茉莉，被酒气蒸起，夹杂着粉汗油香，芳馨扑鼻。

这段描写，文中不过一带而过，其中的绮丽艳光，却有短促的悲凉之感。描写越往后行进，他们之间的欢喜日子越少。

继续痛饮，之后素云以象牙做的筷子敲击小碟唱起歌来。陈芸欣然畅饮，先坐车回家。留下他和素云喝茶闲聊，再踏月而归。她于他，无机心和芥蒂。她与他是夫妻，却并无防备和控制之心。她甚至想以自己的审美标准给他找一个小妾。在两百年前的男女关系里，仿佛有更豁达的一种联结。即，愿你喜乐，我亦随喜。她从未曾说："你是我的人，你该一心只与我一起。"她替他安排，铺设，说："我也喜欢她。你且等着事情完成。"

她对狭窄的占有欲没有兴趣，但对生命宏观结构有自己的愿望，即希望与他永不失散。

刻"愿生生世世为夫妇"图章两方，他执朱文，她执白文，在往来书信时各自使用。他请人画一幅月老图，每到月初或月中，两个人焚香拜祷。偶尔闲话，她遗憾身为女子，无法陪伴他出远门，畅游山河。她说，今生不能，期望来生可以。他说，那么来世你做男子，我来做女子与你相从。她说："必得不昧今生，方觉有情趣。"

他说，我们连幼时的一碗粥这样的事情都说个不休，若是来世没有忘记今生，那么再次结婚，一起细谈隔世，恐怕会说得没有眼睛合上的时间。

闺房内的情语，听来天真和热烈，内在未尝不是一种执着。眷恋几近贪婪，隔世的记忆都不愿意失去。

今生的记忆确是太多。焚香插花，制作活花屏风。她“拔钗沽酒，不动声色，良辰美景，不放轻过”。夜晚，月光把兰花的影子映照于粉墙，朋友取来素纸铺在墙上，就着兰影，用墨或浓或淡画下它。她十分喜爱这幅画。油菜花盛开的季节，与友人一起，带席垫到南园，她心思灵巧，雇一个馄饨担，可以用来加热煮食，这样就不必喝冷酒。“是时，风和日丽，遍地黄金，青衫红袖，越阡度陌，蝶蜂乱飞，令人不饮自醉。”大家聚在春光里，品茗，暖酒烹肴，坐地大嚼，杯盘狼藉，或歌或啸，无比沉醉和欢畅。直到夕阳黄昏，买米做了热粥，喝完之后才大笑而散……“自以为人间之乐，无过于此”。

因着这些种种，当她去世的时候，对他来说便是“知己沦亡”。

而但凡能够得到这样彻底和不羁的生活的人，本身也是能量充沛之人。现代人时常抱怨工作忙碌，身心疲惫，觉得人生空虚，欢乐稀少，谁曾想到反省自身？如果一颗心不曾萎缩和停顿，生活中又何尝不是处处是景，都可细心观照，用心体会。而对待爱的方式，也会更从容更笃实。不会随着新鲜感的逝去，时间的推移，使对方成为一道可有可无的摆设。

沈三白显然是一个能够把情感的浓度、生活的美感尽量榨取出来的高手。他的对手陈芸也是如此。他们癖好相同，性情相投，浓烈而纯粹，感恩而珍惜。才可以两相燃烧，并始终不熄。

4

这册薄薄的古人笔记里，引人心动的，不尽然是一对男女之间私自的情感。这样的生活，必然和当时的社会形态，和大众的价值观，和他们对待文化、自然、生命、欢乐的态度息息相通。越过两百年，且看今日的社会，谁还能具有这样的玩心，这样的旷达。灵魂的宴席早已结束，剩下虚妄和空洞的游戏。人们跟金钱玩，跟自己的欲望玩，越玩越脆弱，越玩越寂寞。

古人的情爱生活状态如何，若没有这遗留下来的文稿之中，情深意长的一字一句，两百年后的人们无从想象。沈三白如何厚待和爱惜他的妻子，陈芸如何跟随和陪伴她的夫婿。平常夫妻，家常琐事，一蔬一米，一羹一汤，还有之间无穷尽的嬉戏和欢娱。看起来都是人之常情，至今仍在轮回流转。但其间属于他们特有的情感和个性的品质，却失去之后难再复回。

这个时代的人，有了两百年前的人绝对无法想象到的一切。有网络，得以快速地连接遥远的世界，有手机，随时可以交流，有微信摇一摇种种电讯社交方式，陌生人即刻贴身靠近，有高速的交通工具和各式快捷酒店，男女交往也随之摆脱传统交往中的审慎和考验……两百年后的爱情，也已失去彼此欣赏和玩味的从容心境，失去细腻的心思和克制的礼仪。没有房子车子等现实的基础，男女难以成为眷属。在一起生活之后，相对无趣，心性无聊，难以克服七年之痒。结婚、离婚、同居、畸恋，变动的状况复杂。复杂的表现形式，源头不过是出自心田。

心躁动，情亦难深。心贪婪，情难久长。

5

喜欢的一处细节，是第二卷《闲情记趣》的告终。有一段，看起来非常独立。说“夏月，荷花初开时，晚含而晓放。芸用小纱囊撮茶叶少许，置花心，明早取出，烹天泉水泡之，香韵尤绝”。

病危临终时，她对他说，唱随你二十三年，你百般体恤，不因为我的顽劣而放弃，得到像你这样的知己和夫婿，此生没有遗憾。“神仙几世才能修到，我辈何人，敢望神仙耶？强而求之，致干造物之忌，即有情魔之扰。总因君太多情，妾生薄命耳。”感恩和谅解，是她一贯对待这个世间人事的态度。也从不曾介意和抱怨他无法摆脱的动荡生活。

窘迫时，他即便开书画铺，也是三日之进不抵一日之出。她为生计抱病赶出一幅刺绣的《心经》，完成之后疾病加重。在身处的境地，对这些困难艰辛，这对妙人没有任何回转之力。只是被席卷、被摆弄，竭力保持着平静和坚韧。

虽然他说，恩爱夫妻不到头。但，神仙日子已过，善缘已了，也就无遗憾和亏欠。有人说“浮生”二字，出自李白的诗《春夜宴从弟桃花园序》。“夫天地者，万物之逆旅也；光阴者，百代之过客也。而浮生若梦，为欢几何？”那时他们的经济状况和家境平和，都应已在慢慢走下坡了吧。他们尚未看到彼此的未来，相守的期限，以及最终的结局。渐渐，家道贫穷，与亲人不和，陈芸逐日病重，无处安身。被迫，他们抛弃子女出走，投奔异乡，辗转求借度，颠沛流离，身寒腹空。陈芸客死他乡，儿子病逝。他又有了新的女子，“赠余一妾，重入春梦。从此扰扰攘攘，又不知梦醒何时耳……”

这伴随无常而来的，种种沦落，种种伤痛，种种变迁，种种无力，直到最后一切灰飞烟灭，直到一切又无始无终地轮回……“情如剩烟，才如遣电”。

即便如此，在两百年前的某一月，某一天，夏日的某一刻，有一对男女，他们只见到荷花花瓣的开合、茶叶的花香、雨水烹煮之后的清澈甘甜，以及彼此的两情相悦，两相缱绻……在记录下这段记忆的时候，她在他的灵魂中融化，他在他的文字中永久。

来世的相遇，也要今生的善缘才能得以继续欢好。不辜负此刻，便是全部。

他们早已知晓这时间和无常的秘密，所以，在相逢和有生的年月里，释放尽所有的美和情感。

'21 6 12

之四

简单

I

朋友从拉萨带回来的甘丹草和柏香粉，每日早起熏香净化。

今天插的花枝，朋友喜欢。见人才会梳洗打扮，穿上好看正式的衣服。见人之必要，是不让自己颓废过度。工作的人诚然奔波劳碌，在家里工作的人也有难言之隐，稍不自律就会邋遢松散。朋友来喝茶，顺便清理一下夏季茶桌。桌垫拿去清洗，换上清凉竹席。

喝生普昔归。志郎的茶杯颜色有转化。阳光下看细节闪闪美丽至极。共度六个小时。说了很多话，又仿佛还没说尽。同道中人需要互相鼓励、沟通，不是无谓的应酬或世间表面之事。以前也不怎么觉得明显。现在觉得偶尔朋友们能够相聚喝杯热茶，说些心里话，其实很重要。

友情当珍惜。好久未见，会思念。什么事情都是失去过才知道珍惜。清净的能量滋养彼此。见君欢，愿君安。

偶尔出门，觉得外面荒芜、乱糟糟，没有在家里清净。在茶桌边好像会入定。最近读书速度变快。阅读与每天给花施水差不多，维持定量的静心与思维营养。保持阅读、学习。做自己的老师。跟着自己的心学习，了解理论，让心在实境中去体验运作。这是自我教育的一部分。

“尽量简单、单纯地存在着。不要想太多。”静养这段时间对我来说，心中无一事，休息中的清净并不是幻觉。什么也做不了，毫无欲望。当人身体好的时候，各种欲望便重新蜂拥而至。病后初愈第一支烟，细枝云烟，觉得芳香，镇静心神。一个月没有抽烟、喝茶。在能做这些事的时候人是健康的，只是那时意识不到。

没有欲望等于幸福。仿佛爬进一处山洞自守，最大的滋养是无杂念。脑袋、心里、身体完全无所作为。是真正的心中清净没有执着。

松树清凉树荫下喝茶、吹风、静坐一会儿，消磨半天时间。阳光影影绰绰，松树散发的芳香让人清心安神。这样的时间怎么都不嫌多。一粒松子蕊掉在木碗里。即便外境不佳，人也得好好生活。把每一天过好。树下午睡二十分钟，心神安宁。喜欢土地的野孩子乐于此道。

有必要加上跑步、快走、爬山之类的适当运动。减少思虑、减少消耗。把注意力尽量放在身体上。做一些劳动。像一次洗心革面的大清理、大循环，下了决心恢复元气之后为自己而好好活。只做对精气神有好处的事。

身体迎来新一轮更新，需要自愈，也在这个过程中反复拉近与自己身体之间的距离，试图听清楚它更深处的需求。肉身需要修理，而时间还有多少，该做些什么留给自己与他人。

人有时选择不了自己怎么过，最好是简单善良，保持正直，过应该过、能够过的生活。

怎样去更简单、健康地生活？如何自处？

2

刚摘下的杏与桑葚，洗一下很快吃掉。来自果实的热而充沛的生命力进入身体。

黄昏时想喝加冰的白葡萄酒，买了一瓶挚爱小粒麝香甜白葡萄酒。姜花送到，芳香扑鼻。愉悦都是简单的，并不复杂。能否把物质观想为最高意识的动能与扩展。每天时间不够用。舒服的时候是早起的清晨，在花园里运动一小时。

今天收到很多感谢，说谢谢一直持续在做。人需要持续做一些对他人有益的事。

有时我们所蔑视、排斥、抵触、批判的，往往是自己没有试图去了解，或者并未深入了解，以及无法与之建立起联结的事物。

在磨炼中去背负困惑，感受自己的心、他人的心，进行调校、反省，才有可能完成个体化过程。社会提供了过多的物质、科技、娱乐选择，让人以为可以有捷径回避痛苦，沉沦其中，但这一切只会让自我力量更加弱小。

真正的提升是从承担困难、对自己与他人负责开始。

有些音乐这样美，听得人会飞起来，在星际遨游。做音乐的人多神奇。同样，绘画、写作、舞蹈、制造……一切行为，如果创造出美的事物，莫不是如此。这是神性的碎片折射在脆弱的肉身之上。人，是被神性创造出来用来显示它自己。

她写来长信，告诉我她的家庭、爱情、找工作、辗转各个城市、猫病死的各种事，文字流转，用俯视角度观察自己生命中的各种事。上次见朋友，听她讲故事，午饭都忘记吃。那些生辣、刺激而有力量的故事，关于人生正常面貌底下的暗流汹涌，都是真实之事。对写作者来说，这样的谈话收获颇丰。

但有时遇见某种人，热衷滔滔不绝自我感觉良好发表高见，就不想说话，更懒得听。有太多话毫无新意。希望有人说些不一样的发自内心的真情实感的观点。

一位“90”后采访我，看起来真诚，带着点紧张。他说，我把书读完了，有一个困惑，书里的人他们对情感的探求很强烈，但生活中这样的人其实很少。你知道吗，现实中很多人并不需要感情。我说，那他们需要什么呢？他说，假如有个男女朋友的关系，最重要的是买个奢侈品牌的名贵包，这样就很开心。很多人真的并不看重感情……

我说，我以后要把你这段话写在小说里。

渴望不变化是强烈的执着。比如想让花一直盛开着不能谢，占有的事物一个都不能少，对方说了我爱你就永远不许变……这样的人是会给自己与他人招致痛苦的。相反，接受一切变化的人，能够顺其自然、随缘度日的，总是轻松自在。

给小猫洗澡。自己洗头发，换上新裙，戴上一条珍珠项链。打扮整齐干净，不过是晚上和朋友去看个电影。对珍珠有些上瘾。在灰浊、混乱的气候状态下，珍珠的洁白清冷让心里都有亮光。

如果不吃晚饭，不用考虑去哪个餐厅吃什么美食，或自己在家做哪种烹饪，一天少了这样的环节，平白就多出不少时间。不看电视、不应酬交际，时间继续增多。人发明出来的很多事物，其本质是为了杀掉时间。仿佛人并不是那么热爱自己的活着。明知生命时间有限度，却急着杀时间。

红色毛线手织帽子。一颗乌兰花老绿松石。梅鹿竹茶罐。核桃与栗子打成饮料。大丽花和丁香。夜雨。上坡。石竹花。泥鳅。一日一本书。烤面包。白菜豆腐。日诵课。药。种葱。石榴皮做了酵素。洒水、灌水。竹编篮子和簸箕。洗头发。种下月季和桂花。

最难的是把简单的、单调的事情日复一日。这是需要很深的理解才能培养起来的意志。

银杏

I

写字整日。黄昏时，穿上球鞋继续五公里，从三元桥步行至雍和宫。绕圈走二环，快速行走。一小时整。

在国子监附近的小巷逛书店和衣服铺子。连身裙，粉色棉布桑蚕丝内里贝壳扣，有手缝痕迹。看得出衣服是一件一件认真做的。店很小，物品不多，木桌边摆枯寂的老松盆景。在巷子咖啡店的露天座，喝完一杯拿铁。转眼暮色转深。

往回走时天已暗，空气寒凉。对面即是佛殿，围墙檐角在橙黄色路灯光照之中露出沧桑气韵。此刻城市仿佛回归到它的真实质地之中。这山河大地，一草一尘，其实都是自己的心。要在意任何事物内部的美。

每天都有推进，时而顺畅，时而觉得缓慢。写到十二万字，章节名起好，基本架构就已成立。行行文字恍若线团，排好顺序之后互相交织。天气好的日子，想去远行和爬山。但必须要求自己静坐屋内完成字数，否则时间很快过完。

写的书，目前筋与骨结实，血肉略少。显得理性克制。偶尔看到别人写的文章，觉得很动感情。但这种感情，在我看来，又全是不必要的头脑里的东西，不是心里的东西。心里的东西，其实是澄明和单纯的。

世上的工作，能让人加速衰老的，写作应是其中一种。尤其写长篇，常有伤筋动骨、被抽取灵魂的感受。二十几岁的时候无知，不觉得这种损伤。现在明白这种消耗的强度，是用心力去工作的代价。

临睡前用笔在本子上记录一个细节，恍然看到自己以后头发变白的样子。人终究是会老会死。即便现在头发还是漆黑如丝，好像身体所有的精华都供养给了它，但它也是在变化中。微小的生命，短暂的旅行，脆弱的肉体，无常的存在。写几本书很好，毕竟这是和灵魂有些关系的事情。

把读到的、听到的、看到的东西吞进去，理解消化之后再以另外的形式描写和表达出来，意义何在？这是传承吗？作为一个工具，自我的杂质需要更精细地过滤和清除。

2

下午与朋友去798看展。之后转到书店，买完书喝热茶，静静相聊两个小时。走到外面开始刮风下雨，而我畅谈后的心这般澄澈。

昨天梦见他，发生很多事情，但都平和清净。之间的交往，好像是发生在过去世的事情。而我曾经在他身边生活。一些细节像雪花一样融化，醒来后怎么也想不起来。以前看见白垩纪的化石，想到灵魂在某种质地上也是不变的。很多世之后，你还会遇见我，而我，依旧觉得你很美。时间在此刻交会。即便湖泊海洋已成为山川平原。

还记得他说，面对和接受一切现状。等待改变。解决任何麻烦事情，都需要对空性的了解。

如果与灵魂相近的人在一起，当你遇见和识别他，在他的眼睛里会看见自己。

得印章一枚：你以双眸燃烧我的诗句，我以苦修等待天涯的相逢。

3

昨天试图调整结构，电脑里密密麻麻的字逐章拉过，一时有崩溃感，迅速把电脑关掉。清晨起来决定再战。深夜，独自在厨房，一口气吃掉三个花卷和一盘剩下的土豆丝。觉得饿。最近是微妙期。正穿越一段隧道，隐隐感觉应该有益，走过去之后会有新天地。

务必忍耐，保持镇静。这种感觉很熟悉。

写到这个阶段，重头仿佛才刚刚开始。找到清澈甘凉的水源，汲取挖掘，以此遗忘人世。这也是一种耽溺和沉沦。

宋代《梅谱》中记录二十六宜：淡云，晓日，薄寒，细雨，轻烟，佳月，夕阳，微雪，晚霞，珍禽，孤鹤，清溪，小桥，竹边，松下，明窗，疏篱，苍崖，绿苔，铜瓶，纸帐，林间吹笛，膝下横琴，石枰下棋，扫雪煎茶，美人淡妆簪戴。若仔细体会其中的每一种状态，会觉得样样恰如其分。这种物哀之心真是珍贵。

去咖啡店工作，继续推进。小息时，买杯拿铁，在那里看一篇关于郎静山的文章。有他的两段话，他说，别人的事我都顺从，自己的事从不勉强。交往中不使用坏心眼。凡不平衡处必然有争执，有争执就不美。这真是一个心净而儒雅的人。

有人寄来一本书。现在很多图文都是模仿十年前写的东西。我大概是一个被模仿得接近已被解构的人。看到被一模一样使用的字词和句式，也没有恶感。只是觉得过去无法回头。要速速甩脱这些累赘和负担。字词与心神又是两回事，筋骨是临摹不出来的。

午后阳光好，在三里屯喝杯茶。光线轻盈，树的枝叶静美。看着它们很久。听到它们在说法。

云门每次来国家大剧院演出都会发来邀请。这次十月来演出《松烟》。他们很勤奋，没有间断。这对创作者来说是重要的，稳定推出作品。不是呈现出身体与韵律的美便已足够，高级的艺术创作，最终追求的仍是在形式之上，创造出哲学的空间。

这个空间，是否意味深幽，是否出行迢遥，便是不同作品之间的区别。

4

去年秋天，我们三人曾经去那家小店吃饭。滚烫的烤银杏，给她剥一半，给你剥一半，不够好的自己吃。喜悦是很小的事情。今天和她又回去，还点了一份烤银杏。

她寄来的手写信，写：“世间一场大梦啊。能与诸位相遇，已经非常感激。”

朋友打电话来提出去不丹的计划。其实最近写作想安定一段时间，但事情这样自然地降临，有它的安排，接受为宜。不丹必然值得一去。汇出旅费的路上，是暴雨将至般的大风，天色昏暗。心想，到这样的年龄，仿佛才刚刚起头。是无法控制般的奇幻的人生。

等这次远行回来，短时间内不再出远门。在家里写完长篇，照料花草树木，给孩子讲故事，教她作业，阅读、祈祷、清扫、功课，以此度日。或者找个偏僻的旅馆，把小说全部写完。

5

茶室隐藏于公寓楼之中，摆设并不讲究。试课那天，如何泡茶喝茶对我来说，也不重要。感觉老师的言论中肯实际，应该学习过儒释道，有心得。即便是当作良师益友，也可以定时一聚，当作写作之余的放松。就决定了这个课程。

那天是身体特殊的日子，老师常年打坐心静灵敏，马上体察到，说，你觉得冷吧？又看出我最近没有打坐，说，你有很好的根基，应该每天打坐。打坐能生起正气。你自由散漫，有些约束的好。回去路上，问朋友，我自由散漫吗？她说，十多年没有进入集体，一个人，也算是自控自律。只是，现在还有人穿着这样的棉袍吗？看起来跟二十世纪六十年代一样。

每次开始茶课前，老师带领说祈祷词。彼此合掌恭敬静默。陆续讲解茶的分类、泡法。用腹式呼吸计算等待时间，分解动作，如何让手势更准确、优美，让心安静，等等。他说，心一动，神一乱，茶泡出来就不会好喝，这是如同明镜一般的反照。分享、平等、开放的心也很重要。

他不是纯技术派的。在课程中可以检查自己的发心和动心。

第一次学习盖碗冲泡乌龙。带去家里存放很多年的大禹岭旧茶。以前不识茶，手中许多茶叶要么随便分送朋友，要么闲置。认真冲泡之后，体会到它的香气馥郁幽雅，极为惊叹。一杯芳香澄澈的茶汤，缓缓进入身体之中，充分地融合回荡，是颇为奇妙的过程。

早上练习，先试酒店赠送的乌龙茶。滋味散乱浑浊，茶叶打开后形态潦草，夹杂黄叶。高级酒店客房的茶叶原来如此低廉。倒掉后再度冲泡大禹岭。因为有过对比，加上水温的控制，滋味感觉凝聚、正直、芳香，叶片打开后翠绿而美。泡白茶，试以前朋友送的个人茶山做的白茶，以及寺院师父送的白茶，区别很大。香气、口感、叶片均有差异。比较才知高下。

喝过好茶之后，对差的茶也会有更多了解。这个过程可以消除分别心。

泡一小块剩余的古茶树生普洱，汤色枣红色，没有陈腐味或杂味，喝下之后当下融化，无形无色。想起琴音最高标准“中和”，茶也是如此吧。最后收敛起所有锋芒、个性，全部容纳在平衡圆满之中。

有时冲泡跟环境、水、器皿、人都有种种关系。想起佛法说的因缘聚会，一个因缘发生变化，结果就不同。好茶也不能随便送给不懂茶的朋友，否则是徒劳浪费。但换言之，好茶怎么泡都是好喝的。差的茶需要非常用心地对待，小心翼翼适应它的属性。想必，人也是如此。

我还是相当自信，一点不犹豫。在课堂上为大家泡茶，一鼓作气。除却基本技术，泡茶一样需要直觉去感应。我们存在的方式、个人的行动，影响着身边的事物。所以即便是同一种茶，由不同的人来泡，滋味和气质也是截然不同。

“一泡健康的茶，未必论高低贵贱。最普通的茶，经由插花备具、烧炭煮水、耐心候汤、熏香赏器、投茶注水、用心品鉴等等行茶的程序，一样让人达到安定心神的作用，这就是修行。”

喜欢的茶是白茶、普洱、大禹岭乌龙。春天可以喝一点龙井，清心明目。红茶喝上多杯会觉得昏浊。这大概针对个人体质。给自己少些选择其实很好。大禹岭耐泡，回甘浓郁，也许因为来自两千四百米高山，气候寒冷有冰雪，所以芳香坚韧。

用红铜壶煮买的老树白茶丸，是今年的新茶，喝到蜜糖般清甜芳香的滋味。续订四十枚，打算存起来，多年后再喝，滋味应该有变化。存茶时想着，谁知道几年以后人会怎么样。无常剧烈，不可测度。保存其实是一个不追究结果的事情。但人如果能像茶一样，越存越久越耐人寻味，越有珍贵的价值，该是多好。

早上和老师一起喝白茶、黑茶、普洱茶等，差不多七八种，所幸每次都是几个小杯的量。他夸赞我带去的生普洱，说是极好的老茶。围在一起，静静体会不同的茶的滋味。

6

最后一次课，老师讲述从年轻到现在的人生经历，是性情中人。“当初决定离开社会主流的时候，需要脑袋里自己完全想清楚。走在临界的路线上，无法完全出世，也无法完全入世。”

一起打坐半小时。流泪不止，感觉深深地融化，不是悲哀。结束后告诉他。他说，各种反应都很正常，身心自己在做治疗，人会觉得舒服。这种酸楚的柔情应该经常生起。上午和他讨论几个问题，他帮我重新梳理一遍思路。

告别之时致谢。对他说，这个课程结束，对我而言，是一个开始而不是结束。

清净心

I

给远方的人寄出两张明信片。一张是虎穴寺，悬崖峭壁之上的古老寺院，藏传佛教莲花生大士的闭关处。一张是层层叠叠绿意盎然的不丹田间风景。给他写的是："在这里，早晨醒来，窗外有云雾、细雨、高山、诵经的声音。我为你祈祷和祝福。"给她写的是："以后你要自己过来，感受佛法的纯净。"邮票是老虎图案。舔一下，粘在明信片背面，投进街边老旧的邮筒之中。

廷布广场旁边卖松石项链的店铺，墙壁上贴着一张明信片，上面有段英文。"各位，当你醒来的时候，请如此思维：今天，我幸运地获得苏醒，依旧存活，有珍贵的暇满人身，我不会浪费。我将使用自己的能量发展自身，对他人扩展和敞开自心，提升众生和所有存在的福利。慈悲而温柔地对待他人，而不是嗔恨及怀有恶意。我将尽己所能地去利益他人。"

旅行回来，先给妈妈打电话。她说吃鱼扎了一根小鱼刺，在喉咙里若有若无。有些担心，说，你怎么那么不小心？语气里有责备。

立即意识到这种表达有问题。晚上空下来，重新给她打电话。

午后阳光好。茶桌上准备核桃、石榴、柿子、普洱。有人赶来叩门喝茶。试两种不同年份的大红袍，口齿的甘甜醇厚不退。两只定制的青瓷茶盏，杯中刻有两句词：冰壶秋月。自在禅。

初入秋。夜色中的微凉。午后剥莲蓬，读书，累时小睡。黄昏卷起竹帘。厨房有人叙家常、蒸馒头，孩子奔跑嬉戏。荷塘中青蛙鸣叫。干枯的藕可以插花。读《法华经》一卷。有时会觉得舍不得睡觉，磨磨蹭蹭。坐着发发呆，时间已过大半。

朋友开车送来亲手在乡下花园种植的葡萄、黄桃。好吃。

2

相机拍不出某种色彩的微妙感。深秋的阳光令人感激。

朋友来家里，带来百香果。今天第一次吃，她教我怎么吃这种水果。分享一些观点。每次说话总有一些可以记住。“我们闻到的爱人的气味，如果心远了，这气味就陌生了。”

她说以前难受的时候，想过去寺院给僧人们做沙拉。因为喜欢整理蔬菜这件事情。我说，他们大概对沙拉一般地喜欢，学会做面食是更有用的。等把现阶段的工作做完，接下来的事情，想学习做面食。

醒来时凌晨三点多，开始做梦。去到陌生地方，很大的一面湖，周围有绿色山坡。站在木楼阳台上，眺望湖，感觉湖水在上涨。这些梦幻中的地点，到底是前世去过的，还是未来要去的呢？

有人发过来一个整版问卷，要求回答字数六千字以上。默默想，这已经是一天写小说的工作量……但是，今天还是认真答完吧。答应的事情都要做到。

收到一封信，说：你走了这些年，没有回来过。真正令我心生欢喜的是，你这么多年始终怀秉“吾自倾杯，君且随意”的阔朗面目。

3

一位日本僧人写的书。写一种调教法。“主要是通过净化五感，强化实感以超越思考假想物的方法”，在生活中从专注眼、耳、鼻、舌、身五感开始，练习如何去自由操控思考。

僧人的建议涉及说话、倾听、观看、读写、饮食、舍弃、触摸、培育等各个层面。具体如：不看电视，惊悚的不看，新闻也不看，即便是综合类和搞笑类节目也有攻击性；除非必要，尽量不上网，堵住垃圾信息的源头；吃素食，食物要慢慢咀嚼，这样人的气息也会淡；香水要用从天然植物中提取出来的精油制成的；经常清空壁橱和抽屉，控制不让物品过剩；在人际关系中，不刺激对方是首要原则；做事时不要发出声音；说话谨慎小心，不散布流言蜚语，才是举止优雅之人；把意识集中在当下在做的事情上；远离共同堕落和徒增烦恼的关系，远离使自己品级降低的人；不能说肮脏的话，不要有肮脏的念头；孩子即便大哭大叫，也不要否定斥责；每次和他人见面时，都要想一想，自己的样子作为图像映入对方眼里，这图像会如何刺激对方的心；说话时语速舒缓，沉静稳重，对方也会侧耳倾听……

这些建议看起来简单，操作起来仍具备难度，有点反现代的意味。这位写作的年轻僧人，写作一本指导性的简便的书。自己在书封上做模特拍摄照片，开一家兼具寺庙和咖啡店功能的店铺，同时经营网站，推广各种训练方法。这些意在普及大众的做法，符合时代的流水，没有孤芳自赏之意。

黄昏，煮白米粥，在沙发上读完一本书。朋友快递过来手工制作的干燥合欢花和玫瑰花露，手工的礼物已经很少。剪枝插花，点灯，焚香。在客厅沙发上小睡。醒来后，嗅到的那一抹凛冽的清香还没散去，仿佛浸泡着整个头部。

有时读一些书，觉得字字句句，清楚分明。表述应该像金子一样，纯正，坚定。世间的事在本质上其实样样是无缺损的，如其所是，恰如其分。

4

以前需要别人的解释。后来不需要解释，自己也不爱解释。直接跳过和忽略。我们少有感恩，而总是希望得到更多。不原谅他人，也不能够原谅自己，态度苛刻。如果对自己更好一些，允许各种发生，别人怎样也都是可以的。

有自由的感受，才会给予他人同等的福利。

以往也爱跟别人理论，试图控制局面。现在不多说什么话，愿意让事情自动发生和变化。以直心对人是始终奏效的，只是这直心需要懂得沉默，否则伤人伤己。

人所谓的解决总是从自我立场出发，需要解释自己说服对方。对方也是如此。这都不是最终。最终是有一个点，你被自己说服，对方也被自己说服。需要的是那一段被各自说服的时间。

在现实中，很多人可以成为镜子。有些人的存在，让你知道，可以试图学习跟他一样。有些人的存在则告诉你，他的所言所行，相反着做就很好。不妨认真体会和感受所遇见的任何人。

5

在论坛里，看到有人贴出一休和尚的事情，晚年和盲女森的癫狂情爱。对他来说，这是最究竟的禅悟吧。

戒律的事情一直争论不休。在初级阶段，也许戒律相当重要。比如过午不食，的确让人睡眠会清爽，不吃肉喝酒，心智会更清明。对食欲、性欲这些本能欲望的尝试性控制，可以体会到最终对身心的作用。但越过这个阶段，戒律本身也应该舍弃。只是这种自由之境，需要大勇大智的心，很少有人可以抵达。表面性的戒律持守，让人更不自在。常见的有大堆人吃饭，偏执地要求他人一起食素，对性的极度回避等。还是认同一个说法，心戒，是最好的戒。即对自己的一切发生，无论哪种判断和选择，都有一种分明的觉知。

一个心地干净、思路清晰、没有多余情绪和妄念的人，会带给人安全感。因为他不伤人，也不自伤。不制造麻烦，也不麻烦别人。从某种程度上来说，这是一种持戒。

先规范和调和自身，这已是对别人的一种帮助。不循序渐进，没有搞懂这条路的秩序，会进入另一个头脑的游戏。

清净心可以滋养他人，也可以用于疗愈。

以前看过的一部韩国电影。在山上寺院的女尼，下山还俗，做一个想自杀的罪犯的妻子，把他变成好人。罪犯煤矿失事之后，又嫁给残疾男子，照顾他和他的家人，直到他去世。最后做护士，照顾伤员。她说，每次遇见一个新的男人，我都坚持到最后，如同还是一个处子般重新开始。觉得这也是一种修行。最后的结尾镜头，她穿着日常朴素的衣服，汇入街头芸芸众生之中。

师父曾问她，在俗世中的身躯，在寺院里的心，哪一个是真实的你？她回答，这是一条分界线的相对的两侧。只是目前我还不知道如何把它们合一。在众人蔑视和误解之中，她立下誓愿，要把师父的舍利拿去各个地方建起佛塔。

云梯

I

去麦德龙买寄包裹的食品。买一打檀香皂，想着寺院里大人孩子洗澡的时候可以用，这个香味好闻。再写一封信一起寄走。大多我在信里写，近日做些什么，想些什么，以及这个东西怎么吃、怎么用。无有情绪和感叹。

明日即便没了，这一刻人与人之间也要心无旁骛地喜悦地活。

现在见到别人，很容易见到他们的苦。生活有时是困难的，困难是平等的。若有可能，成为他人喜悦和温暖的一丝丝来源也好，尽量减少对他人的阻碍和损伤。

提供食物或帮助，以语言开导和抚慰他人，成全别人大大小小的心愿，以温和平静的存在感给予放松，或者能够使他们快乐地发笑，也使他们因感动落泪而软化自己的心……这一切都是布施。而为何人的言行，有时不过是故意地要使其他人感觉难过、无助、愤怒或更加冷酷？

喇嘛写的一首诗：生活是菩萨的大瑜伽。即便要远行，也要端坐、喝茶、美丰仪。

一个人在家，半夜做完胡萝卜松仁蒸糕，大概做对百分之七十。使用面粉需要更多练习来积累经验。给阿姨看，她说是成功的，已经发起来。然后她懊恼地说，昨天在农场给很多人做蒸糕，失败了，一半生一半熟。她是我的老师。原来老师也有失败时候。

说，学做面食因为月底要去寺院。小姑娘很紧张，立刻问我，你去几年？我说，去两个星期。她长舒一口气，说，那就好。

2

最近仿佛进入真正的休眠期，有种沉没于深深海底的感受。等工作结束，想去高原住着。每天早晚跟着当地人转寺院，磕一两百个长头，买菜做饭，洗碗扫地，晒太阳发呆，跟人聊天，把脑袋全部清空。

以前最怕的事情是死去的时候没有真正爱过。后来不怕了。

他曾说，不要忘记回家的路。但是他说得不够多。收拾收拾，干干净净地结束任务，回到真正的灵魂故乡，这样自然最好。如果回顾一生，也许会觉得仿佛始终在爬一个云梯。

“不要回头，也不要停下。”

尽量质朴地深入地去生活，去爱。为去远方准备好充足的驮马行李，不在原地扎营。不以此生为家。

晚上出去步行。花园空无一人，空气凛冽，明晃晃的圆月在云层中发出冷光。事物在每刻会重新散发出意味，与以往的经验不同。见到这样的月亮，通常忍不住闭目对它祈祷。

这段日子，仿佛渐渐忘记外面的世界。眼目鼻舌身意开始关闭，对外界的需求变得微弱，只有意识中一个全新构建的世界在发酵。生活单纯，没有杂质。已很多年不看电视、报纸，不听电台。现在也很少去商场。隔绝在某种程度上有让心洁净的功能，仿佛在洗去既定经验。

这样的生活如同闭关。

学习，使人懂得秘密的可贵。从小是喜欢保留秘密的人，不管是自己的还是他人的。意识到珍贵的感受无法分享、表达。如果示众，它对一些人是甘泉，一些人是毒药。我们最终会成为持有秘密的人。每一次黑暗与光明、寂静与地狱之间的穿梭，都会成为道路上的无上加持。

人所经历的所有熔炉般的秘密的痛苦和祈祷，都是闭关洞。珍宝般的经历，可以被灵魂在离开的时候带走。这也是宿世业力的一部分的显示。最终，应该化开自我，与虚空分享。这是获得永恒的方法。

单纯、善意地活着，是给自己的祝福。

3

如果不能使人产生喜悦、平静、清净、往上的感受，而使他人得到的是烦恼和痛苦，这是需要检讨的。尽量有益于人，而不是损害。对不合己意的人与事不要采取攻击。有时理解会变，而语多伤人。

当我们被他人粗暴而轻率地下结论的时候，应该想到自己也经常这样对待别人。观察自己和其他人，这种急欲下达的审判、指责、需求、期待，以及隐藏在背后的支配和控制欲，是有多少？

如果有人学习，没有用来研究自己却在讨伐别人，觉得别人都是问题而自己完美无缺，咄咄逼人，审判他人，这是在把法教当成一种装饰自我的奢侈品。应该对外界的所生、处境、状态、结果，保持一种接纳和开放。这种深刻而强烈的体验，会把边界扩大。

对一些人来说，学习是多了一项增强自我的武器。对一些人而言，是走上独自朝圣的道路。把负面的有刺激性的情绪，实行转化，增加心的容量。这是实际的训练。

做人最重要的，一是豁达，二是清爽，这样才能心境完整。年轻时在情绪和习性的浪潮中折腾太狠，也不自知，回头看，全是无明。想法应避免走极端，伤人伤己，全无必要。清理痛苦的思维方式，接受实相的存在，而不是被情绪和妄念拨弄。这是时间带来的返璞归真。

对于种种变动，一份稳定而清晰的觉知，会成为套住心之野马的缰绳。即便是在剧烈的冲突和震荡之中，也能抓住不放。

4

有人说，今生必须是最后一世。野心好大。但作为人类的一生，不要一趟一趟地来旅行也好。我也肯定这辈子学不完，但最好能够别再来。这个世界越来越糟糕。除非可以成为不受污染的人，但我们都是凡胎。尽量让生命升级已很不容易。

修行路上，需要具格的老师、清醒的同修、亲身的实践、反复的验证。而不是投身于偶像或明星上师的膜拜，全盘接受被灌输的观念，麻醉切身问题，却不在实践中去真正检验自己的心。

“试着保持内在觉知本身的清明觉性，也就是事物的本来面目，此外别无他佛。”

十几岁二十岁的人，先可游戏人间。若非天生宿世的慧根，学习未免为时过早。经历贪嗔痴慢疑的陷阱和混乱，尝一尝梦里逐花的狂乱，这样以后才会信心生起。如果年长之后，仍沉迷在外物妄想的颠倒之中，醒不过来，才是可悲。

菩提心，对自己和他人的一颗清明而有理解力的心，很难平白生起。即便看过一千次理论也没有用。只有在苦海中逆风泅渡，来来回回地冲突和挣扎过，生起才不退转。这世间没有捷径。

珍贵

I

如果不能成为有纯度的容器，人无法接应真理，同样也无法承载极致的感情。佛陀一再在经文里说，对什么样的人才可说法，因为这清凉而滚烫的灌注有可能使你碎裂。同理，有些人因为自己的身心受限，一生都不会知道什么是真正的爱，真正的相信。

不应有追求的执着，但也没有丝毫的消极。全心全意做完一件事情，也可以什么都不做。用全部身心爱一个人，也可以消失。没有黏滞和妄求的内在，这是一种训练。每个人都需要掌握一些可通过训练得到的基本技巧，知道如何不伤害自己。

只有懂得不伤害自己，才可能做到不去伤害别人，伤害身边的事物。

在关系中，最好能够提供和给予对方无法找到与替代的内容，哪怕只有百分之十。这个“十”相当重要。是属于你的珍贵而独特的品性。

有人形容感情“凉薄”。若没有从心底生发的联结和对彼此的善良和慈悲，再炽热的欲望、再反复的誓言，都如同蛛网般脆弱。心灵关照是真正的亲密。玩假模假式的游戏不是一种热闹的能力，是爱的无能。

真正深刻的感情是有戒律的。这个戒律是融化自己。仿佛是一种挑战，不把自我全部折断，无法扩展心的边界。

2

对他人最大的慈悲是，允许对方爱你。很多时候，我们判断、评估、限制、怀疑对方，也经常试图改变对方，并直接或间接地拒绝对方。这些都是常人通用模式。慈悲是一面湖水，你扔进来什么，我都容纳。不发出声音，只是把你承托。

可以接受一朵花绽放后褪色、残缺、干枯、凋谢，却为什么要强求别的永久不变呢？当花朵供养出它的芳香，毫无心机，只要你观望和悦纳就足够了。不占有，不紧抓，但相互的一刻全部投入。接受任何一种结果。

如果对方没有使你感觉到在获得更好的生长，就应选择离开。时间无多，不要粗率地吃一道在变坏的食物。选择能使自己更为洁净、优雅、饱足、安全的食物，如果暂时没有，就喝水、休息、观想、独自往前走。

生活里留着一些鸡肋般的关系，只能说明勇气不够。断舍离也包括终结一些无药可救的人，这不代表有错。想想那些形式化的冷漠的婚姻，那些没有赞美和性爱的婚姻，那些只为了让自己心里好过而忽略对方苦痛的婚姻。需要一些离开的决定，这表明心在生长。

不为自己或他人寻找、想象、编造各种理由及借口。该分手的时候，轻轻一个转身就可以离开。不到时候，再多痛苦也只能扛着。时间一到自然卸下。

生命需要做减法。真正地相爱，而不是期待和恐惧。

3

一种感情是，太需要某个人，所以宁可他是病着的，不强壮的，走不远的，这样只有你才能承担着他。他离不开你，哪儿都不能去。你故意不治愈他。但这最终是不会长久的。某天你会放弃这个人。

喜欢的猫猫狗狗会丢失，疼爱的孩子会自行独立，深爱的恋人会变化或先死。我们置身的关系每一分秒都在显示空性的平凡和深奥。不应去厌弃或拒绝，也不是空无一物，而是看到每一分秒的可能性。尽力地去爱，去给予，全心全意地体验彼此的融化。

世间万物都是因缘和合而生，而灭，凡俗人之间的情缘，执着是苦。对方尚在，善待珍惜。对方要走，微笑相送。喜悦属于有担当的人。关系永远在变动和平衡当中，如同高空走钢丝。没有比及时行乐显得更珍惜的态度。

每一次相遇都是不同的。每一次，会以不同的方式告别。

4

在夜色中看到对岸的霓虹，湖边的荷花。我把布包铺平，让你坐在草地上。这样，三生三世如同已过尽。所有的再次相遇都不容易，我跋山涉水一意孤行，你不早不晚在此等待。

我们之间，要像雪山一样。

你的灵魂好像是另一个我。

用菩提心去润湿。今天读到的一句美好的话。祈祷所有需要伴侣的人得到一份美好的关系，彼此属于和支持。在关系中受苦的人太多，形单影只的人太多，祈祷所有受苦的人，得到完整。由此，这个世界上由欲望和自私、虚弱的心所驱动的关系会相应熄灭。

最终，承诺和牺牲会让人们深深地爱着彼此，并在轮回中终结因缘。像天上的满月，一心一意。千山万水，海角天涯。脱胎换骨，心怀虔信。也许遇见一个彩虹般的人。也许他就是自己。这种汇合也有可能是在每个人的灵魂内部发生。

“彼此的轮回已经忘记彼此，唯有日月相映之日，便是彼此相拥之时……我们只有真正感觉到空寂，才能与爱人相见。”

山谷

I

有个远方朋友每年寄来一本藏历，持续多年。这种陌生的善意，令人觉得珍重。在年末做各种整理、清扫、取舍、完成。今年的结束比较隆重，希望新的一年有新的开始。

买供佛的花，葵花籽和刚炒出来的香甜的小栗子。这些小事物让心觉得喜悦。接下来的旅途还有几段。今年下半年开始的节奏，明年要更接近真实的生活。需要更多安静地与自己相处和对话的时间。

人群拥挤，仍排队进入雍和宫做祈愿，没有半途而废。清净喜悦。

有一年，在山上参加禅修班。每天早上六点起，晚上十点半结束。素食，听课，这种集体生活很像在河水里慢慢地洗澡。山上的时间过得比山下慢。去课堂的路上仿佛披星戴月，山峦呈深紫色，天未亮。上课时，感觉房间随着日出，一点一点明亮起来。想，如果能够这样在房间里听课，窗外兀自变幻一年四季，也是很好。听课，打坐，简单吃住，山中散步。人生这样未尝不可。

女孩在露台上对着月亮唱歌，声音温柔。深夜课程结束，大家陆续走尽。房间里空旷，她仍一个人坐在落地玻璃窗前，一边拍手一边轻声诵祈祷文。空荡荡的房间，灯光微明，经文被她诵得非常好听。圆月明净而清澈，旁边有一颗闪闪发亮的星。

在集体中生活，清理繁杂的思绪。很多决定生发自一颗种子。这颗种子是缘起。它生根、发芽、抽枝、长叶，需要很多因缘聚合。每一个决定，即便看起来临时起意，背后也已聚集长久的作用。后来没有再去山上，但一条道路就此展开。最终需要在我们的一切经历中得益。

2

清凉感来自给他人做任何事持任何观点的自由。平常心是愿意开放地接纳一切可能性。

他说，凡是想着人生没有意思的时候，必定那时心里只想着自己。

又说，要离花近一些，因为当花开放，它付出生命里此刻全部的能量。它竭尽全力地，毫不保留。这本是接近终结的时刻，但它却这般静谧和欣喜。他说，全然的相信之后，是全然的接纳。在修复的过程之中，会发现自身存在的一种无须修复的完美。

对我而言，快乐的事情，是可以认真地道晚安。有时觉得这是妄念，或者也许是无常的一个小沙粒。它太不可靠。但正因如此，应该更加认真地对他人道晚安。天真是只存活于当下。

如果知道如何去天真地与己与物相处，也就明白了快乐的秘诀。

应该向着最重要的、最根本的东西移动。

3

经常想对你说，想你。人生很短，见到你的次数很少。但每一次我都记得，仿佛以此才在无常中确定出标界。如果想念能够像心咒一样具备能量，那么，无形中，每一次的想念都是在累积。累积成一条在流动的沉静的河。

你是我的镜子、钻石。照见自己的心。磨砺这颗动荡、粗重、不净、不驯的心。带上绒衣、手织的围巾、红袜子、草药、一封手写信。那个山谷已经下过雪。任何事物都应映照出内心清净的缘，这于我们自己有益。晚安。

4

决定去寺院看望他。在通往陌生之地的路途中体验自己的心。

收拾行李，把一只木碗带上，用布袋装起来刚好合适。布袋是日语翻译的妈妈缝制的。从来没见过这个心灵手巧的日本老太太，但她用古布手工缝出美丽的礼物给我。人与人之间有时何须相见，能量通过各种有形无形的方式传递。但有时见面又何其重要。

带上面条、粉条、菜干、茶叶、巧克力、黄豆、燕麦、小米、酵母、笋干、黑木耳、香菇、银耳、枸杞、麦冬、薄荷、菊花、金银花、酱料、煲汤料、火锅锅底、高汤。一条围裙，两本菜谱。扎扎实实地打算在寺院里做一些食物供养他们。之前他对我说，你没有任何傲慢之心。我当然不傲慢。我花了很多时间治愈无爱感。一个无爱感深刻的人不可能傲慢，通常会苛求自己。

有人说过，许多用功修行的人士，在心理上仍是一个负伤者。

凌晨时做清净的梦。古老的寺院，外面山路黑暗，穿过山谷才能抵达。房间结构是未见过的。两个熟悉的铺位，微微凹陷，仿佛刚被人长久坐过。隐约觉得这是前生的事情。

四点半起床，五点出发去机场。蓝宝石般的天空在三十分钟之内全部透亮。分分秒秒在变化。这样的时刻，想起以往在异国他乡的国际机场度过的时光。有时独自一人，有时有个伴。仔细想来，人生安排的每一个阶段，种种困难、变化，背后都有其深刻寓意。为了考验我们的生命，这股意志的力量十分强大。

机场兵荒马乱，终于在候机厅坐下。睡眠不足，头疼，见一面千山万水。想，还是更愿意相信生命有前世和来生。否则，人与人之间只因偶然而相遇，任何事情发生都是随机，这样太无趣，也不珍重。

翻看一下手机中的备忘录。“人生是这样地琐碎严酷。所以我更加不能相信，人是和物体一样的存在而没有灵魂的。我们卑微的由欲望合成的肉身，终会更替，只有灵魂是趋向永久、纯净，有使命的。要怎样度过一生？能为多少人做出最大限度的服务和给予？”

这段话，写在二〇一三年三月二十日。

学习

I

住在寺院附近的小镇旅馆。早上醒来，感觉到空气的不同。有时四五点即醒，窗外沉寂无声，只有高耸的山谷微微透露出曙光。起床，烧热水，洗脸刷牙，穿上厚厚的羊毛衣服和袜子，泡一杯黑糖生姜水。等到天色发亮，便走下旅馆楼梯，去寺院转经。

汇入转经的当地人的河流之中，与他们一起走上山道。眺望日出，山峦的柏树被云霞一片一片点亮。以这个山谷中的大寺院为中心，附近的人们各得其所。在城市，人依靠消费、娱乐、物质、人际关系确定自我存在。世俗生活有时是污浊而空虚的。

人可以不必要有这些。大自然和精神生活本身就是一种给予和滋养。

清晨或黄昏，围绕寺院，沿着漫长的转经道再走一遍。祈祷，翻动每一个经筒，身上出汗。清理内心，与这一切联结。这会不会是藏地最漫长的转经筒的走廊呢？走到终点，爬上山坡晒太阳。俯瞰寺院，阳光强烈。

它很美，令人觉得熟悉。仿佛知道它很久之前的样子。

没有奢望任何目标，只是打算尽量保持承担，观察问题如何堆积着我，又如何自动慢慢地发生变化，以及最终给予结果。这是驯服心里那只力气惊人的狮子的唯一办法。

这个世界，有些人观察、探索、追究、拆解自己的心，路途艰辛，走得冒险。一些人不问其他，更关心科技、物质、娱乐、利益等各种具体的事物，也极为看重各种感官满足。人生这般迅疾，这最后一个课题仍路漫漫需上下求索。但我是主动的，在行动的，知道人生苦短，没有什么多余时间。行动会验证这一切心念是妄想还是真实。

随着持续学习，能够理解和接受的人与事，会越来越宽阔，越来越混杂。而交往的人，会少，但深刻。

出发前打开已保存十二年的盒子，里面是父亲的骨灰。发现还放着一张诵经 CD。想不起来这张 CD 是怎么得到怎么放进去的，也许很久之前就有一种安排。带着骨灰去寺院，用自己出生时穿的小黄袄把骨灰裹起来，还有一张奶奶的照片。外面紧紧包上哈达，放在一个丝绸袋子里。这件小黄袄，是奶奶动手做的，父亲一直收留。

把骨灰千里迢迢带到寺院，请师父们诵经之后，撒在远处山谷的大柏树底下。

如今把这一切全都还予虚空。

2

在阳光下帮忙做几百个酥油灯。拿着铜壶，往灯座和灯芯上灌注融化后温热的酥油，需要平心静气，非常专注。否则酥油滴就会洒在外面，或者灌注得过少，或过多。需要恰恰刚好。这对第一次做这件事的我来说，着实是对心力的训练。之后小僧人把做好的灯全部搬去佛殿里面。

早上煮燕麦粥，空气中有柏枝燃烧的清香气味。晚上下过一场雨，院子里的草地长出白色蘑菇。和小僧人一起去超市买平底锅和芝麻油。中午做面饼，被吃光。屋子里经常人来人往，有客人来。见到不同的陌生人，和他们说话。在厨房里劳作。

晚上与师父们一起做面片，煮奶茶。气候严寒，但烧了炉子的室内很温暖。他们把干柏枝放在炉子上熏烤，满室充溢芳香，如同天性里所具备的，一种幽默的优雅的情趣。有意思的是他们彼此之间的互动，说话轻声，举止安静，不具备明显性格特征，看不出是活泼的还是内向的。也许因为抹去了自我的习气。

学习的人逐渐拆解武装。不需要智力、情绪上的优越感，不需要用这些武装自己。不会咄咄逼人，也不会振振有词。柔软、随顺、朴素、谦逊，逐渐凸显。并且关注和照顾他人的需求。

喜欢这种坦诚而又克制的交流，以及因对任何事任何时刻的接纳而产生的坦白。

放纵心的活动，会加剧我执，并因为强烈的自我产生出困重情绪。只要生存于现实，每个人都在备受考验。有很多人在教你怎么防备怎么保护，谁更狡猾和冷酷。但很少有人能够教你怎么去碎裂自我。

3

谈到三种懒惰。一、把所有时间用在吃饭和睡觉上。二、告诉自己，像我这样的人绝对不可能达到完美。三、把生命浪费在次等重要的工作上，永远不去面对最精要的问题。算了下时间，如果余生还有五十年，睡眠要占掉三分之一，吃喝拉撒工作等无聊杂事占掉三分之一，真正属自己的时间大概是十五年。

那么，他问，剩下的时间你们打算做什么呢？

活着时候的任何作为，作为一种准备，会在死亡之后的中阴时期，决定灵魂的走向，这对无信仰的人来说，是个荒谬的笑话。对有信仰的人来说，是一生的意义所在。整个一生，都是在为死亡做准备。

他说，很多人并不知道怎么去收拾自己的生活。事实上，我们必须为自己的心境负责。“内心的困惑既无法归咎于他人，也不能期待别人鼓励或肯定我们的修行，而必须将自己视为一己之无明与觉悟的根源。”

任何一种学习，最终是为了训练这颗心。翻过雪山游过大海，带着这份觉知去深入生活。得到智慧，同时也对他人有益。

很多人的共同命运：生活需要屈服，业力控制自身。但这依然是人的懒怠和甘愿陷入无明导致的。人并未失去对困惑和迷惘的克服的渴求，希望得到更好的自己。佛性的种子埋藏在我们的心里，只是还没有得到机缘被催化发芽。自性的圆满是真实不虚的。

所谓的自我它到底在哪里，持之以恒的信念范式，到底是什么。生命剩余的那些时间，如何度过。

4

有时会问别人，你学习是为了什么？至今听到的答案中，比较喜欢的是，为了让自己变得更好一些。而不是其他的为了证悟或者成佛。变得更好一些，即是一种准备。如同爬上一级又一级的阶梯，让生命升级。这种出发是不退转的。

5

今天请教止观的问题，收获很大。情绪如同水波，哪里生起，哪里消散。

这是学院派的哲学题。感恩他连续几次的回答，表述优雅、深入、诚恳，一点都不肤泛和潦草。提问显然是请教的基础。

对格西总结自己的三个标准：一、认真工作，照顾好家人，对旁人保持善意，尽量帮助他人。二、及时观照、觉知、检查自己的情绪和心，用境遇做训练。三、始终学习不倦。格西说，你一定不是随便说说，你想过很长时间。我说，是这样的。

如果空性是超越在快乐和痛苦之上，也是超越在正确和错误之上的，那么我们应该允许自己有痛苦，有罪耻。它和光明是一个坐标之上的。所谓的圆满的目标，也许是指这颗心如同水晶般不再投射任何东西。突破边界。

这几日与格西一起，去几个地方，见不同的人。对荒诞纷乱的外界，一旦轮到他上场，他的态度只有一种，以不变对应万变。授人学问，解人困惑。不推脱，不敷衍，不拒绝，不要求。这种冷静和开放性，带给我很多启发。

他的回答，非常稳当和实际。有人说，佛法珍贵，应该让人跋山涉水去求。但这样的时代，出家人应该发挥出更多热量。他一直在做与大众互动这件事情，而且没有自我的痕迹，很是难得。传授佛法，重要的是对什么样的人用什么样的方式说什么样的话，如此才能合宜。

好的修行人眼神澄明、举止优雅洒脱、思维清晰、心意深远，和日常人是有区别的。如果想说服别人，自身存在是强大的展现。大部分日常人的眼神没有焦点，我执强烈，情绪不稳。这是区别。

有的人标新立异，用种种手段塑造一个高座上的自我，试图树立偶像化明星化的形象，法也成为其中工具。而真正的法师，东跑西颠、不畏辛劳，始终只是在讲佛法，看不到他隐藏其中的膨胀或虚伪的自我。不傲慢，不敛财。在这样的时代，已不容易。

6

因为采访工作，第一次接触藏地寺院和僧人。后来采访的僧人离开本来的寺院，彼此断了联系。人与人之间了解的点，有时只能在一个时间段里，无法纵贯全部。但因着这个开端，又陆续认识其他的人。对寺院里的僧人的了解，随着经历而加深。从一无所知，理想化地欣赏和认同，到怀疑，看破，直到有了更深层的体会和观察，最终产生真正的认识。这是一段过程。

在五浊恶世，我们尊敬和布施一切付出代价的修行人。但同时，这个团队也会鱼龙混杂，所以要有证实和鉴别。最重要的是，对佛法的常识和基础，有根本的了解，而不是一无所知。

如果一个僧人随意地索要财物或售卖物品，要小心对待。如果是为了某个明确的目标化缘，最好去实际发生地核实，是属实还是信口编造。不要被任何人的口头表达所迷惑。看对方日常生活中的待人处事，不相信煽动。要透过文字和语言，亲自体会、观察，得出结论。不自欺。

真正的修行人，身上传递质朴、单纯、无我、谦逊的品格，从不装饰或夸耀自己。对他人非常关心，照顾众生的福利。而有问题的修行人，通常会有比较明显的自我，以及强烈的物质上的需求。

7

拉萨的陌生男孩，寄来一只黑色的法会布包和两本书——《了义炬》《善缘解脱道》。晚上入睡前，去他的微博里看一遍，通篇是驾车旅行西藏和学习藏传佛教的心得。每个人都有自己独特的故事。每个人都很珍贵。

昨日略受风寒，早上起来觉得鼻塞、嗓子疼。准备去做早饭，在街上买蔬菜水果和杂物，大太阳下活动，出一身汗。感冒不见了。中午煮大锅面条，炒蔬菜，招待来僧舍的其他僧人。其中有位僧人仿佛以前见过，眼神清澈，学识渊博，教给我一些东西。想对他多发问，但不知为何，脑袋和心如此干净和安静，以至于一个疑问都无。只是停靠于他带来的气场之中。

今日他出门谈事，有四个小时的独处时间。把吃剩的食物收拾出来，藏包子、燕麦粥、蔬菜，搬到院子里，看着午后的山谷吃饭。阳光正好，什么也不想做。从午后坐到黄昏，看着前面的蔓延山峦。远处佛殿的金色屋顶闪闪发光，寂静中只有鸟声和蜜蜂的忙碌。

没有定下归期。隐约中不想离开这里。这是想经历的一段生活，简单、安静、与世隔绝，毫无匮乏之感。生活是最切实的修行。

有时故意暴露一些负面的言行给他。心里是有知觉的，想知道他会如何应对。而他最终也总是让我感觉惭愧。他给予很多教导，以不同的状态和方式。没有特意说法，但处处都展示法教。我不虚此行。

积极地给予，尊重和照顾他人，应该被训练成一种习惯。即便离开之后仍要保留这些。

野猫和红嘴鸟经常来院子里觅食。这里用水不便，要去院子里的水龙头那边打水。厨房用水因此显得节约和珍惜。生活被简化到最低程度。每天煮熟一日三餐、洗碗、清扫、倒水、买菜、泡茶。仔细，耐心，做完这些琐碎而日常的事情，是学习。喂屋顶上的野猫、晒太阳、与山峦相对，是学习。迎来送往、朝朝暮暮、照顾、关心、问候、道别，是学习。

下午和负责照顾他生活的僧人聊天，准备五个人的晚餐。吃完饭后整理厨房，僧人扫地，我煎中药，烧开水。一边做事一边说话，聊了一会屋顶上的野猫和这里的星星。即便知道明天早上会再相见，晚上告别也总是反反复复。这个年轻僧人每次都在夜色中送我走到路口。他的温柔、安静、缓慢、忍耐，给予我很多启发。

并没有做什么特别的事情，只是让自己融化于此时此刻，与这些人日日相处，感受当下的每一刻发生和流过。有时忙碌地劳作，有时远眺山谷的寂静。以此忘记过去、现在、未来。

一日早上醒来，觉得万籁俱寂，仿佛站在无底深渊的边上，飒飒风声都消失了。当人能够与自己相处的时候，其实是找到一种与万物相处的方式。不是感动或其他，只是心里一团硬硬的东西被碎裂了。

“由于本自即有的觉性是从自身开展，每一个意念都是觉性。不论心中出现什么，不要追随，让它在出现的地方被清除，这个本身就是觉醒的境界，有如泡沫从水中而生，又融入水中。不论你做什么，应以无念作为封印。”

彼岸已达，此岸即无。此岸即无，彼岸何存？

8

他告诉我，每一个水杯都要用布擦拭干净，摆放有距离，关门小声，坐姿端正，吃饭要有仪态，对人和状况则平静接受，并始终地原谅他人。他自己正是在这样做，我记在心里。在这个从小受过训练的人的身边，觉得自己粗糙生硬，需要从头学起。

他说，现在的生活，随着科技、物质的发达，人们可以选择的事物太多。自由太多不是好事。过度的丰富，有时是自陷泥潭。而克制、秩序、平静、专注、一心一意、秘而不宣，这些品质显得更为珍贵。物质享受应尽量保持质朴和单纯，需要增多的是智慧和慈悲。

他走路的样子非常好看。我问他，这是小时候训练过的吗。他说，是的。手臂不要大摆，眼睛不要四处看。一定要慢慢的，不要着急。他说，我们的宁静，是送给他人的礼物。

“你一定要了解施舍、忍耐和奉献的价值。”

他教我做事要有条不紊，姿势端正，心意专注。敞开和打开自己，供养出内心的美好。体会忍辱以及原谅他人。对我这般刚硬的人来说是头等大事。我还需要一些时间，还需要一些。人要柔和、忍辱，要学会原谅，这不是那么容易做到的。但这一定是正确的。因他自己的做法就是如此。身教胜过一切理论。

他说，宗喀巴大师说过，如果心殊胜，环境和路也殊胜，心恶劣，环境和路也恶劣。一切依赖于自心，所以应该精勤修殊胜心。这是应该具备的动机。自此以后，不管你走到哪，不管多远，一根细细的风筝线都拖着你，让你不至于完全没有方向。要不束缚，也不占有。无期待，更无恐惧。

他说，这不是最后一站。你的愿望会感召到回应。之前都是准备和磨砺，一切并没有真正开始。净化心的能量，外围和感召会自动发生变化。“用一滴黄金能使整幅画改观。”

9

不是为了躲避，不是为了炫耀。不是为了要成为什么或最终去往哪里。到处都是道场，最终只是看自己修为够不够。应以境遇为上师，检查和提问自心。

路遇大雨，近一个小时不停。淋雨跑回僧舍，头上挡一件衣服。

在遭遇与过往经验完全相悖的道路，有时不免有微微的恐惧。仿佛穿越一个怪异时期，无法表达，所有的细胞收敛，又慢慢张开。梦里不知身是客。心是野马，生命是深渊。你活过，死去，又活，重复一样的道路，无法洞穿其中的奥秘。

不用说痛苦，有时连欢愉看起来都是假的。如果它们只是一座桥，那么先走过它们。只是走过它们。

在大雨淋头中想到，真正的轮回是陷入重复模式。对同样的人，做同样的事，用同样的眼光和心态。转变就是解脱。教义并不仅仅是想人做一个善良的好人，这有局限。有力的智慧和慈悲，会以各种面目出现，有所逾越是它的目标。应该让自己获得心的自由。

一颗解脱的心灵具有强烈的美丽和活力。

睡前阅读，慢慢把顶果的书看完。比起宗萨、秋阳·创巴这些他的弟子们写的书，更喜欢顶果的著作。他的叙述更古典、正统。末法时代，这些教言珍贵。现代人福报少，其中一部分应该是，我们遇见勤奋精进的修行人的机会变得稀少。

10

一个人写的。他问师父，修行用功有境界是怎么回事？师父反问，你有什么境界？他无语，良久答道，我没有什么境界。师父说，穿衣吃饭、工作学习、妻子儿女、山河大地，这些不都是你的境界吗？

欲望有时这样地多，要这个那个不厌其烦。其实心只要一样东西就可以安稳。走遍千山万水，经历脱胎换骨，最后一个落脚处，不过是心的皈依。

检验的标准，简单来说，需要的东西是不是更少了，烦恼是否更少地生起，处理问题是否单纯直接，以及对别人的柔软是否增多，是否愿意给予更多，无非如此。如果越学越复杂，越沉重，就有问题。

相信不可能凭空而起，只能由自己去体悟。我们可以传递信息，但不能传递相信。不必去说服他人，只是去利益和等待他人。

珍贵的东西不能随便与众分享，被扭曲和误解后对他们的伤害更大。《法华经》里佛陀对众人退席的反应，非常慈悲。不给予，比起任意给予而且还要求对方服从，是更理性的行为。一些修行者最后会成为很普通的隐匿世间的人。

“生希有心。行寂静行。”夜读经文，心如涌泉，心如秋月。

11

人需要的不是随意派发的特效药，而是在经历中去真正地领悟。撕开的假象和虚饰越多，越会被剥夺得干净。救赎越深之处，罪孽越重。罪孽越重之处，救赎越深。

黄昏时去市场买菜。晚饭做馅饼。依然有别处的僧人过来拜访。洗碗，熬药，清扫。离开之前，他邀请我一起看旧日照片。我索要一张他小时候的照片作为留念。那时他还很小，穿着藏红花色僧衣，骑在一匹白色小马驹上面。身后是广阔的绿色草原。

告辞，走回旅馆。夜空之中有无数明亮的繁星，月亮闪烁柔和的银光。周围山势浑然壮美。

“我们每一个人都会最终离开这个世界。所以……”

早上醒来百感交集。有一种大雪茫茫的感觉。

我们有时热衷一个包装，对其中真正承载的礼物并不接受。因为没有真正了知它是什么。无知而产生恐惧，无法接受恐惧，最后索性贬低它，扔掉它。能够得到礼物的人，必须先学会接受。接受需要有莫大的勇气。

时间带来行为和意愿的回报。种子若被日光照耀，会开花结果。我们即便是一群时时失去自知的农人，面对的依然是一片井然有序的土地。你的收获会是什么？你可有记得照料这些被双手埋入泥土之中的种子？

有时感觉到一种长久的静默不语的重要性。仿佛种子在破土之前，潜藏在黑暗中的坚实。里面全部是力气。

“让自己获得真正的知识，成为被炒熟的种子，这样造物主就不会再让你轮回，投入这个世界的创造行为。”

送别

I

明天回去北京。在寺院和僧人集体当中生活了十四天，但并不觉得孤独。他们的方式也在影响着我。

院子里，大家坐在一起，等待山岗的月亮爬上来。松针茶略有些酸涩之意，风里有远处雪山的气息，絮絮闲聊。在陌生人的家里留宿一晚。当他们走回房间，天空中有一颗流星划过。只有独自留下的人见到。

黄昏，独自在寺院附近的村子里散步，看到对面高耸绿色山峦之间的奇妙光线，如同幻境，静谧完满。一时立住，无法挪动脚步，也没有可拍摄的工具。只能对着山谷和光线祈祷。不寻常的生活全由心造。有时人生充满奇幻。

减重四五斤。吃得少，经常干活，不觉得饿。倒茶、烧火、洗碗、做饭、晒太阳。觉得万事熄灭、心里空空。现在的我，一点柔弱之气都没有，很像少数民族的那种稳当和强壮的女人。面相略有变化。我不忌讳成为一个看起来越来越平常的人，也从来没有想过别人在如何看待我。这些并不重要。

有时我们是某个人心中的一座须弥山。有时只是一颗尘土。

不过是六七年时间，和身边的那些人一起都已面目全非。脸部变化是，越来越坚韧，趋向中性。就像一个负重很多的人会增加骨骼的密度。从本性上，我不喜欢那种爱打扮得过于女性化的女人。觉得女子应有丈夫气，胆子大，有担当。相比年轻时候的天真无知，更喜欢现在的沉着。一种厚重的摇摇欲坠。

是在这样的年龄之后，生命中重要的人才开始纷纷出现。我的人生开始得比较晚。之前所有经历，都只是一种练习，一种预备。这大概是目前最好的一段时间。所有的发生，都在呈现出之前无法感受到的深邃和温柔。

当天晚上，停留在小镇旅馆，怎么也睡不着。干脆起来淋浴，吃饼干，看书。想着也许是不忍离开的原因。看到一张以前的颐和园玉带桥的黑白照片，茂盛水草，一个划船的古代的男子。想起他说过的话："任何事情都可以在时间里完成。包括解脱。"

他们对时间和空间的理解，与日常人不一样。这是美妙的。

2

思前想后没有用。过去未来皆虚妄，当下也是。最终有的只是一弹指间的发生。什么理论还能如此锋利？他说，让正念相续，不要间断。始终如同温火烧沸。

沉沦、挣扎都是路途。需要跟世界与人的妄想发生关系，以便验证真实。佛陀成道前，感受过爱欲、死亡、暴力、破碎、苦修，又推翻它，无数次与魔道的试探对抗。修行需要抗争，不是在真空中以为自己完美。

写作、孤独、恋爱、做饭、劳作、忍耐、原谅、心碎、哭泣、独处、远行、承诺、离开、爱和被爱……它们是持续不断的祈祷。

除带有使命的外来者，如我们这般的俗人，只有真正穿行过黑暗与罪，才能成为一个修行的人。

不相信任何借口、理由、托词、辩论。只相信被走过的路。

经常觉得镜子中、照片中的自己，有些陌生。也不知道自己具体长什么样，没办法在对面看自己的脸。那日凌晨，却在梦中见到。静止的非常清楚的一张脸，眉眼与平时透过不同载体看到的，有些区别。说不出的感觉。然后醒来。

以前不太注重分享和交流，现在有变。没有一种观念或心得，不是靠传授及互动流传下去的。如果肉身在老去，告诉别人你所知道的，很重要。

思考不是目标，是一条道路。以身心历练获得抵达，而不是仅限于头脑、文字和语言。写字是一种方式，说话是一种方式，存在是一种方式。

不奢望长久，只希望活得彻底。燃烧充分，展示出纯度。不停上演的生老病死，论证这个物质世界的变幻无常和岌岌可危。知道它的苦，就可以快乐而不复杂地参与它的游戏。

有生之年，尽量低消耗地让肉身活着，享受简单本真的喜悦，接纳一切发生。尽量高消耗地让灵魂活着，学习、劳作。然后干干净净离开。

这是好的理想。

3

时间很短，幻化都很迅疾，花谢之后开始结果，白鸟也已飞远。我们还在固守和狭窄的城墙之下沉睡不醒。只有免除傲慢、贪求、期待与恐怖，才能得到自由。接受命运，度过当下，容纳结果，把自我融汇。以此可以消化一切变动。

穿越轮回之海。当试图释放出自性的亮光照耀自己，它也在照亮无数个身边的人。愿未有者得着，已有者不退。

无须怀疑，对生命有作用的人会依次到达。他们按照自己的步调逐一趋近，抵临。现在等待最后到达的一个人。不是把生命卸载给他，而是他需要我的生命。这是终结。

如果我们有约，就会遇见。有人窥见光，微微照亮脸庞。如此，他才会相信，并自己去寻找。已彼此等待许久。我在这里。看见我，靠近我，与我相遇，与我融汇。如同春光寻觅到山峦，如同明月感应到净湖。

在等待的时间里，我先独自以黑暗和光建造一座圣殿。等待不会落空。孤独闪烁出金光。

愿过去、今生、来世，都曾互相馈赠、布施、供养、成全，以此成为相认的一个微笑。不改初衷。愿清凉自在，得到不匮竭的源泉、不熄灭的灯。

4

那天中午，你把第一次送给我的佛珠重新穿了一遍，又给我一串新的。原先深红的这串是智慧，这串纯白的是慈悲。院子有一棵果树，坐在光影中，彼此说完一些恳切的话。我知道每一刻不是永远会这样的。而此刻的意义是全部和永久的。

然后我动身启程了。

[全书完]

庆山

作家
曾用笔名安妮宝贝

出版作品

告别薇安	2000/01 短篇小说集
八月未央	2001/01 散文及短篇小说集
彼岸花	2001/09 长篇小说
蔷薇岛屿	2002/09 摄影散文集
二三事	2004/01 长篇小说
清醒纪	2004/10 摄影散文集
莲花	2006/03 长篇小说
素年锦时	2007/09 散文及短篇小说集
月	2009/05 音乐合作小说
大方	2011/03 主编文学读物
春宴	2011/08 长篇小说
眠空	2013/01 散文集
古书之美	2013/01 对谈及文化随笔
得未曾有	2014/06 散文集
仍然	2016/11 摄影集
镜湖	2018/06 散文集锦
夏摩山谷	2019/01 长篇小说
七月与安生	2020/03 短篇小说集
心的千问	2021/07 问答集
一切境	2021/11 散文集
月童度河	**2022/08 典藏散文集**

月童度河

作者 _ 庆山

产品经理 _ 曹曼 邵蕊蕊　装帧设计 _ 付诗意　产品总监 _ 曹曼
技术编辑 _ 陈杰　执行印制 _ 梁拥军　策划人 _ 于桐

营销团队 _ 阮班欢 李佳 闫冠宇　物料设计 _ 孙莹

果麦
www.guomai.cc

以 微 小 的 力 量 推 动 文 明

图书在版编目（CIP）数据

月童度河 / 庆山著 . -- 南京：江苏凤凰文艺出版社，2022.8
ISBN 978-7-5594-6831-4

Ⅰ . ①月… Ⅱ . ①庆… Ⅲ . ①散文集 – 中国 – 当代
Ⅳ . ① I267

中国版本图书馆 CIP 数据核字 (2022) 第 081181 号

月童度河

庆山 著

出 版 人　张在健
责任编辑　白　涵
特约编辑　曹　曼
　　　　　邵蕊蕊
装帧设计　付诗意
出版发行　江苏凤凰文艺出版社
　　　　　南京市中央路 165 号，邮编：210009
网　　址　http://www.jswenyi.com
印　　刷　北京盛通印刷股份有限公司
开　　本　880 毫米 ×1230 毫米　1/32
印　　张　10
字　　数　220 千字
版　　次　2022 年 8 月第 1 版
印　　次　2022 年 8 月第 1 次印刷
印　　数　1—10,000
书　　号　ISBN 978-7-5594-6831-4
定　　价　68.00 元